metro

Roger L. Simon

Die Baumkrieger

metro wird
herausgegeben von
Thomas Wörtche

Zu diesem Buch

Moses Wine hat es weit gebracht: Er besitzt in Los Angeles eine lukrative Privatdetektei und er hat eine schöne Freundin. Trotzdem ist er nicht glücklich, denn er führt jetzt genau das stinknormale bürgerliche Leben, das er früher immer verachtet hat. Seine radikale Vergangenheit holt ihn ein, als er erfährt, dass sein Sohn von der Polizei gesucht wird: Er gehört zu einer Gruppe von Umweltaktivisten, und ihm wird vorgeworfen, schuld am Tod eines Holzfällers zu sein.
Zusammen mit seiner Exfrau, mit der er seit Jahren kaum gesprochen hat, macht sich Moses Wine in den Nebelwäldern Nordkaliforniens auf die Suche nach seinem Sohn, bevor die Polizei ihn aufspürt. Er muss den wirklichen Mörder finden – auch wenn es sein eigener Sohn ist.

»Moses Wine ist der schlaueste und unterhaltsamste Privatdetektiv, den ich kenne.« *Martin Cruz Smith*

»Moses Wine ist einer, mit dem man rechnen muss. Ein Lesevergnügen!« *Los Angeles Times*

Der Autor

Roger L. Simon wurde 1943 in New York geboren. Nach der Yale School of Drama zog er nach Kalifornien. Seine Krimis mit dem (Ex-) Hippie Moses Wine wurden vielfach ausgezeichnet, genauso bekannt ist Roger L. Simon als Drehbuchautor und Regisseur. Seit der Verfilmung von »The Big Fix« mit Richard Dreyfuss ist Moses Wine eine globale Kultfigur geworden.

Mehr über Buch und Autor im Anhang
und auf *www.unionsverlag.com*

Roger L. Simon

Die Baumkrieger

Aus dem Englischen von
Jürgen Bürger

Unionsverlag

Die Originalausgabe erschien 1997
unter dem Titel *The Lost Coast* bei HarperCollins, New York.
Deutsche Erstausgabe

Im Internet
Aktuelle Informationen,
Dokumente, Materialien
www.unionsverlag.com

Unionsverlag Taschenbuch 278

Rieterstrasse 18, CH-8027 Zürich
Telefon +41 (0)1 281 14 00, Fax +41 (0)1 281 14 40
mail@unionsverlag.ch

Umschlagkonzept: Heinz Unternährer, Zürich
Umschlagfoto: Darrell Gulin/Stone
Druck und Bindung: Clausen & Bosse, Leck
ISBN 3-293-20278-0

Die äußeren Zahlen geben die aktuelle Auflage
und deren Erscheinungsjahr an:
1 2 3 4 5 - 06 05 04 03

Für Sheryl

1

Der Abend, an dem ich erfuhr, dass mein Sohn wegen Mordes gesucht wurde, war für mich wie ein Weckruf aus der Hölle. Mag sein, dass die Anklage auch auf Totschlag oder fahrlässige Tötung lautete, aber was machte das schon für einen Unterschied? Unter dem Strich waren das alles nur eskalierende Nuancen von entsetzlich.

Paradoxerweise hatte ich mich bis zu diesem Abend ausgesprochen gut gefühlt. Genau genommen sogar großartig. Ich war gerade dabei, für einen zweiwöchigen Vietnamurlaub zu packen. Vor fünfundzwanzig Jahren hatte ich alles in meiner Macht Stehende getan, um nur ja nicht dieses Land betreten zu müssen, jetzt aber löhnte ich einem Verein namens Wilderness Travel acht Riesen, um genau dorthin zu reisen. Wilderness Travel würde mich und meine Freundin auf einem gemütlichen »kulturellen Abenteuer quer durchs Land« begleiten, durch den dichten Dschungel und über saftig grüne Reisfelder vom Mekong-Delta bis in das Gebiet der Bergstämme hoch oben im Norden, inbegriffen außerdem ein Zwischenstopp zum Schnorcheln an der Nha Trang Bay und eine Führung durch die üppigen Gemüsegärten in der Nähe von Son My – Schauplatz des berühmt-berüchtigten My-Lai-Massakers.

Anlass unserer Reise war Nancys zweiunddreißigster Geburtstag, allerdings hatte ich selbst auch Grund zum Feiern. Nach einer außerordentlich frustrierenden Phase war mir im Fall des dreiundzwanzigjährigen Krankenpflegers und zweifachen Vaters Dexter Reynolds endlich der entscheidende Durchbruch gelungen. Dexter war von einer seiner Patientinnen auf der Intensivstation des Midway Memorial Hospital in Santa Monica, der siebenundachtzigjährigen russischen Emigrantin Olga Nazimova, zu Unrecht der Vergewaltigung beschuldigt worden (und zwar oral, genital *und* anal!). Ungeachtet Olgas fortgeschrittenen Alters, ihrer Ekzeme, ihres von der Gürtelrose gezeichneten Gesichts und ihrer insgesamt welken Physiognomie versteifte sich der Bezirksstaatsanwalt über sieben Monate lang noch bis tags zuvor hartnäckig darauf, ihren Märchen über die angeblich von Dexter (einem gut aussehenden ehemaligen Stürmer der UC Santa Barbara) begangene Notzucht unbedingt Glauben schenken zu wollen. Erst als meine Partnerin Jane Ellenbogen und ich uns als Talentsucher für eine Talkshow ausgaben, schafften wir es, dass Olgas Cousin Maxim vor laufendem Tonband damit prahlte, seine aus Odessa stammende Familie – Olga eingeschlossen – könne auf eine lange Tradition als Schwindler und Bauernfänger zurückblicken und sei mithilfe eines jeder realen Grundlage entbehrenden Antrags auf politisches Asyl in dieses Land eingewandert. Zwanzig Minuten später spielten wir dem Bezirksstaatsanwalt unser Band vor und bewahrten so Dexter vor mindestens vier Jahren Knast wegen Notzucht und gleichzeitig das Midway Memorial vor einer Zahlung in Höhe von sechzehn Millionen Dollar, die Olga in einer Schadensersatzklage gefordert hatte.

Ich steckte also gerade mitten in den letzten Vorbereitungen für mein Südostasienabenteuer, als es klingelte, und aus den genannten Gründen fand ich es ziemlich passend, dass ich zur Tür ging und in die Gegensprechanlage grölte: »Ho … Ho … Ho Chi Minh … der Vietcong schaukelt das Ding!« Immerhin war es schon acht Uhr abends – das ist selbst in meiner Branche weit nach den üblichen Bürostunden. Außerdem hatte ich Nancy erwartet.

»Wohnt hier ein gewisser Moses Wine?«, fragte ein Mann am anderen Ende, der mein Gegröle offenbar überhaupt nicht komisch fand.

»Ja«, antwortete ich stirnrunzelnd. »Wer ist denn da?«

»Los Angeles Police Department. Detectives Jackson und Ramirez.«

Ich öffnete die Tür und sah mich zwei Männern gegenüber – der eine blond und zu massig für seinen Anzug, der andere ein Latino im Pullover. Letzterer hielt eine Dienstmarke hoch.

»Ich bin Moses Wine«, sagte ich, während die zwei in meine Diele traten. »Um was gehts denn?«

»Sind Sie der Vater von Simon Wine?«, fragte Ramirez.

»Ja, bin ich.« Ich spürte, dass ich mich sofort in einen misstrauischen Elternteil verwandelte. Simon war inzwischen zwanzig, aber an dieser instinktiven Reaktion hatte sich nicht das Geringste geändert.

»Wissen Sie, wo er sich momentan aufhält?«

»Er studiert außerhalb … Ist irgendwas nicht in Ordnung?« Ich sah meinen Sohn schon verblutend auf irgendeiner nordkalifornischen Autobahn liegen oder unter der Golden Gate Bridge, wo er oft surfte, im Wasser treiben.

Die Cops ignorierten meine Gegenfrage. »Würden Sie uns dann bitte begleiten?«, sagte Jackson. Gleichzeitig drehte er sich um und verließ meine Wohnung, womit er mir keine echte Wahl ließ, außer mir noch schnell eine Jacke zu schnappen und sie zu begleiten. Ramirez gab mir zu verstehen, ich solle ihnen in meinem eigenen Wagen zum Parker Center folgen, wobei er zutreffend davon ausging, dass ich wusste, wo das war. »Wie ich höre, sind Sie Privatschnüffler«, fügte er abwesend hinzu und schaute sich im Gehen noch einmal kurz in meinem Haus um. »Sie kommen mir nicht wie einer vor.«

»Wie sind die denn normalerweise so?«, fragte ich noch, aber da war er bereits mit seinem Kumpel durch die Tür und auf dem Weg zu ihrem Bullenwagen. Jedenfalls wusste ich genauso gut wie er, wie die meisten Privatschnüffler waren – pensionierte Cops mit Toupets und Polyester-Jogginganzügen, die ihre Pensionen mit Jobs für Schadensersatzanwälte und Versicherungsunternehmen aufbesserten. Wenn sie Glück hatten, schnüffelten sie Ehegatten hinterher oder suchten Wanzen für eine Firma, die Geld genug hatte, um nichts unversucht zu lassen, ihre ausländischen Konkurrenten abzuwehren. Das war ungefähr so schillernd und aufregend wie Telefonmarketing.

Aber Ramirez hatte Recht. Ich war anders. Zumindest hatte ich 1971 so angefangen, als ich Marty Ross vor dem Knast bewahrte, weil er einen Ziegelstein ins Schaufenster der Berkeley Bank of America geworfen hatte. Der Vietnamkrieg war in vollem Gange, es war der Oktober des Zorns, und ich rettete ihn, indem ich Touristenfotos auftreiben konnte, auf denen deutlich zu erkennen war, dass der hinter Marty stehende Typ, der ihm das fragliche Wurfgeschoss in die Hand drückte, tatsächlich ein Sergeant der Polizei von Berkeley in Zivil war. In Wahrheit war meine Motivation für diese Heldentat weniger Solidarität mit der Bewegung als vielmehr der Wunsch, meine Finger in die knallenge ausgestellte Jeans von Martys jüngerer Schwester Emily zu kriegen (übrigens leider ohne Erfolg). Trotzdem galt ich schon bald als Sam

Spade der studentischen Linken. Ungefähr ein Jahr später deckte ich in Los Angeles ein Komplott auf, das zum Ziel hatte, den Wahlkampf eines gegen den Krieg eingestellten Senators durch die Behauptung zu sabotieren, der Kandidat werde von einem gewaltbereiten Anführer des Weather Underground unterstützt. Der Senator schaffte seine Wiederwahl, und mein Ruf nahm einen neuerlichen Aufschwung. Ich bekam meine fünfzehn Minuten Ruhm und landete im *Rolling Stone:* DER DETEKTIV DES VOLKES – MOSES WINE BLEIBT AM BALL.

Zu diesem Zeitpunkt stand ich im Begriff, zu einer (kleinen) Legende zu werden, und was fast zufällig als Mischung aus jugendlichem Idealismus und unerfüllter Lust begann, wurde zu meinem Leben. Und ich genoss es, im Amerika der Siebzigerjahre den Robin Hood zu spielen. Leider musste ich feststellen, dass die meisten Fälle eines Privatdetektivs nicht dazu angetan waren, die geknechtete Unterschicht vor einem abgefeimten System zu schützen, und wenn dies doch mal der Fall war, brachte es kaum genug ein für einen Busfahrschein in Los Angeles – einer Stadt, in der sowieso kein Mensch mit dem Bus fahren will. Ich war verheiratet und hatte Kinder, und ich musste endlich erwachsen werden und anfangen, das Leben etwas ernster zu nehmen. Allmählich und fast unbemerkt wurde ich einem stinknormalen Privatdetektiv schrecklich ähnlich, auch wenn ich es mir selbst nicht eingestehen wollte. Ich arbeitete für Anwälte und übernahm gelegentlich, wenns meine Zeit denn erlaubte, auch mal einen Fall allein der guten Sache wegen. Allerdings war ich gut in meinem Job, jedenfalls gut genug, um gegen die Konkurrenz zu bestehen (die in L. A. beträchtlich war, wo sich in den Gelben Seiten unter »Privatdetektive« fast genauso viele Einträge finden wie für Autoersatzteilhändler und Poolreiniger). Etwa Mitte der Achtzigerjahre führte ich genauso ein stinknormales bürgerliches Leben, wie ich es früher verschmäht und verachtet hatte. Anfang der Neunziger fand ich mich dann fast zwangsläufig am Schreibtisch eines Kreditsachbearbeiters der Glendale Federal Bank wieder. Ich wollte expandieren, eine eigene Detektei leiten – die MW Investigative Services – mit einem halben Dutzend Angestellten inklusive Partner und Büropersonal, Computer, Modems, Datenbankanschlüssen, Fotokopierern, Faxgeräten, Frankiermaschinen und einem Kühlschrank voll Calistoga-Wasser und Designerbier, das Ganze in einem Gewerbeobjekt in der Nähe von Little Tokyo, zwischen dem Museum of Neon und einer Schickimicki-Sushi-Bar mit minimalistischen Gemälden und Mobiliar aus Pappe. Die kleine Firma florierte, und ich wurde so was wie ein Manager, während unsere Haupteinnahmequelle mit den sich ändernden Zeiten variierte: von Industriespionage (Tendenz fallend) über sexuelle Belästigung (Tendenz steigend) bis schließlich zum aktuellen Tophit – Statusmissbrauch von Geschworenen. Manchmal dachte ich, dass von dem alten Moses Wine nichts mehr übrig war außer den verblassenden Porträts von Marx (Groucho) und Lennon (John) unter der vollständigen Sammlung Original-LPs von Big Brother and the Holding Company, die ich aus sentimentalen Gründen in meinem Schreibtisch aufbewahrte. Einen Plattenspieler besaß ich schon lange nicht mehr.

Aber an Janis Joplin und Papa John Creach dachte ich am allerwenigsten an diesem Abend, als ich dreißig Minuten später den Officers Jackson und Ramirez in die höhlenartige Eingangshalle des Parker Centers folgte, einem nüchtern nichts sagenden Sechzigerjahregebäude, das aussieht wie ein überdimensioniertes Motel, tatsächlich aber das Präsidium des LAPD ist. Natürlich dachte ich an meinen Sohn Simon.

Das letzte Mal hatte ich ihn etwa vor einem Monat gesehen, als ich geschäftlich für einen Tag in San Francisco war. Wir hatten uns zum Mittagessen im Hunan verabredet, einem ziemlich schmierigen, imbissbudenartigen Lokal in Chinatown, das eine Weile angesagt gewesen war, diesen Status inzwischen aber an das Restaurant Szechuan ein Stück weiter die Straße hinauf abgegeben hatte. Simon und ich mochten den Laden trotzdem noch, tranken Tsingtao-Bier und aßen kräftig gewürztes Schweinefleisch. Zu sagen hatten wir uns allerdings nicht besonders viel. Lange Schweigephasen waren bei uns nicht weiter ungewöhnlich, und oft fühlte ich mich dabei unbehaglich. Ich meine dann immer, er sei wegen irgendwas sauer auf mich, und normalerweise beende ich das Schweigen.

»Wie läufts auf der Uni?«, fragte ich schließlich als jämmerlicher Versuch, eine Unterhaltung anzufangen.

Simon zuckte nur die Achseln und verzog das Gesicht. »Kunstgeschichte nervt«, sagte er. Er studierte Malerei an einer Kunstakademie und wurde in diesem Semester buchstäblich von akademischen Anforderungen erdrückt, die er bislang vor sich hergeschoben hatte. »Hab zwei Hausarbeiten über das Barock gekriegt«, fügte er hinzu, als würde er in eine Strafkolonie verbannt.

»Tja, es gibt ja immer noch die Atelierseminare ... Woran arbeitest du gerade?«

»An einem Selbstporträt. Es heißt *Double Man.*«

»*Double Man?* Interessanter Titel. Was bedeutet das?«

Aber Simon hatte keine Lust, sich weiter darüber auszulassen, also schwiegen wir wieder.

»Wie läufts mit den Mädels?«, erkundigte ich mich ein halbes Bier und einen Teller Lo Mein später. »Irgendwelche scharfen Modelle im Studio?«

Wieder dieses Achselzucken. Als dunkler Typ mit übellaunig gefurchter Stirn, die ihm eine unheimliche Ähnlichkeit mit dem jungen Brando verlieh, sah Simon außergewöhnlich gut aus, und man sollte eigentlich meinen, er würde ständig von Frauenschwärmen umlagert, aber er war schüchtern und schien die meiste Zeit allein zu verbringen. Es war schon einige Jahre her, dass er eine Freundin gehabt hatte. »Da ist jemand«, meinte er ungefähr eine Minute später, als wärs ihm so gerade eben noch eingefallen. Normalerweise ließ er sich nicht detailliert über solche Dinge aus, zumindest nicht mir gegenüber, dieses Mal jedoch spürte ich, dass er reden wollte.

»Super«, sagte ich und versuchte, ermutigend zu klingen. »Wie heißt sie denn?«

»Karin.«

»Karin? ... Wo hast du sie kennen gelernt? Beim Surfen?«

Er schüttelte den Kopf. »Sie studiert auf der Cal. Philosophie.«

»Eine echte Intellektuelle ...«

»So ungefähr. Ja.« Er drückte ein Lächeln ab. »Sie hilft mir bei meinen Hausarbeiten.«

»Du Glückspilz … Sieht wahrscheinlich auch noch ganz gut aus, was? … Läuft sie Ski?« Simon und ich gingen jeden Winter zusammen Ski laufen.

»Glaube schon«, erwiderte er. »Aber ich war mit ihr noch nicht.«

»Vielleicht könnten wir ja mal alle zusammen. Ihr zwei, ich und Nancy.«

Simon grinste. »Ihr seid immer noch zusammen, Pop?«

»Du Ungläubiger«, antwortete ich, und er lachte. Simon fand mein unstetes Privatleben amüsant. Ich vermutete, wenn er eines Tages gegen mich rebellieren wollte, dann würde er sich womöglich eine Frau suchen und für immer mit ihr zusammenbleiben. Wer weiß? Vielleicht hatte er sie ja schon gefunden.

Wir vereinbarten, zusammen Ski laufen zu gehen, sobald der Schnee am Tahoe gut genug war. Dann bestellten wir noch eine Runde Bier zum Rest unserer Mahlzeit und redeten über die bevorstehende Basketballsaison. Wir hatten kaum aufgegessen, da warf er auch schon einen Blick auf seine Uhr und verkündete, er müsse los. In einer halben Stunde müsse er an einem nicht näher bezeichneten Ort sein. Zehn Minuten später nahm ich ihn an einer Flughafen-Shuttle-Haltestelle zum Abschied in die Arme.

Eine Woche später telefonierten wir kurz miteinander. Er brauchte eine kleine Finanzspritze, da er sein monatliches Budget bereits aufgebraucht hatte. Die Acrylfarben für sein Malereiseminar waren teurer gewesen als erwartet, und außerdem musste er die Kupplung seines Pick-ups reparieren lassen.

»Bist du sicher, dass dus nicht für Karin ausgegeben hast?«, sagte ich und wollte ihn damit aufziehen, aber so kam es bei ihm nicht an.

»Wir haben Besseres zu tun«, erwiderte er. Und ließ es dabei bewenden.

Jetzt war er verschwunden.

Die Cops führten mich in ein Besprechungszimmer auf der vierzigsten Etage des Parker Center, wo wir von einem großen Mann Anfang dreißig und einer Stenografin erwartet wurden. Der Mann stellte sich mir als Special Agent Nicholas Bart vom FBI vor. Er trug ein modisch schwarzweißes Sakko und eine Krawatte mit Etiketten französischer Weine, die ich aus einem Versandhauskatalog wieder erkannte. Für einen Cop, selbst für einen FBI-Cop, klang er recht gebildet und hatte eine angenehm zwanglose Ausstrahlung. Er behandelte mich selbst dann noch wie einen besorgten Vater, als er lächelnd meinte, der typische Durchschnittsvater sei ich mit meinem Beruf als Privatdetektiv ja wohl kaum.

Er stellte mir einige Fragen über meinen Sohn, und ich antwortete schnell. Simon war zwanzig. Er war ordentlicher Student auf dem California Arts Institute in Walnut Creek. Er lebte in einer eigenen Wohnung ein paar Blocks von der Schule entfernt.

»Wissen Sie, wo er im Augenblick sein könnte?«, fragte Bart.

»Ich habe seit ein paar Wochen nicht mehr mit ihm gesprochen. Ich führe nicht Buch darüber, was er jeden Tag so alles macht, Mr. Bart. Er ist kein Kind mehr.«

»Ich verstehe«, sagte er. »Demnach haben Sie nicht die geringste Ahnung, wo wir ihn finden könnten?«

»Nein, habe ich nicht.« Ich hatte plötzlich das Gefühl, als würde mir die Brust zusammengedrückt, als wäre ich kurzatmig. Ich warf Jackson und Ramirez einen Blick zu, sah dann wieder Bart an. »Was soll das alles? Wenn Sie wollen, dass ich mit Ihnen rede, dann werden Sie mir das erklären müssen.«

Er runzelte kurz die Stirn, wählte sorgfältig seine Worte. »Ihr Sohn wird in Zusammenhang mit dem Tod von Leon Erlanger gesucht.«

»Was?!«

»Tut mir Leid.« Er legte verständnisvoll den Kopf schief.

»Ich verstehe nicht. Das ist ja völlig verrückt! Wer ist dieser Leon Erlanger?«

»Er arbeitete als Holzfäller für die Allied Lumber Company.«

»Wie ist er gestorben?« Mein Herz raste.

»Jemand hat einen Redwood mit Nägeln gespickt, den er fällen wollte.«

»Einen was gespickt? … Sie meinen, wie diese Ökoterroristen, die Stahlstangen in Baumstämme treiben …?«

Bart nickte. »… um zu verhindern, dass sie gefällt werden.«

»Ich hätte nie gedacht, dass jemand so was wirklich macht.«

»Jemand hat«, sagte Bart und öffnete eine Akte. »Und Mr. Erlanger musste dafür bezahlen. Die Kettensäge flog wie ein Bumerang zu ihm zurück. Hat den armen Mann praktisch in zwei Hälften geteilt.« Er schob mir über den Tisch zwei Fotos zu. Auf einem war ein Mann zu sehen, der in einer Blutlache lag. Sein Kopf war merkwürdig nach vorne geneigt, direkt darunter befand sich eine gewaltige klaffende Wunde, die das Innere seines Brustkorbs vom oberen Ende der Lungen bis zur Gallenblase freilegte, fast als wäre sein gesamter Oberkörper wie ein Baumstamm gespalten worden. Auf dem zweiten Foto waren eine übel zugerichtete Kettensäge und die verbogenen Überreste eines gut dreißig Zentimeter langen Stahlnagels zu sehen. Beides lag als Beweismittel nebeneinander. Der Kopf des Nagels schien mit einem Seitenschneider abgeknipst worden zu sein.

Ich schaute zu Bart auf, der mich mit seinen tief liegenden blauen Augen beobachtete. »Schrecklich«, sagte ich. »Aber ich weiß nicht, was Ihrer Meinung nach mein Sohn damit zu tun hat. Simon ist der friedliebendste Mensch, den ich kenne. Er tritt nicht mal auf Insekten.«

»Er ist Mitglied der Hüter des Planeten.«

»Wer ist das?« Ich spürte Wut in mir aufsteigen, versuchte aber, sie zu beherrschen.

»Die Gruppe, die dafür die Verantwortung übernommen hat.«

»Wie haben sie das gemacht?«

»Per E-Mail. Direkt an die Website des Bureau … Sagt Ihnen die Gruppe irgendwas?«

»Die Hüter des Planeten?« Ich erinnerte mich dunkel, dass Simon irgendeiner Umweltschutzgruppe beigetreten war – ein paar andere Surfer gehörten dazu –, schüttelte aber den Kopf.

»Die haben vielleicht ein Dutzend Mitglieder. Ihr Sohn ist einer der Anführer.«

»Noch nie von denen gehört.«

Bart sah mich merkwürdig an. »Nun, dann verstehe ich, warum Sie nicht wissen, wo er sich derzeit aufhält.« In seiner Stimme lag ein vorwurfsvoller Unterton. »Das mussten wir wissen.« Er stand auf und streckte seine Hand aus. »Bitte, lassen Sie es uns wissen, falls …«

»Moment mal. Selbst wenn mein Sohn zu diesen, äh … Hütern gehört, warum ist ausgerechnet er dann verantwortlich dafür, dass der Baum gespickt wurde? Haben die das auch im Internet bekannt gegeben?«

»Leider ist er der Einzige, der vergangene Woche in der Nähe des Jack London Redwood Grove gesehen wurde – wo die Bäume mit Nägeln gespickt wurden. Tatsächlich wurde er dort sogar zweimal gesehen.«

»Das ist alles? Mehr haben Sie nicht?«

Er zuckte die Achseln und ging zur Tür, als wollte er mich hinausbegleiten.

»Wer hat ihn gesehen?«

»Das ist vertraulich, Mr. Wine. Selbst wenn ich wollte, dürfte ich es Ihnen nicht sagen.«

»Ist er überwacht worden?«

»Wir befinden uns in einem laufenden Ermittlungsverfahren.« Jackson wollte schon die Tür öffnen. Bart deutete dem Polizeibeamten mit einer Kopfbewegung an, noch zu warten, bevor er seine Fingerspitzen leicht auf meinen Arm legte und fortfuhr. »Ich kann mir vorstellen, wie Sie sich fühlen. Wahrscheinlich sind Sie sehr stolz auf Ihren Sohn … wenn man an Ihre Vergangenheit denkt und so weiter.«

»Da haben Sie verdammt Recht«, sagte ich und sah Bart direkt in die Augen.

»Man könnte sagen, er ist ganz wie der Vater in seinen idealistischen Sturm- und Drangjahren.«

»Ich könnte kaum stolzer sein.«

»Dann machen Sie sich mal keine Sorgen.« Er drückte ein gezwungen freundliches Lächeln ab. »Ich bin überzeugt, es wird sich alles von selbst aufklären. Wenn er tatsächlich, wie Sie andeuten, so ein großer Pazifist ist … dann muss ja wohl ein Irrtum vorliegen.«

»Worauf Sie sich verlassen können!«, antwortete ich.

»Natürlich. Machen Sies gut, Mr. Wine. Wir bleiben in Verbindung …« Diesmal öffnete er die Tür selbst. »Ach ja, und übrigens … Meinen Glückwunsch zur Aufklärung des Dexter-Reynolds-Falles.«

Immer gut zu wissen, dass die eigene Arbeit anerkannt wird, dachte ich. Bart führte mich mit einem weiteren Lächeln und der Warnung hinaus, die Sache nicht selbst in die Hände nehmen zu wollen. »Ich weiß, dass es Sie jucken wird«, sagte er.

Ehe ich mich versah, saß ich wieder in meinem Wagen. Ich war wie weggetreten durch den Schock und fuhr mit Autopilot nach Hause. Praktisch als Erstes schnappte ich mir das Mobiltelefon und wählte Simons Nummer. Ich fädelte mich gerade auf den Hollywood Freeway ein, als sein Anrufbeantworter ansprang. Ich sprach aufs Band, auch wenn ich genau wusste, dass ich dies besser nicht tun sollte. Mit an Sicherheit grenzender Wahrscheinlichkeit wurde sein Anschluss abgehört. Dann überkam mich eine Paranoia, wie ich sie Jahre nicht mehr erlebt hatte. Ich warf einen Blick in den Rückspiegel, um zu sehen, ob ich verfolgt wurde. Unmittelbar hinter mir fuhr ein grüner Chevy, und ich bremste ab, um ihn überholen zu lassen, während ich in Gedanken noch einmal mein Gespräch mit Bart abspulte, als wäre es ein Haiku, das ich interpretieren musste. Kurz genug war es bestimmt gewesen. Und unterschwellig anklagend. *»Wenn man an Ihre Vergangenheit denkt und so weiter …«* Unter anderen Umständen hätte ich mich vielleicht geschmeichelt gefühlt oder amüsiert reagiert, dass sich die Bundesregierung nach all den Jahren immer noch so für meine politische Vergangenheit interessierte. In diesem Augenblick jedoch fand ich es eher beängstigend.

Ich holte tief Luft und rief Nancy in ihrem Haus im Nicholas Canyon an. Sie war noch da, und ich berichtete, was passiert war. Als ich zu Hause ankam, erwartete sie mich vor dem Haus in ihrem Saab-Kabrio. Sie sprang heraus und nahm mich beruhigend in die Arme. Ich drückte sie ebenfalls heftig. Nancy und ich befanden uns an diesem prekären Punkt, an dem wir »versuchten«, unsere Beziehung funktionieren zu lassen, jedenfalls brauchte ich sie an diesem Abend, und sie wusste es.

»Es muss schrecklich sein«, sagte sie, als wir über die Veranda zur Haustür gingen.

»Tut mir Leid, dass du Ho-Chi-Minh-Stadt auf ein andermal verschieben musst.«

»Ach, mach dir deswegen keine Gedanken. Ich werde versuchen, die Anzahlung zurückzubekommen … Kann ich irgendwas tun?«

Sie behielt ihren Arm tröstend um meine Schultern gelegt, während ich nach dem Schlüssel kramte. »Das wäre schön«, sagte ich. »Ich glaube, ich muss versuchen, ihn vor der Polizei zu finden.«

»Möchtest du, dass ich mitkomme?«

»Damit wären wir dann schon drei«, sagte eine Stimme von der anderen Seite der Veranda. Es war eine Frauenstimme, erheblich rauchiger als Nancys und um einiges ätzender. Langsam drehte ich mich um und starrte in die Dunkelheit zu der Stelle, wo eine gelbe Glühbirne die Bougainvillea beleuchtete. Vor dem Hintergrund der Terrakottawand erkannte ich die unscharfe Silhouette einer Frau. »Erkennst du mich nicht?«, fragte sie und lachte, wobei sie ein paar lange, schwarze Haarsträhnen ins Licht hob. »Siehst du. Sie sind noch nicht völlig grau.« Sie kam zu uns, und ihr Gesicht, mit mehr Falten, seit ich es das letzte Mal gesehen hatte, wurde mit jedem Schritt erkennbarer.

»Suzanne?«, sagte ich.

»Wer sonst?«

Meine Exfrau.

»Suzanne Wine … Nancy Wing. Nancy Wing … Suzanne Wine.«

Nancy und Suzanne sahen sich an, eine Eurasierin Anfang dreißig, die immer noch als Model Karriere machte, und eine auf die fünfzig zugehende jüdisch-amerikanische Intellektuelle. Ich sah den Anflug eines ironischen Kräuselns um Suzannes Lippen spielen. »Es heißt nicht mehr Wine – heute heißt es Greenhut«, korrigierte sie und bot Nancy die Hand an. Ich hatte vergessen, dass sie vor ein paar Jahren wieder ihren Mädchennamen angenommen hatte.

Keiner sagte ein Wort.

»Ich glaube, du brauchst mich nicht mehr«, sagte Nancy nach einer Weile, die mir wie eine Stunde vorkam, wahrscheinlich aber höchstens dreißig Sekunden gedauert hatte. Sie lächelte Suzanne höflich an. »Ich hoffe, wie begegnen uns noch einmal unter angenehmeren Umständen.«

»Ja, ich auch«, antwortete Suzanne. Sie wirkten beide so aufrichtig wie ein Pärchen am Ende eines mies verlaufenen Blind Dates.

Nancy lächelte mich an. »Viel Glück«, sagte sie. »Ruf mich an, wenn du kannst.« Sie hauchte mir einen Kuss auf die Lippen. Dann drehte sie sich um und ging ohne einen Blick zurück.

»Sie ist hübsch«, sagte Suzanne ein paar Minuten später. Wir befanden uns in meinem Wohnzimmer, und ich machte uns beiden einen Stoli auf Eis.

»Und intelligent. Sie arbeitet gerade an ihrem Abschluss in Psychologie.«

»Davon bin ich überzeugt ... Wann brechen wir auf?«

»So bald wie möglich. Wann hat das FBI dich verständigt?«

»Heute Nachmittag war ein Agent in meiner Kanzlei. Sie wollten, dass ich herkomme. Also habe ich den nächsten Flug genommen und mit diesem Bart geredet. Ich muss ungefähr eine halbe Stunde vor dir bei ihm gewesen sein.«

Ich nickte. Das ergab einen Sinn – als wollte der Staat uns zusammenbringen, damit wir sie gemeinsam zu Simon führen konnten. Bislang funktionierte es, immer vorausgesetzt, wir konnten ihn auch finden.

»Wie kommen wir dorthin?«

»Ich glaube, den können wir nicht nehmen«, sagte ich mit einem Blick nach draußen auf meinen BMW. »Wahrscheinlich haben sie längst eine Wanze unter der Haube deponiert. Wir werden uns was anderes einfallen lassen müssen.«

Suzanne lächelte. »Genau wie früher, hä?«

»So ungefähr«, sagte ich. »Ich glaube, ich hab schon eine Idee ... Hast du mit Jacob gesprochen?« Jacob war unser zweiter Sohn, der als angehender Schriftsteller in New York lebte.

Sie nickte. Dann verzog sie plötzlich das Gesicht. »Ist das alles unsere Schuld, Moses?«

»Was denn? Wir wissen doch nicht mal, was passiert ist.«

»Haben wir irgendwas falsch gemacht? Es ist fast, als würde er uns nachahmen.« Sie fing an zu weinen.

»Simon ist ein großartiger Bursche. Das weißt du auch. So was Verrücktes hätte er nie gemacht.« Suzanne sah mich an. Wie ich selbst wollte sie glauben, was ich da sagte. Keiner von uns hatte den Mut, das

Unaussprechliche auszusprechen – dass irgendwo, in den tiefsten Winkeln unserer Vorstellungskraft, stets die Möglichkeit lauerte, dass er schuldig war. Ich nahm sie in die Arme. Ich fing ebenfalls an zu heulen.

Seit Suzanne vor drei Jahren ihre Anwaltskanzlei nach New Mexico verlegt hatte, hatten wir uns nicht mehr gesehen. Vor siebzehn Jahren waren wir geschieden worden. Simon war damals drei. Zu diesem Zeitpunkt waren wir aus unserer ersten Wohnung in Berkeley, keine fünfhundert Meter entfernt vom People's Park an der Telegraph, in das Echo-Park-Viertel von L. A. umgezogen. Es war das bevorzugte Wohngebiet für Verbannte der Cal, die aus wirtschaftlichen Gründen gezwungen waren, nach L. A. zu ziehen, aber dennoch auch im weniger gastlichen Süden ihre idealistischen Lebensformen beibehalten wollten. Neben uns wohnte ein peruanisches Paar. Die Familien auf der anderen Straßenseite waren Mexikaner der ersten und Japaner der zweiten Generation. Jeder liebte unsere Jungs – Jacob, weil er schon in frühem Alter geistreich und witzig war und die Sprache beherrschte wie ein Erwachsener, Simon, weil er außergewöhnlich hübsch und sportlich war, selbst wenn er mit einem Protestplakat gegen das aktuelle Objekt seines Unmuts in seiner Kleinkindfaust nackt über die Wiese neben dem Karussell im Griffith Park rannte. So wurde er für die Rückseite der alternativen *L. A. Free Press* fotografiert: Seine stolzen Eltern ihm dicht auf den Fersen, damit er ja nicht stolperte. Er hatte schon immer eine leichtsinnige Ader. Damals erwischten wir ihn gerade noch rechtzeitig. Dieses Mal aber hatten wir ihn offensichtlich nicht erwischt. Und ich wusste auch nicht, ob wir dazu in der Lage gewesen wären, wenn wirs versucht hätten.

»Bist du sicher, dass du das machen willst?«, fragte ich Suzanne. Ich hielt sie weiter fest – um mich selbst zu beruhigen mindestens so sehr wie sie. »Bist du sicher, dass du wirklich mitkommen willst?«

»Ich bin seine Mutter«, sagte sie und löste sich von mir. Ihre Tränen waren versiegt.

2

»Ich habe genau den richtigen Wagen für Sie, Señor Moses. Ein nagelneues Mercedes-S-Klasse-Kabrio, noch keine Meile auf dem Tacho, perlweiß, sechs Hochtöner, vier Tieftöner und …«

»Nein, nein, nein Jorge. Ich will was Dezentes, verstanden? *Oscuro.*«

»*Oscuro?* Wie wärs mit einem Lexus? Dunkelbraun. Nicht so alt …«

»Nicht *oscuro* dunkel! *Oscuro* dezent!« Ich baute schon wieder Scheiße bei meinem Spanisch. »Du weißt schon, was ich meine – unauffällig … Stell den Heimshopping-Sender ab, du Kapitalistensack, und hör mal eine Sekunde zu.« Ich hörte ihn grunzen. Offensichtlich drückte er einen Knopf auf der Fernbedienung – zur Bestürzung einiger Kinder, die wahrscheinlich Zentimeter vor dem Bildschirm hockten. Ich telefonierte mit Jorge Alvarez, Cousin zweiten Grades meiner Haushälterin Gioconda, früher Mechaniker bei den Sandinistas und heute Besitzer einer Leihwagenfirma im Pico-Union-Viertel. Obwohl es fast schon elf Uhr abends war, wusste ich, dass ich ihn zu Hause anrufen konnte, und seine Preise waren ausgesprochen günstig. Vor allem, wenn man nicht nachfragte, woher die Autos kamen. »Oh, ich kapiere«, sagte er, ohne dass ich mich wiederholen musste. »Sie suchen was, das keinem auffällt. So wie neulich.«

»Genau.«

»Vertrauen Sie mir – ich hab genau den richtigen Wagen für Sie.«

»Und diesmal läuft er auch? Ich habs eilig.«

»Ob er fährt?« Er zögerte. »Ich glaub schon … Ja, er fährt. Ich geb Ihnen *meinen* Wagen«, fügte er hoffnungsvoll hinzu.

»Klasse«, antwortete ich. Ich sagte, ich wäre in ein paar Minuten bei ihm, und legte auf.

Ich steckte einen weiteren Quarter in den Schlitz des Münztelefons und wählte die Nummer von Jane Ellenbogen, bevor ich Suzanne zunickte – so weit, so gut. Wir standen im hinteren Teil der Bar des Hollywood Roosevelt und benutzten deren Telefon, das ich im Moment für sicherer hielt als mein eigenes, gleichwohl es in Hollywood keinen einzigen Anschluss gab, den nicht irgendwer aus irgendeinem Grund abhören wollte. Wir hatten mein Haus vor zwanzig Minuten unauffällig durch die Hintertür verlassen und waren dann zu Fuß den Berg runter. Vor unserem Aufbruch hatte ich noch eine Reisetasche gepackt, Mobiltelefon und Laptop dazugelegt, meinen Piepser an den Gürtel gesteckt, die Jalousien zugezogen, ein paar zusätzliche Lampen eingeschaltet und eine Dizzy-Gillespie-Bigband-CD im Wechsel mit Haydns *Paukenschlag-Sinfonie* und Buckwheat Zydecos *Live in Creole Country* in den Player der Stereoanlage gelegt und auf automatische Wiederholung gestellt. Keine Ahnung, warum ich ausgerechnet diese Auswahl traf, außer dass alle eine unbeschwerte und optimistische Grundstimmung verbreiteten. Außerdem fand ich es ziemlich aufmerksam von mir, den Cops ein bisschen Abwechslung zu bieten.

Ungefähr nach dem sechsten Klingeln nahm Janes Freundin Harriet den Hörer ab und reichte ihn an Jane weiter. Sie waren ganz offenbar zeitig ins Bett gegangen, aber Jane lachte und meinte: »Bist du immer noch auf und feierst die Dexter-Sache? Ich beschäftige mich übrigens bereits mit der Freeman-Jury. Dem Geschworenen Nummer neun steht ›berechtigte Zweifel‹ in Großbuchstaben auf der Stirn. Ich mache jede Wette, dass der Kerl beim Auswahlverfahren gelogen hat.«

»Das wird warten müssen«, sagte ich und erklärte, was zwischenzeitlich passiert war. Einen Moment war sie so überrascht, dass sie keine Silbe herausbrachte, als sie sich aber wieder gefangen hatte, reagierte sie äußerst mitfühlend – sie mochte Simon, und eine seiner Zeichnungen hing bei ihr über dem Schreibtisch. Sie versprach, sich im Büro um alles zu kümmern. »Keine Sorge«, sagte sie. »Nimm dir so viel Zeit, wie du brauchst. Ich bin sicher, am Ende wird sich alles als Irrtum herausstellen.«

»Ja, ich auch«, sagte ich. Nachdem ich aufgelegt hatte, nahmen wir uns ein Taxi und fuhren zu Jorge.

Eine halbe Stunde später rasten wir auf der 405 Richtung Freeway 5 in Jorges Privatwagen, einem schwarzem Trans Am mit glänzendem Vinyldach, Gliederkettenlenkrad, Leopardensitzbezügen und einem L.-A.-Raiders-Schädel im Heckfenster zwischen Abziehbildern von Los Lobos und der Jungfrau Maria. Die Karre war fünf Jahre alt und hatte bereits zweihundertfünfzigtausend Kilometer auf dem Tacho. Die Seitenscheiben klapperten, und auf der Fahrerseite fehlte der Außenspiegel, aber eines war sicher – die Schleuder lief. Tatsächlich lief sie sogar wie ein geölter Blitz.

»Nicht so schnell«, sagte Suzanne und deutete auf die Tachonadel, die unberechenbar zwischen siebzig und neunzig hin und her schnellte. »Nach all der Mühe, die wir uns gemacht haben.«

Ich nickte, nahm den Fuß vom Gas und suchte im Rückspiegel nach Cops. Abgesehen von einem Pärchen mittleren Alters in einem Maxima und einem Schwarzen in einem Pizzataxi waren wir allein auf der 405. Keiner von denen sah aus wie ein Cop, aber man konnte nie wissen. In meiner momentanen Verfassung verdächtigte ich jeden. Ich wollte mich von niemandem daran hindern lassen, Simon zu finden. »Wann hast du das letzte Mal mit ihm gesprochen?«, fragte ich Suzanne.

»Vorige Woche. Er sagte, du hättest ihn besucht.« Sie schaltete das Radio ein und suchte einen Countrysender. Suzanne stand auf Country, obwohl sie mitten in Los Angeles bei Eltern aufgewachsen war, die gern Opern und sozialkritische Folksänger wie Paul Robeson und Pete Seeger hörten.

»Hat er dir von seiner neuen Freundin erzählt?«, fragte ich.

»Karin … Hast du sie kennen gelernt?«

»Nein. Wir haben darüber geredet, mal zusammen Ski laufen zu gehen, aber …«

»Glaubst du, sie hat mit dieser Sache zu tun?«

»Er wäre nicht der erste Kerl, der sich einer politischen Organisation angeschlossen hat, um dem anderen Geschlecht zu begegnen.«

Suzanne sah mich herausfordernd an.

»He, ich war nicht der Schlimmste. Erinnerst du dich an Mike Rigrod? Der ist sechs Jahre in den Untergrund gegangen, nur um seine Finger in Linda Scheckmans Höschen zu kriegen.«

»Ich dachte, er wäre ein Polizeispitzel«, sagte Suzanne.

»Noch einer? Mein Gott, was habe ich diese Leute gehasst.«

»Haben wir alle«, antwortete sie. Im Radio hatten die Nachrichten angefangen, und nach irgendeiner langweiligen Scheiße über eine Reform der Sozialhilfe verkündete der Sprecher neue Einzelheiten über den Tod des achtunddreißigjährigen Leon Erlanger, Holzfäller und Vater dreier Kinder aus Humboldt County. Die State Police hatte in Abstimmung mit der Anti-Terror-Abteilung des FBI eine Fahndung nach der Gruppe namens Hüter des Planeten herausgegeben, deren Mitglieder angeblich bewaffnet und gefährlich waren. Überall in den Counties Humboldt und Mendocino waren Straßensperren errichtet und eine 800er-Hotline eingerichtet worden. Das FBI setzte eine Belohnung in Höhe von fünfhunderttausend Dollar für Informationen über den Aufenthaltsort der Gruppe aus. Bis zu ihrer Ergreifung forderte das FBI wegen weiterer, möglicherweise gewalttätiger Aktionen so genannter Ökoaktivisten die Bevölkerung Nordkaliforniens zu erhöhter Wachsamkeit auf.

Ich sah Suzanne an, die mir ein mattes Lächeln zuwarf. Ich erwiderte ihr Lächeln, als sie ihren Sicherheitsgurt zurechtrückte. Ihre Kleidung war erheblich eleganter als die Hippie-Batiken und Flatterröcke, die sie während unserer Ehe bevorzugt hatte. Heute trug sie eine gut geschnittene Hose und einen modischen weiten Pullover, der wie ein teures Designermodell aussah. Ihrer Anwaltskanzlei schien es gut zu gehen.

»Wie läufts mit Monroe?«, erkundigte ich mich. Monroe war ungefähr fünfzehn Jahre jünger als sie. Sie hatte den Schreiner beim Umbau ihres Hauses im Laurel Canyon kennen gelernt. Sie nahm ihn mit nach Santa Fe.

»Wie immer«, sagte sie. »Er wird einfach nicht älter.«

»Du Glückliche«, kommentierte ich trocken und bemerkte plötzlich etwas im Rückspiegel. Ein schwarzweißer Streifenwagen der California Highway Patrol hielt auf uns zu. Inzwischen fuhren wir die Grapevine hinauf, jenen Abschnitt des Freeway, der wie eine steile Berg- und Talbahn über das Küstengebirge ins San Joaquin Valley führt. Ich konnte höchstens sechzig gefahren sein, aber der Wagen der Highway Patrol kam auf eine Art und Weise näher, die einem unmissverständlich sagt, dass sie es ernst meinen. Also bremste ich auf unter fünfundfünfzig ab und versuchte so unschuldig wie möglich zu wirken. Der CHP-Wagen kam näher. Schon bald war er direkt hinter uns, und seine Scheinwerfer blendeten in meinem Rückspiegel wie das Raumschiff der Bösen in einem Science-Fiction-Streifen. Dann scherte er nach links aus und fuhr minutenlang auf gleicher Höhe neben uns, in Wirklichkeit waren es wahrscheinlich nur Sekunden, während deren Beamte zu uns herüberstarrte – zwei unverkennbare Spießer auf dem Leopardenpolster eines definitiv unspießigen Trans Am. Ich schaute zu dem Officer hinüber, lächelte und nickte ihm kaum merklich zu. Mir schlug das Herz bis zum Hals, als ich den Monitor seines Bordcomputers munter in die Nacht blinken sah. Plötzlich gab er Vollgas, und der Streifenwagen verschwand sogar noch schneller hinter dem höchsten Kamm der Grapevine, als es sich ein Trans Am in seiner lebhaftesten hochfrisierten Fantasie je erträumen könnte.

Suzanne und ich sahen uns zitternd an. Für eine ganze Weile nach diesem Zwischenfall schwiegen wir und fragten uns, wann man uns wohl suchen würde. Wir durchquerten das San Joaquin Valley und hielten uns dann auf der Interstate 580 Richtung Westen in die Bay Area. Nichts passierte. Es war fast fünf Uhr morgens, als wir vom Freeway nach Oakland abbogen.

Im Dämmerlicht kurz vor Tagesanbruch lag Simons Wohnblock direkt vor uns, ein durchschnittliches vierstöckiges Gebäude, das besser nach Südkalifornien passte als in den eher bodenständigen Norden. Ich hielt am Straßenrand direkt gegenüber und starrte die Fassade an. Der Putz war an vielen Stellen entweder aus Altersgründen oder nach dem letzten Erdbeben ausgebessert worden, und einer ganzen Reihe Fenster hatte man billige Aluminiumrahmen im Retrodesign verpasst. Der Vordereingang hatte ein Eisengitter, das ein offenes Treppenhaus schützte, welches auf der Außenseite zu den Etagenabsätzen der oberen Stockwerke führte. Simons Wohnung lag im zweiten Obergeschoss.

Suzanne und ich stiegen aus und gingen zu dem Eisentor hinüber. Ich versuchte mein Glück. Abgeschlossen.

»Na also, wir werden wohl bei unserem eigenen Sohn einbrechen müssen.«

»Polizei?«, sagte Suzanne, immer noch überzeugt, dass wir verfolgt wurden.

»Höchstens die da.« Ich deutete mit dem Kopf die Straße hinauf zu zwei Obdachlosen, die neben einer Cappuccinobude schliefen. Ich wartete, bis ein Lieferwagen vorbeigefahren war, griff dann über das Tor und drückte den Knopf unterhalb des Riegels. Das Tor schwang auf. Suzanne lächelte und folgte mir die Treppe hinauf zu Simons Wohnung.

»Weißt du, ausnahmsweise bin ich wirklich mal richtig froh, dass du Detektiv bist«, sagte sie.

»Eigentlich habe ich in letzter Zeit kaum Einbrüche gemacht.« Wir erreichten Simons Tür, die ebenfalls abgeschlossen war. Hier handelte es sich allerdings um ein anständiges Sicherheitsschloss mit einem soliden Stahlbeschlag. Also entschied ich mich für eines seiner Fenster und versuchte, das Schiebefenster mit Hilfe einer Kreditkarte zu knacken. »Scheiße!«, schimpfte ich, als die Plastikkarte durchbrach. »Siehst du, was ich meine.« Der Mechanismus gab trotzdem nach, und das Fenster ließ sich hochschieben.

Ich schob die Jalousien beiseite, und wir stiegen ein. Hinter mir schloss ich das Fenster wieder. Wir standen in Simons Schlafzimmer. Es sah aus wie in einer Strandhütte nach einem Hurrikan – Kleidungsstücke und Schmutzwäsche in jeder Ecke, Bücher und Zeitungen ragten unter zerknitterten Laken heraus, Illustrierte und alte Junkfoodverpackungen müllten den Boden zu. Näher am Bett befanden sich ein halbes Dutzend leere Bierflaschen und mehrere aufgerissene Kondomverpackungen mit putzigen Bildchen, die für Safersex warben.

»Haben wir früher so was nicht ›Katastrophengebiet‹ genannt?«, fragte Suzanne und hob eine halb leere Dose verschimmeltes Chili auf, aus der ein abgebrochener Plastiklöffel ragte. »Man kann nicht sagen, ob er schon ein Jahr weg ist oder erst vor einer Minute gegangen ist.«

»Du hättest mein Zimmer sehen müssen«, erwiderte ich.

»Hab ich«, sagte sie. »Es war schlimmer als das hier.«

Wir gingen ins Wohnzimmer und rechneten damit, dort die gleiche Situation vorzufinden, aber komischerweise war dieses Zimmer sauber und ordentlich, fast schon anal. Es war anscheinend sein Arbeitsraum, sein Atelier. In einer Ecke neben dem Fenster zur Straße stand eine

Staffelei, und vor der gegenüberliegenden Wand waren seine Gemälde in verschiedenen Stadien der Vollendung in einer ordentlichen Reihe gestapelt worden. Ich trat näher und sah sie mir genauer an. Es waren sorgfältig gemalte realistische Szenen in dem von den mexikanischen Muralisten abgeleiteten extrem bunten Chicano-Stil. Jedes Einzelne war jedoch durch Graffiti verunstaltet – als wäre die Arbeit von einem Verrückten geschändet worden, nachdem der Künstler gegangen war. Nur, dieses Mal war der Verrückte der Künstler selbst.

»Hast du das hier gesehen?«, fragte ich Suzanne und deutete auf die erste Leinwand. Ein mir ähnlich sehender Mann mit einer Che-Guevara-Mütze auf dem Kopf rauchte eine Zigarre und kutschierte mit einer barbusigen Blondine an seiner Seite, um deren Hals ein Kokslöffel hing, in einem Mercedes-Kabrio. Auf der Tür des Mercedes prangte ein Peace-Symbol in Tarnfarben, über das in Orange das Wort »Hipochrissie« gesprayt worden war.

»Hattest du mal eine Freundin namens Chrissie?«, fragte Suzanne.

»Habe ich jetzt«, sagte ich und starrte die nächste Leinwand an, auf der eine Gruppe nackter, langhaariger Männer und Frauen zu sehen war, die sich in Schlammbädern aalten und an einer Waldquelle sonnten. Eine der Frauen, eine junge Suzanne, deren Haare wie bei Botticellis Venus von Gänseblümchen geschmückt wurden, war schwanger, und ein Pfeil mit dem Wort »Simon« zeigte auf ihren aufgeblähten Bauch. An der einen Hand hielt sie seinen dreijährigen Bruder Jacob, während sie mit der anderen anscheinend ein Peyote-Nadelkissen umklammerte. Mit einem lüsternen Ausdruck auf dem Gesicht füßelte sie mit einem nackten Mann, dessen Gesicht durch ein großes X verdeckt wurde. Links davon tollte eine jüngere Ausgabe von mir im Bade mit einer drallen Schwarzen mit Afro, die Weihwasser auf meinen Prinz Eisenherz sprenkelte, während sie gleichzeitig mit abnorm langen Fingern nach meinem Schritt griff. Im Hintergrund flirteten und tollten andere Pärchen munter herum. Über uns allen schwebte, flankiert von zwei Engeln, die glänzend goldene Eheringe schwangen, die Imitation einer biblischen Schriftrolle. »Ha'open Marritch – 1974«, stand da, sorgfältig hebräische Schriftzeichen nachahmend.

»Tja, das ist, äh ... echt ein Ding«, sagte ich und drehte mich zu Suzanne um, die das Gemälde gequält studierte.

»Das ist nicht fair«, sagte sie. »Wir hatten nicht wirklich eine offene Ehe, und während meiner Schwangerschaft habe ich auch nie Peyote genommen.«

»Mach dir darüber keine Gedanken. Das nennt man künstlerische Freiheit«, erwiderte ich, wobei ich allerdings nicht wirklich überzeugend klang. Ich wandte mich schnell dem nächsten Gemälde zu.

Ich nahm es gerade näher in Augenschein, als plötzlich draußen auf dem Treppenabsatz Schritte zu hören waren. Einen Moment lang erstarrte ich, dann nahm ich die Leinwand, nickte Suzanne zu und verschwand mit ihr schnell außer Sichtweite in die Küche. Genau in dem Augenblick, als es an die Wohnungstür klopfte, schloss ich hinter uns die Tür. Dann Stille. Dann rappelte jemand am Türknauf.

»Harry, mach die Scheißtür auf«, sagte jemand. »Ich dachte, du hast einen Dietrich. Der Wichser ist wahrscheinlich unterwegs und holt gerade einem Baum einen runter.«

»Besorg uns besser den Durchsuchungsbefehl«, sagte eine andere Stimme. Suzanne und ich sahen uns an. Die Cops waren früh auf den Beinen und scharf drauf, Simon einzulochen. Der mit Namen Harry sagte eine Nummer, und der andere hämmerte sie daraufhin anscheinend in ein Mobiltelefon. Er rief den Dienst habenden Richter an, um sich einen Durchsuchungsbefehl zu besorgen.

Wir rührten uns nicht. Ich senkte den Blick auf das Gemälde in meiner Hand. Es zeigte zwei anscheinend unvollendete Selbstporträts von Simon, das eine ockerfarben, das andere schwarz, beide in kühnen, stumpfen Pinselstrichen in der Manier von Francis Bacon. Das Schwarze jedoch ging in Flammen auf, der Mund war zu einem Schmerzensschrei geöffnet. *Double Man,* dachte ich.

Ich drehte mich zu Suzanne um, die etwa einen Meter neben mir stand und auf den Kühlschrank starrte. Der Cop draußen hatte inzwischen das Büro des Richters erreicht. Ich folgte Suzannes Blick zur Kühlschranktür. Dort hing ein Kalenderblatt für den Monat November. Es gab nur zwei Einträge: Für den 1. November – »Karin/Treffen«.

Für den 6. November war ein gelbes Post-it mit einer Telefonnummer eingeklebt worden – »(415) 555 0173«. Geschrieben in Simons unverwechselbarer Schönschrift im Graffitistil.

Suzanne runzelte die Stirn und zeigte auf den Post-it-Zettel. »Heute«, flüsterte sie.

Ich nickte. Durch die Tür war der Cop zu hören, der die Einzelheiten des Hausdurchsuchungsbefehls mitschrieb. Sein Kumpel machte sich bereits mit seinen Dietrichen an der Tür zu schaffen. Ich hörte, wie das Schloss klickte. Ich stellte das Gemälde fort und zog den Post-it vom Kalender ab, faltete den Zettel und verstaute ihn in meiner Jackentasche. Ich schlich ein Stück nach rechts und zog vorsichtig den Riegel der Küchentür zurück. Sie führte auf ein unangenehm feucht riechendes hinteres Treppenhaus. Ich nickte Suzanne zu, und so leise wie möglich verließen wir das Gebäude durch den Garagenbereich auf der Rückseite. Wir umrundeten die Hausecke und waren bereits auf dem Weg zu unserem Wagen, als ich wieder wie angewurzelt stehen blieb. Zwei weitere Cops hatten sich gut zehn Meter von dem Trans Am postiert, während ein dritter das Nummernschild aufschrieb. Wir waren am Arsch gekniffen.

Ich setzte ein entschuldigendes Lächeln auf und schlenderte zu dem Mann hinüber. »Officer, tut mir echt Leid. Ist hier Parkverbot? Ich und meine Alte warten nur drauf, dass die Cappuccinobude da drüben endlich aufmacht.« Er hörte auf zu schreiben und sah mich an. Ich beugte mich zu ihm und raunte ihm auf Suzanne zeigend zu: »Die hat 'n schlimmeres PMS als 'ne Stute in den Wechseljahren. Wenn ich nicht bald 'ne Ladung Koffein in die Alte reinpumpe, schaff ichs nie bis zum Mittagessen.«

Der Cop nickte verständnisvoll und steckte seinen Block weg. »Versuchen Sies bei Denny's. Die haben schon auf.«

»Danke. Sie haben mich gerettet.« Ich hielt Suzanne die Tür auf, stieg ein und winkte den drei Cops noch mal zu, als ich um die nächste Straßenecke verschwand.

»Das hat dir Spaß gemacht, stimmts, dieses Gelaber von wegen PMS?«, meinte Suzanne.

»Überhaupt nicht. Es war einfach nur das Erste, was mir in den Kopf kam.«

»Genau was ich meine.«

»Tut mir Leid, falls es ein Problem für dich ist, aber ich war vermutlich einfach nur sauer.« Ich bog auf die Ashby Richtung Bay ein. »Das war Gabriel, stimmts?«

»Was?«

»Der Typ mit dem X auf dem Gesicht. Auf Simons Bild.«

»Ich bitte dich! Das war doch rein symbolisch.«

»Er hatte Gabriels Haare – lockig und schwarz.«

»Moses, das ist zwanzig Jahre her. Müssen wir das ausgerechnet jetzt aufarbeiten?«

»Was macht er denn heute so?«

»Das weißt du doch – er schreibt Krimis fürs Fernsehen. Von der Sorte, die du nicht ausstehen kannst.«

»Triffst du dich noch mit ihm?«

»Nein.« Sie klang gereizt. »Wo fahren wir hin? Ich bin müde. Ich brauche etwas Schlaf.«

»Vorher müssen wir noch runter zur Golden Gate Bridge. Andernfalls sind sie weg.«

»Die Surfer«, atmete sie aus.

»Ja, die Surfer. Um acht sind die alle weg.« Ich warf einen Blick auf meine Uhr. »Damit bleibt uns noch eine Stunde. Vorher probiere ich aber noch diese Nummer hier aus.« Ich klopfte auf das Post-it in meiner Tasche.

»Hör zu, Moses.« Suzanne drehte sich auf dem Beifahrersitz zu mir und sah mich an. »Wenns bei diesem Trip nur um das geht, was du dir unter Vergeltung und Sühne oder was weiß ich für Ereignisse vorstellst, die sich vor tausend Jahren ereignet haben, dann kannst du genauso gut jetzt und hier anhalten. Ich werde einen Detektiv engagieren und Simon selbst finden. Wir können getrennte Wege gehen.«

»Das wird nicht nötig sein«, erwiderte ich.

3

Surfen unter der Golden Gate Bridge: Das ist ganz klar nur was für die absoluten Hardcores. Die Wassertemperatur liegt im Schnitt bei fünf bis zehn Grad, und die zwischen sechs und neun Meter hohen Wellen krachen mit brutaler Gewalt auf ein paar Furcht erregend zerklüftete Granitfelsen, die man am besten den Seehunden überlässt. Als ich Simon zum ersten Mal hier surfen sah, blieb mir vor Angst fast das Herz stehen. Er ritt auf einer besonders langen Pipeline direkt unter der Brücke zwischen zwei Betonpylonen, als wären sie die Flaggen eines Hochseeslalomkurses. Ich konnte nicht hinsehen und hielt die Luft an, bis er auf der anderen Seite wieder auftauchte und lachend zurück auf den Strand kam. Er umklammerte seinen Fuß, der auf dem Beton geringfügige Hautabschürfungen davongetragen hatte.

»Solltest du auch mal probieren, Pop«, sagte er und legte mir verschmitzt einen Arm um die Schultern.

»Direkt nachdem ich auf den Everest gestiegen bin«, entgegnete ich. Tatsächlich hatte ich einmal versucht, mit ihm zu surfen, ein paar Jahre zuvor in Malibu. Das Meer dort war wärmer und ziviler, aber selbst dort war ich vom Brett gefallen, bevor ich überhaupt richtig auf die Beine kam. Ich kriegte es ja kaum im Knien hin. Simon meinte einfach, ich müsste mehr üben, aber ich war skeptisch. Ich war schon vierzig, kein Alter, um mit dem Surfen anzufangen, auch wenn ich wegen ihm mit fünfunddreißig mit Abfahrtslauf angefangen hatte.

In Wahrheit fand ich meine Beziehung zu Simon hauptsächlich durch Sport – Tennis, Fahrradfahren, Basketball. Jedes Jahr ging ich mit ihm zu mehreren Spielen der Lakers, und dann gingen wir zum Abendessen in ein altmodisches italienisches Restaurant an der La Brea, wo man noch kochte wie in der Zeit, als noch niemand von sonnengetrockneten Tomaten oder Risotto con funghi porcini, von Hühnchen cacciatore oder Kalb parmigiana gehört hatte. Eine Hauptmahlzeit reichte aus, um die komplette Mannschaft der Lakers satt zu bekommen, die Verteidiger sowieso. Was schon ganz gut so war, denn besonders viel zu sagen hatte ich Simon nur selten, von den Hosiannas auf Magic und Worthy mal abgesehen. Anders als sein Bruder war er nie ein Kind vieler Worte gewesen, und ein besonders toller Schüler auch nicht. Ich glaube nicht, dass ich ihn jemals dabei erwischt habe, wie er ein Buch einfach nur zum Spaß gelesen hat, zumindest keines, das nicht zu neunzig Prozent aus Bildern bestand. In der dritten Klasse diagnostizierte man bei ihm eine Legasthenie. Aber wie viele Legastheniker konnte er hervorragend malen und zeichnen, und das machte er auch. Seit er drei war, kritzelte er immerzu irgendetwas: Bäume, Vögel, Raketen, kleine Cartoonfiguren mit traurigen Gesichtern, so als versuche er, uns etwas zu sagen, das durch Sprache nicht vermittelbar war.

Es war das gleiche Gesicht, das auch im *Double Man* auftauchte, und es war das gleiche, das häufig in den »bombs« erschien, den geheimen Graffitiwandbildern, die er und seine Freunde auf die Wände der Innenstadt von Los Angeles warfen. Die Ermittlungen im Zusammenhang mit Leon Erlangers Tod waren leider nicht der erste Zusammenstoß, den Simon mit dem Gesetz hatte. Seit der Junior High war er Mitglied der KGB, der »Kings of Graffiti Bombing«, manchmal auch bekannt als die »Kidz Gone Bad«, eine waschechte multikulturelle L.-A.-Gruppe bestehend aus Juden, Chinesen, Chicanos und ein paar schwarzen Kids, die immer auf der Suche nach einer nackten Wand, auf der sie ihren Protest zum Ausdruck bringen konnten, durch die Straßen der Stadt streiften. Manchmal war es ein ausgefeiltes Wandbild von erstaunlicher Schönheit und politischer Komplexität, aber viel zu oft war es nur das simple und hässliche Tag »KGB«, das wahllos auf Telefonmasten, Reklametafeln, Lieferwagen, Einkaufszentren oder Schulbusse oder überall sonst hingekritzelt wurde, wo sie ein paar Quadratzentimeter unbenutzten Raum finden konnten. Eines landete sogar auf meinem Garagentor.

Mit vierzehn wurde Simon das erste Mal verhaftet. Wer noch keine sechzehn war, durfte in L. A. keine Spraydosen kaufen, also klaute er in einem Eisenwarengeschäft am Santa Monica Boulevard zusammen mit einem Kumpel ein paar Dosen. Ich erhielt einen Anruf vom West Hollywood Sheriff's Department und musste ihn um zehn Uhr abends aus dem Gefängnis holen sowie das Versprechen ablegen, dass er einen Sozialarbeiter aufsuchen und so etwas nie wieder vorkommen würde. Klar doch. Ich wusste, und er wusste, dass ich es wusste, dass er innerhalb eines Monats wieder dabei war – womit nicht das Stehlen gemeint war, sondern die Hingabe an seine nächtliche Kunst. (Außerdem musste er geahnt haben, dass ich ihn insgeheim dafür bewunderte, dass er meine Fantasie auslebte, ein Rebell für soziale Gerechtigkeit zu sein.) Ein paar Jahre später erhielt ich den Anruf um vier Uhr morgens. Er und seine Kumpels waren in flagranti dabei erwischt worden, wie sie versuchten, ein neun Meter hohes Porträt von Rodney King, der von der Polizei zusammengeschlagen worden war, auf der Wand einer Bank im Wilshire District anzubringen. Es war eine tolle Arbeit, aber der Bezirksstaatsanwalt war kein Kunstliebhaber. Ich musste all meine Beziehungen zu ein paar Freunden in seiner Behörde spielen lassen, um sie mit keiner höheren Strafe als zwei Wochen Graffitibeseitigung an der Miracle Mile da wieder rauszuholen.

Das alles sah ziemlich lächerlich aus im Vergleich mit einer möglichen Anklage wegen Totschlags oder noch Schlimmerem, als ich an diesem Morgen neben Suzanne am Ufer stand und den Surfern bei ihrem Meerestanz zuschaute. Der Nebel war dicht, und man konnte sie kaum sehen, wenn sie sich aus den Wellen materialisierten wie dreidimensionale Bilder, bevor sie gleich wieder verschwanden. Ebenfalls kaum möglich, irgendwelche Polizisten zu sehen, die, das wusste ich, wahrscheinlich auf irgendwelchen Felsen oder über uns oben auf dem Steilufer kauerten und mit Feldstechern die Gegend nach einem Zeichen von Simon oder seinen Hüterkollegen abharkten. Beobachteten sie uns?

Ich war besonders misstrauisch, weil ich erst zehn Minuten zuvor an einer Telefonzelle angehalten, Simons Post-it herausgenommen und die anonyme Telefonnummer gewählt hatte. Wie sich herausstellte, war es die Zentrale des FBI in San Francisco. Bis um neun morgens war sie nicht besetzt, aber das Ansageband nannte für Notfälle eine andere Nummer. Ich entschied mich, die nicht anzurufen. Allerdings kam ich einfach nicht dahinter, was die Nummer in Simons Küche zu suchen hatte. Was hatte Simon vor? Wollte er die Verantwortung für das Spicken der Bäume übernehmen? Wollte er sich stellen? Den oder die anderen verpfeifen? Was?

»Erkennst du einen von denen?«, fragte ich Suzanne und zeigte auf die Surfer. Sie schüttelte den Kopf, als gerade zwei von ihnen aus dem Wasser kamen und mit den Brettern über dem Kopf auf uns zumarschierten. Der größere von beiden hatte lange, dünne schwarze Haare wie Howard Stern und trug einen Neoprenanzug. Sein Kollege war kleiner und stämmiger und sah aus wie ein Hawaiianer. Er war lediglich mit einer Speedo-Badehose bekleidet. Schon allein bei seinem Anblick hätte ich Lungenentzündung kriegen können, aber er bibberte nicht mal.

»Morgen«, sagte ich.

»Cops«, meinte Howard Stern zu seinem Kumpel, ging einfach an uns vorbei und lehnte sein Brett gegen einen Felsen. »In letzter Zeit kommen nur noch Cops hierher. Ist ja schlimmer als in einer verschissenen Winchell's Donut-Bude.«

»Wir sind keine Cops«, sagte ich und ging zu ihnen.

»Ehrlich«, sagte Suzanne.

»Oh, krass, Touristen. Von der Sorte haben wir mindestens zehn Minuten keine mehr gesehen«, sagte er zu dem Hawaiianer, der daraufhin grunzte und hinter den Felsen nach einer Papiertüte griff, aus der er einen gefüllten Donut kramte.

»Wir sind Eltern«, sagte ich. »Simon Wine. Kennt ihr ihn?«

Howard blieb stehen und sah uns direkt an, wobei sein Gesichtsausdruck plötzlich misstrauisch war. »Sie sind Mr. und Ms. Wine?«, fragte er.

»Das hier ist Mr. Wine. Ich bin Ms. Greenhut«, erklärte Suzanne.

»Aaa-hah«, meinte Howard.

Der Hawaiianer starrte uns stumm an.

»Können wir euch Jungs vielleicht zum Frühstück einladen?«, fragte ich.

»Wir kannten Ihren Sohn eigentlich gar nicht richtig«, sagte Howard schnell.

»Ich dachte, er hätte hier oft rumgehangen.«

»Er war mehr der stille Typ, eher ein Einzelgänger.«

»Jetzt steckt er bis zum Hals in der Scheiße«, sagte der Hawaiianer.

»Das wissen wir«, sagte Suzanne.

Ich beobachtete ein paar Gestalten auf dem kargen Strand in größerer Entfernung und sah dann den Hawaiianer wieder an, der ein nachdenkliches Gesicht machte. »Ich glaube, ich nehme Ihre Einladung an«, sagte er.

Zehn Minuten später saß er in einem Café am Seal Rocker vor einem großen Orangensaft, drei Spiegeleiern, vier Würstchen, Bratkartoffeln, Sauerteigtoast und Butter, dazu noch Blaubeerpfannkuchen und ein Haferkleiemuffin. Sein Kumpel hatte den gleichen Kardiologenalbtraum mit belgischen Waffeln anstelle der Pfannkuchen sowie zwei Apfel-Zimt-Muffins statt der Haferkleie. So viel zum Preis von Informationen an der San Francisco Bay.

»Das Problem mit Simon ist ... ist ...«, sagte der Hawaiianer – dessen Name, wie ich erfuhr, Donald war –, während er in kleinen konzentrischen Kreisen eine weitere Ladung Sirup über seine Pfannkuchen kippte, »ist, dass er alles viel zu persönlich nimmt. Stimmts nicht, Lewis?« Lewis – so hieß Howard wirklich – nickte, weil er den Mund viel zu voll hatte, um ein Wort herauszubringen. Ich schaute mich im Café um, das leer war bis auf einen glatzköpfigen Mann an einem Ecktisch, der uns den Rücken zugewandt hatte. Er schien nichts zu essen, hielt aber eine in der Mitte gefaltete Zeitung vor sich, als säße er in der U-Bahn. »Wie zum Beispiel«, fuhr Donald fort, »als eine Menge von uns Surfern so langsam mitbekamen, wie verschmutzt die Bay war. Jedes Mal, wenn man sich an seinem Brett einen kleinen Kratzer holte oder so – musste nicht mal ein tiefer Schnitt sein oder so –, dann entzündete sich das sofort wie Sau ... Erinnerst du dich noch dran, Lewis? Wie du nach dieser PG-&-E-Verklappung drei Monate mit einem Klumpfuß rumgerannt bist?« Lewis erinnerte sich noch. »Simon war deswegen damals stocksauer, Mann. Am Anfang hat er kaum was gesagt. Er ist ein stiller Typ, wie ich Ihnen ja wohl kaum erklären muss, aber man konnte deutlich sehen, dass er innerlich kochte.«

Ich schaute zu dem Glatzkopf hinüber, dessen Bestellung immer noch nicht gekommen war.

»Ich persönlich reg mich über so was nicht mehr auf«, sagte Donald. »Wahrscheinlich, weil ichs gewöhnt bin. Als ich noch ein kleiner Junge war, da war Maui ein totales Paradies. Die ganzen Vögel und Wale und Scheiße. Morgens in der Honolua Bay surfen – nachmittags Gras rauchen.« Er lächelte, schüttelte den Kopf und schmierte Marmelade zwischen die Pfannkuchen. Glatzkopf schlug eine Seite seiner Zeitung um. »Dann kommen immer mehr *haoles,* bauen alles zu einem beschissenen zweiten Miami Beach um, nur dass Miami Art déco ist und cool aussieht, während Maui eine Kloake mit abgefuckten Eigentumswohnungen mit schrägen hawaiischen Namen ist, die nicht mal wir Hawaiianer kennen. Genauso gut können sie mit ihren Casinos kommen – aber wissen Sie was? Es ist mir scheißegal. Das ist bloß ein einziger Planet. Wir können ihn verlieren. Da draußen gibts zig Milliarden andere.« Er deutete mit der Gabel nach oben in die Luft. »Und wer kann schon sagen, ob die Umweltverschmutzung nicht vielleicht Teil des Masterplans von Mutter Natur ist? Es ist doch nur Menschenscheiße. Genau wie Guano Vogelscheiße ist … Natürlich, Simon hat das nicht so gesehen. Am Ende ist er über den ganzen Müll ausgerastet und …«

»Einen Moment«, unterbrach ich, bevor er weiterreden konnte, und rief die Kellnerin, die neben der Kasse stand. »Könnten Sie dem Gentleman da drüben vielleicht ausrichten, dass ich ihm gern ein Frühstück spendieren möchte?« Ich deutete auf den Glatzkopf, der daraufhin in meine Richtung schaute und ein gekünsteltes Lächeln aufsetzte. »Probieren Sie mal die Blaubeerpfannkuchen«, sagte ich und wich seinem Blick nicht aus. »Die schmecken eins a mit Guavenmarmelade.«

»Ach, ja?«, antwortete er unterkühlt und beäugte mich eine Sekunde, bevor er auf seine Uhr sah. »Ich werde sie wohl auf meinen nächsten Besuch verschieben müssen.« Er stand auf und legte ein paar Dollar neben seinen Kaffee. »Ich bin am anderen Ende der Stadt zum Frühstück verabredet. Leben Sie wohl.« Ohne einen Blick zurück verschwand er durch die Tür.

»Wer war das?«, fragte Lewis.

»Das Scheiß-FBI«, sagte Donald. »Seit die meinen Cousin in Lahaina eingelocht haben, erkenne ich sie.«

»Gutes Auge«, sagte ich und beobachtete durchs Fenster, wie der Glatzkopf in einem Pontiac wegfuhr. »Und jetzt erzählt mir was über Simon.«

»Sie haben wahrscheinlich schon gehört, was passiert ist«, erwiderte Donald. »Am Strand weiß es jeder.«

»Ich würde gern Ihre Version hören«, sagte ich.

»Na, wissen Sie, ungefähr einen Monat nach der Schweinerei in der Bay hat er bei einer Verwertungsfirma ein riesiges Fass unbearbeiteten Abfall geklaut – Scheiße, blutige Spritzen, alte Kondome, alles Mögliche eben – brach mitten in der Nacht ins PG-&-E-Hochhaus an der Market Street ein und verteilte vor dem Büro des Direktors den ganzen Scheiß auf dem Boden!«

»Das hat er getan?«, sagte ich.

»Das wussten Sie nicht?« Donald sah überrascht aus. »Mann, das hat einen Stunk gegeben!«

Ich schüttelte den Kopf und warf Suzanne einen Blick zu. Sie wusste es auch nicht.

»Sie haben dabei ein paar Männer vom Sicherheitsdienst k.o. geschlagen«, fuhr er fort.

»Ich hab gehört, sie hätten sie nur gefesselt«, meinte Lewis. »Und hätten ihr Fahrstuhlsystem für einen Monat lahm gelegt.«

»Genau, genau«, sagte Donald.

»Und was ist dann passiert?«, fragte Suzanne. Sie wirkte völlig fassungslos. Ich legte meine Hand auf ihre Schulter.

»Nichts«, sagte Lewis. »Soweit ich weiß, sind sie ungeschoren damit durchgekommen ... Ihr Sohn ist ein echter Glückspilz.« Er lachte. »Oder er kennt ein hohes Tier.«

Ich atmete langsam aus, stand auf und ging zum Tisch des Glatzkopfs hinüber, nahm die Zeitung, die er gelesen hatte, und kehrte damit zurück. Es war der *Chronicle* von heute Morgen. Die Schlagzeile in der linken unteren Ecke lautete: BEISETZUNG VON HOLZFÄLLER IN GARBERVILLE GEPLANT. Lewis und Donald starrten darauf und runzelten die Stirn, dann saßen sie eine ganze Weile schweigend da.

»Wäre schön, wenn wir Simon helfen könnten«, sagte Donald schließlich, wobei seine Stimme mit einem Mal ruhig und teilnahmsvoll war.

»Ja«, sagte Lewis. »Der Typ war in Ordnung. Sie hätten ihn surfen sehen sollen. Ehrfurcht gebietend. Er hätte glatt Profi werden können.«

»Wir haben ihn schon gesehen«, sagte Suzanne.

»Aber diese Hüter«, meinte Lewis. »Das waren vielleicht Typen. So was wie eine Öko-Gestapo.«

»Sie sind denen begegnet?«, fragte ich.

»Paar Mal.«

»Wann genau?«

Er sah Donald an. »Dürfen wir darüber reden?«

»Die Cops haben nichts gesagt.« Er zuckte die Achseln.

»Ist sowieso schon ziemlich lange her. Letztes Jahr. Irgendwann im September. Vielleicht auch November. Die sind hergekommen, um Simon zu besuchen. Sind aber nicht gesurft. Ich glaub auch nicht, dass sies gekonnt hätten, selbst wenn sie wollten.«

»Wer waren sie?«

»Eine Frau und ein Mädchen. Ihre Namen kenne ich nicht.«

»Und, wie haben sie denn ausgesehen?«, fragte Suzanne.

»Das Mädchen war schon irgendwie cool. Ein Grungetyp. Die Frau war aber nicht so toll. Alt, Sie wissen schon. Über dreißig.«

»Klar«, sagte ich.

»Aber das Mädchen war echt süß. Klasse Figur, sah man sofort, selbst unter all den Klamotten. Durch den linken Nasenflügel trug sie zwei Ringe. Ich mags, wenns so ist, auf der linken Seite, meine ich.«

»Hieß sie vielleicht Karin?«, fragte ich.

»Ich habs Ihnen doch schon gesagt. Die haben ihre Namen nicht verraten … Die Ältere war so was wie ein Anführer. Wahrscheinlich 'ne Chefbaumflüsterin oder so. Sie hat gehumpelt.«

»Das ist eine Geheimgruppe«, sagte der Hawaiianer. »Sagt wenigstens die Polizei. Was wie Untergrundterroristen.«

»Hat mir in der Seele wehgetan«, fügte Lewis hinzu. »Mein Mann Simon gibt sich mit so illegaler Scheiße ab. Da wird ein Surfertalent verschwendet.« Er schüttelte den Kopf und stach ein letztes Mal auf seinen Pfannkuchen ein. »Ich hab neulich abends diesen Kerl, diesen Newt Gingrich in der Glotze gesehen. Es ist ein neues Zeitalter, Mann. Jede Menge Chancen. Keine staatlichen Einmischungen mehr und all die Scheiße. Wenn man die Redwoods retten will, kann man sich einen kaufen.«

4

»War das Baumvernageln denn noch nicht genug?«, fragte Suzanne.

»Im Büro des Direktors ist niemand verletzt worden. Du hast selbst gehört, was er gesagt hat. Sie haben das Wachpersonal nur gefesselt.«

»Und wenn das jeder weiß, wieso sind sie dann ungeschoren damit durchgekommen?«

»Wer weiß, obs wirklich so war?«, sagte ich. »Aber egal, lass uns jetzt schlafen.«

Ich hatte es schon eine ganze Weile versucht, wie ich in meinem Einzelbett Suzanne zugedreht lag, die ein eigenes Bett nur wenige Zentimeter entfernt hatte. Trotz der inzwischen offenkundigen Tatsache, dass man uns beschattete – auf jeden Fall am Surferstrand, vielleicht aber auch die ganze Strecke von L. A. aus –, waren wir viel zu erschöpft, etwas dagegen zu unternehmen. Nach einigem verschlüsselten Hin und Her, ob wir nun ein oder zwei Zimmer nehmen sollten, entschieden wir uns für ein Doppelzimmer im alten Seal Rock Inn, um ein oder zwei Stunden die Augen schließen zu können. Allerdings gelang mir genau das nicht länger als eine Minute. Ich lag einfach da und starrte zu den Seehunden auf dem berühmten Felsen hinaus. Es müssen an die hundert gewesen sein, die munter vor sich hin bellten. Ich seufzte tief.

»Klappt nicht, hm?«, sagte sie.

»Es liegt an diesen Dreckskerlen vom FBI. Die halten mich immer mit ihrer lauten Musik wach – stets auf der Suche nach schmutzigen Worten in den Raptexten.«

Suzanne lachte leise und drehte sich im Bett zu mir um. Unter ihren dunkelbraunen Augen waren Ringe aufgetaucht, und oben auf ihrem Wangenknochen war ein winziger Fleck, wo das Mascara verlaufen war – die gleiche Stelle, erinnerte ich mich, wie immer, wenn sie zu müde war, um sich abzuschminken. Ich roch ihren Moschusduft, der mich an das Patschuli erinnerte, das die meisten Frauen, die ich kannte, trugen, als wir jung waren. Aber dies hier war definitiv Suzannes eigener Geruch und kein Parfum. Es war ein seltsam vertrautes Gefühl, dort ihr gegenüberzuliegen und gerade mal ein paar Laken und Decken zwischen uns zu haben, etwas aus der fernen Vergangenheit, das irgendwie nie verschwunden zu sein schien, auch wenn ich es oft völlig vergessen hatte – etwas, das ich selbst noch in den zunehmend selteneren Augenblicken zu unterdrücken versuchte, wenn es mir wieder in den Sinn kam. Ich fragte mich, wie es wohl gewesen wäre, die letzten siebzehn Jahre mit ihr verbracht zu haben, ob wir uns ausgehalten hätten, ob es besser geworden wäre, ob ich jemals über das Gefühl des Verrats und der Enttäuschung weggekommen wäre. Ich wusste es nicht. Ich wusste nur, dass dies mit Sicherheit nicht der Moment war, es herauszufinden.

»Wir sollten lieber aufstehen«, sagte ich und schob meine Füße aus dem Bett. »Wir wollen doch nicht zu spät zur Beerdigung kommen.« Ich deutete auf den *Chronicle*, den ich aus dem Café mitgenommen hatte.

»Die Beerdigung?«, sagte Suzanne und setzte sich jäh auf. »Bist du verrückt, oder was?«

»Die braven Bürger von Garberville werden doch nicht wissen, wer wir sind.«

»Ja, sicher, aber unsere Aufpasser schon.« Sie zeigte aus dem Fenster auf unseren orangenen Trans Am, der ganz allein auf dem Hotelparkplatz stand und ungefähr so dezent und unaufdringlich war wie eine Stripperin in einem Kloster.

»Weißt du«, sagte ich. »Dieser Wagen könnte ganz klar eine Wäsche vertragen. Das sollten wir tun.«

»Jetzt?«

Eine halbe Stunde später schauten wir zu, wie der Trans Am im Bay Vista Car Wash an der Van Ness von dem ersten Schwall recycelbarem Seifenwasser umspült wurde. »Blue Coral Wachspolitur, Rundumversiegelung, Dampfstrahlmotorwäsche und aromatisches Kiefernwaldshampoo für die Polster«, sagte Suzanne zu dem Mann an der Kasse.

»Je länger, desto besser«, fügte ich hinzu, nahm sie am Arm und begleitete sie schnell den Glaskorridor hinunter. »Außerdem wird Jorge ein jungfräuliches Fahrzeug zu schätzen wissen, wenn er raufkommt, um es abzuholen.« Wir setzten unseren Weg durch die Gänge mit Autozubehör fort, ohne uns noch einmal umzudrehen, dann durch eine Seitentür hinter einem abgestellten Sattelschlepperauflieger hinaus und weiter um die nächste Ecke zu einer MUNI-Haltestelle. Ich war nicht sicher, welcher der vier oder fünf Wagen, die uns die Geary rauf zur Van Ness gefolgt waren, unser Schatten war, aber das spielte im Grunde auch keine Rolle, solange sie nur auf das Ende der umfangreichen Schönheitsbehandlung des Trans Am warteten. Wir kauften uns nur Zeit, vielleicht sogar genug, um nach Garberville zu kommen, bevor sie unsere Fährte wieder aufnahmen.

Aber zuerst wollte ich sehen, was ich über die geheimnisvolle Karin herausfinden konnte. Als wir in einem Budgetbüro in der Nähe des Presidio standen und darauf warteten, dass sie unseren frisch gemieteten kastanienbraunen Buick mit Veloursitzen brachten, borgte ich mir das Telefon aus und rief das Philosophische Institut der University of California in Berkeley an.

»Karin Maxwell«, sagte ich der Sekretärin. »Sie studiert bei Ihnen.«

»Wir haben keine Maxwell«, sagte sie.

»Tja, ich dachte, der Name wäre Maxwell … Aber ich bin sicher, dass sie Karin heißt, mit einem i.«

Ich hörte das Seufzen der Sekretärin am anderen Ende der Leitung, aber es war ein Seufzer, wie man ihn macht, wenn man tatsächlich mal jemandem einen Gefallen tut, wie zum Beispiel durch einen Computer zu scrollen. »Wir haben niemanden mit dem Vornamen Karin«, sagte sie schließlich. »Weder mit e noch mit i.«

Ich bedankte mich bei ihr und legte auf. Unser Wagen rollte an. Ich sagte Suzanne nichts von dem Ergebnis der Unterhaltung, bis wir auf dem 101 North über die Golden Gate Bridge fuhren. Das Wetter war frisch bei guter Sicht. Hinter uns war niemand zu entdecken, aber entspannen konnte ich immer noch nicht.

»Vielleicht hätte ich es noch bei einem anderen philosophischen Fachbereich versuchen sollen … UC Davis oder Santa Cruz.«

»Vielleicht heißt sie ja gar nicht Karin«, sagte Suzanne.

»Ein *nom de guerre?* Wie Carlos oder Abu Nidal? Das halte ich nicht für sehr wahrscheinlich.«

Aber was wusste ich denn schon? Die Möglichkeit, dass mein eigener Sohn erheblich mehr war, als ich dachte, hatte meine Annahmen allesamt infrage gestellt. Raffinierte Streiche, wie Abfälle in das Büro eines Direktors zu kippen, waren eine Sache, aber das Gespenst der Gewalt war wieder einmal heraufbeschworen worden, nicht so schlimm wie bei dem Tod eines Holzfällers, aber da war es trotzdem. Hatte Karin ihn in diese Sache hineingezogen, oder war er wenigstens zum Teil selbst dafür verantwortlich? Oder, schlimmer noch, könnte er der Anstifter gewesen sein? Aber warum? In den radikalen Gruppen, die ich gekannt hatte, waren die extremsten Typen meistens die Polizeispitzel gewesen.

»Ich bin sicher, dass er reingelegt wurde«, sagte Suzanne, als wir an der Ausfahrt Sausalito vorbeikamen und weiter ins Mill Valley fuhren. »Und so was macht man am besten über das Internet. Mein Partner André ist praktisch nonstop online. Er sagt, es sei ein idealer Treff für Lügner – Männer, die sich als Frauen ausgeben, Frauen, die sich als Männer ausgeben, zehnjährige Jungs, die so tun, als wären sie Dominas …«

»Kein Scheiß«, sagte ich und beschloss, keine Silbe über meine Abenteuer zu verlieren, als ich ein gefälschtes Passwort benutzte, um mich bei einem lesbischen Forum in Santa Monica einzuloggen. Das war nicht gerade der politisch korrekteste Augenblick, gleichwohl es durchaus meine beste Stunde als Hackerneuling gewesen sein mag. Nach unserer Ankunft in dem Motel war ich nicht so erfolgreich gewesen. Ich hatte einen enttäuschenden Versuch mit meinem Laptop gestartet, mich beim FBI-Server einzuloggen, um zu sehen, ob ich irgendwelche Dateien über die Hüter herunterladen konnte. Ich brauchte ungefähr sechs Versuche, um an der Meldung HOST ANTWORTET NICHT vorbeizukommen, nur um dann sofort feststellen zu müssen, dass es in ihrer Datenbank keinen Eintrag für HÜTER gleich welcher Art gab. Dann gab ich den Namen NICHOLAS BART ein, machte noch fünf weitere Versuche, nur um am Ende die Meldung DATEI KANN NICHT GELADEN WERDEN – UNZUREICHENDE ZUGANGSBERECHTIGUNG zu bekommen.

»Wenn dein Partner so ein engagierter Computerfreak ist, könnte er doch vielleicht für uns in den FBI-Server einbrechen.«

»Ich weiß nicht, ob er *so* gut ist«, antwortete Suzanne. »Und seine Frau hat auch langsam die Schnauze voll.«

»Eine ›Netzwitwe‹, hä?«

»Sie behauptet, schon seit Monaten nicht mehr mit ihm geredet zu haben. Sie droht damit, sein Modem zu verbrennen.«

»Sag ihm, wir kaufen ihm ein neues. Er soll bei der Gelegenheit auch mal sehen, was er über die Hüter im Allgemeinen in Erfahrung bringen kann. Vielleicht erfährt er durch irgendeine Angeberei in einer der Newsgroups was Interessantes.«

»Den Versuch ist es wert«, sagte Suzanne. Wir hatten beide Mobiltelefone, aber genauso gut hätten wir dann unsere Privatangelegenheiten gleich bei Larry King Live in die Welt hinaustrompeten können, also bog ich vom Freeway zu einer Tankstelle ab, damit sie dort aus einer Telefonzelle anrufen konnte. Die Reifen des Buick schienen nicht genug Luft zu haben, also nutzte ich die Gelegenheit, den Luftdruck zu messen, bevor wir unsere Reise nach Norden fortsetzten. Dabei keimte in mir der Verdacht, dass wir trotz all unserer Anstrengungen immer noch verfolgt wurden. Ein dunkelblauer Mercury Sable hielt auf dem Parkplatz des Jack in the Box auf der anderen Straßenseite. Genau dasselbe Fahrzeug war zwei Wagen hinter uns gewesen, als wir die Mautstelle auf der Golden Gate Bridge passierten, und ich meinte, das Auto auch gesehen zu haben, als wir da noch mit dem Trans Am gegen drei Uhr an diesem Morgen auf der I-5 kurz zum Tanken gehalten hatten. Diesmal bemerkte ich allerdings eine kleine Antenne auf dem Dach, eine von der Sorte, die wie kleine Baseballs aussehen. Der Fahrer, ein fleischiger Blonder in grauem Trainingsanzug, schien es nicht besonders eilig zu haben auszusteigen und sich einen Imbiss zu besorgen oder auch nur die Seitenscheibe runterzukurbeln, um dem leblosen Jack seine Wünsche mitzuteilen. Er nahm einfach nur ein *People Magazine* in die Hand und begann zu lesen, blätterte ziemlich planlos darin herum, was mich zu der Annahme verleitete, dass er dem Text keine übermäßige Aufmerksamkeit schenkte.

Ich stieg wieder in den Wagen und versuchte dahinter zu kommen, wo er sich uns wieder an die Fersen geheftet hatte. Bei der Autovermietung? Ich hatte Jorge von dem Apparat dort aus angerufen und ihm gesagt, wo er sich seinen Trans Am wieder abholen konnte. Oder zapften sie sein Telefon ebenfalls an? Oder hatten sie mir von Anfang an eine Wanze untergejubelt, irgend so einen Hightechsender, den ich weder sehen noch erkennen konnte? Ich fing an, mich abzuklopfen, hörte dann aber sofort wieder auf, weil ich mir ziemlich lächerlich vorkam. In diesem Augenblick stieg Suzanne wieder ins Auto.

»Ich habe André erreicht«, sagte sie und starrte mich dabei merkwürdig an. »Seine Frau ist frisch ausgezogen. Sie reicht die Scheidung ein.«

»Was für ein Timing … Ich schätze, dann werden wir uns wohl jemand anderen suchen müssen.«

»Nein, nein. Er sagt, jetzt hätte er jede Menge Zeit, online zu gehen.«

»Super«, sagte ich, als ich die Tankstelle verließ. »Umso besser für uns, wenn schon nicht für ihn.« Bei einem Blick in den Rückspiegel hatte ich gleich noch einen Grund zur Freude. Der Sable interessierte sich offenbar nicht für unseren Aufbruch. Und nicht nur das, der Fahrer beugte sich aus seinem Fenster und gab seine Bestellung in die Gegensprechanlage durch. Vielleicht hatte ich mich ja doch geirrt. Vielleicht wurden wir ja gar nicht mehr beschattet und ich war doch keine verdrahtete Taube, welche die Zauberer am Radar zu meinem Sohn führte.

Doch kaum war ich wieder auf dem Freeway, verfinsterte sich meine Stimmung schlagartig. »Ich hoffe, sie schaffen es noch mal«, sagte ich. »André und seine Frau.«

»Das ist nett«, sagte Suzanne. »Aber du kennst sie ja nicht mal.«

»Klar, aber … aber ich kann mitfühlen. Ich weiß, was in unserer Generation mit Ehen passiert.«

»Kann ich mir denken.«

»Sicher. Und du weißt es auch. Denk nur daran, was mit uns passiert ist. Was es mit Simon gemacht hat.«

»Ich dachte, du hättest gesagt, wir wären dafür nicht verantwortlich.«

»Wer denn sonst? Wir sind seine Muter und sein Vater. Sieh dir nur an, wie wir gelebt haben.«

»Wie haben wir denn gelebt?«

»Ich bitte dich, Suzanne! Freie Drogen, freie Liebe … ›Zwei, vier, sechs, acht. Bekämpf die Gesellschaft, zerschlag die Macht.‹«

»Darüber haben wir geredet. Genau wie alle anderen auch. Aber wirklich getan haben wirs doch nicht.«

»Genau das ist der springende Punkt. Wir haben die ganze Zeit davon geredet. Was anderes hat Simon doch nie zu hören bekommen.«

»Kinder hören alle möglichen Sachen.«

»Und wir haben es manchmal auch getan.«

»Was getan?«

»Herumgevögelt. Unter dem Deckmantel irgendeiner Sozialphilosophie von Bertrand Russell.« Ich schaute zu Suzanne rüber, die mich mit eisigem Blick anstarrte.

»Würdest du bitte die Augen auf der Straße halten?«, sagte sie.

»Ich halte die Augen auf der Straße.«

»Nein, tust du nicht … Und ich habe auch nicht herumgevögelt, wie du dich ausdrückst.«

»Klar, sicher … Du warst verliebt. Ich bin derjenige, der einen One-Night-Stand hatte. Faye Ebersol war mir scheißegal … Aber du hattest eine Seelenbrüderschaft zu Gabriel Levine entdeckt.«

»Wenn du das glaubst.«

»Natürlich glaube ich das. Du hast es mir selbst gesagt. Die Sache lief doch über Jahre.«

»Bist du dir sicher?«

»Natürlich! Es hat uns auseinander gebracht!«

»Woher weißt du das?«

»Oh, und ob ich es weiß! Todsicher weiß ich das!« Ich brüllte fast.

»Nein, tust du nicht. Überhaupt nicht!«, brüllte sie zurück.

»Doch, tue ich wohl! Und ich dachte, du wolltest nicht, dass dieser Trip zu einer Aufarbeitung unserer Beziehung ausartet!«

»Will ich auch nicht.«

»Dann drehs auch nicht so.«

»Werde ich nicht.« Sie unterbrach sich für einen Moment, lächelte dann. »Frieden«, sagte sie, verhielt sich reifer als ich. Aber nach einem weiteren Augenblick kühlte ich mich auch wieder ab und erwiderte ihr Lächeln. »Okay«, sagte ich. Inzwischen hatten wir das Weinland erreicht, rauf Richtung Heraldsburg erstreckten sich kilometerweit Weinberge hin zu sanften, mit Eichen und Platanen bestandenen Bergen. »Tut mir Leid, dass ich mich so habe mitreißen lassen. Das war nur verdrängte Besorgnis – um Simon.«

»Ich weiß«, sagte sie. »Offensichtlich wars bei mir genauso.« Und dann fügte sie hinzu: »Aber ich habe ein paar andere Gedanken ... falls es dich interessiert ... dazu, warum wir in Wahrheit Schluss gemacht haben.«

»Ich hoffe, du teilst sie mir mit.«

»Das werde ich ... Aber jetzt müssen wir erst mal Simon finden.«

»Okay ... Aber wir sollten dabei lieber vorsichtig sein.«

»Warum?«, fragte Suzanne und beäugte mich seltsam.

»Weil wir immer noch verfolgt werden.«

»Scheiße«, sagte sie, drehte sich auf ihrem Sitz um und sah aus der Heckscheibe. Ein Mercedes-Kabrio hatte uns gerade überholt und sich direkt vor uns gesetzt, wodurch der Mercury Sable sichtbar wurde, der diskret etwa sechs Wagenlängen hinter uns fuhr, und auch die distanzierten blauen Augen des blonden Mannes, der direkt in unseren Rückspiegel starrte.

»Keine Angst«, sagte ich und trat das Gaspedal durch. »Es ist nur die Bundesregierung.« Ich lächelte und winkte dem blonden Mann zu, als der Buick hochschaltete, nach vorne losschnellte, sich vor die Wagen neben uns setzte und sich durch die Meute vor uns schlängelte. Einen Moment lang hielt der Mercury das Tempo mit, doch ich behielt das Gas durchgetreten, beschleunigte von hundertzwanzig auf hundertvierzig. Schon bald machte ich hundertfünfzig Sachen und wurde immer schneller, überholte eine weitere Gruppe Autos und flog nur so über den freien Highway mit Ziel Redwood-Land. Fast machte es sogar richtig Spaß, aber nach einer oder zwei weiteren Minuten wurde der Mercury langsamer und verschwand wieder in der Menge.

»Er wird wieder auftauchen«, sagte Suzanne.

»Worauf du dich verlassen kannst«, erwiderte ich.

5

Die erste Straßensperre erreichten wir zehn Kilometer südlich von Willits, wo der 101 durch den ersten der großen Redwood-Wälder führt und vorübergehend zu einer zweispurigen Landstraße wird. Wir hatten kaum Zeit genug, die prächtigen Bäume zu bewundern, als wir auch schon von einem State Trooper an den Seitenstreifen gewunken wurden, der uns vor einer Sperre halten ließ und mit einer fordernden Geste meine Papiere sehen wollte. Ich reichte ihm meinen Führerschein. Er warf einen Blick darauf und ließ sich angesichts meines Nachnamens keinerlei besondere Reaktion anmerken. Dann musterte er Suzanne und mich kurz.

»Auf der Durchreise?«, fragte er.

»Touristen.«

»Seien Sie vorsichtig und bleiben Sie auf den Hauptstraßen. In dieser Gegend hat es Schwierigkeiten gegeben. Sie haben vielleicht schon davon gehört.«

»Im Ernst«, sagte ich. »Soweit ich weiß, gibts eine Belohnung.«

»Viel Glück«, sagte er, lachte und gab mir meinen Führerschein zurück. »Vielleicht kriegen Sie sie.«

Ich hob zum Abschied die Hand und passierte die Straßensperre. Im Rückspiegel suchte ich in der langen Autoschlange am Kontrollpunkt nach dem Wiederauftauchen des Mercury. Obwohl es heller Tag war, hatten die meisten ihre Scheinwerfer als Vorsichtsmaßnahme gegen die dichten Nebel an, die von einem Moment auf den anderen die ganze Gegend wie eine flutartige Überschwemmung einhüllen konnten. Immerhin befanden wir uns hier in den Küsten-Redwoods.

Willits selbst lag in einem engen Tal und war in einen dieser Nebel gehüllt. Als wir durch die Stadt fuhren, konnte ich nur einige wenige Geschäfte erkennen – einen Bioladen, einen winzigen Laden mit Importwaren wie marokkanischem Schmuck, ein Café namens Tsunami, wo es Zen- und nordindische Küche gab, ein ökologisches Informationszentrum. Wir waren in dem Land, in dem die Sechziger nie zu Ende gingen, wo sich alternde Hippies und ihre Anhänger mit Holzfällern und ihren Familien über moralische Wahrheit und ökonomisches Überleben schlugen.

Und das Herz dieser Schlacht war Garberville, die nächste nennenswerte Stadt hinter Willits, wo die verschiedenen gegeneinander stehenden Kräfte in den Nordküstenkriegen – Marihuanaanbauer, Holzfäller, Ökologen, Holzbarone, DEA-Agenten – aufeinander prallten wie exotische Zutaten in einem gigantischen Eintopf, die niemals eine Verbindung eingehen würden, gleichgültig, wie lange man sie kochte. Und dies war die Stadt, wo Leon Erlangers Tod – angeblich auf Betreiben meines Sohnes – durch ein feierliches Zeremoniell gewürdigt wurde.

Aber Garberville erinnerte kaum an Sarajevo, als Suzanne und ich an diesem Tag um zehn vor zwölf langsam die Hauptstraße hinunterfuhren, den Redwood Drive. An der Oberfläche schien es kaum mehr zu sein als das typische kalifornische Kuhdorf – drei Blocks lang mit Tankstellen an jedem Ende sowie einem Kaufhaus, ein paar Restaurants bekannter Fastfoodketten und einigen Motels mit putzigen Namen in der Mitte, um Touristen zu bestricken. Allerdings gab es anscheinend auch zwei richtige Restaurants. Das eine hieß Café Garberville, warb mit Schweinskoteletten, Rippchen und »Killer Krautsalat« und hatte in der Eingangstür ein Schild mit der Aufschrift »Keine Rucksäcke!« über einem Stoßstangenaufkleber, der verkündete: »Bist du Umweltschützer oder gehst du richtig arbeiten?« Gar keine Frage, welche Kundschaft sie ansprechen wollten. Dito der Mitbewerber auf der anderen Straßenseite, das Woodrose Café, wo es biodynamische Linguini zum Mittagessen gab und in dessen Fenster eine Tafel hing, auf der die aktuellen Zahlen der noch auf diesem Planeten vorhandenen und gesichteten Eulen vermerkt wurden.

Die einzige Ähnlichkeit zwischen den beiden Schuppen bestand darin, dass beide in diesem Moment absolut leer waren. Weit und breit war keine Menschenseele zu sehen, als hätte es einen Fliegeralarm gegeben oder eine Flutwarnung. In der ganzen Stadt schienen sich obendrein bestenfalls ein oder zwei Autos zu befinden.

»Was ist aus dem Mercury geworden?«, fragte Suzanne.

»Keine Ahnung. Kurz vor der Straßensperre habe ich ihn das letzte Mal gesehen. Vielleicht haben sie begriffen, dass wir sie entdeckt haben, und jetzt wechseln sie sich irgendwie ab. Jetzt ist ein anderes Auto dran.«

Ich schaute zu einem an der Straßenecke parkenden Jetta, dessen Heck aus einer Seitenstraße herauslugte. Als wir dann aber die Straße erreichten, sah ich, dass es lediglich das Erste in einer anscheinend langen Reihe von mehreren hundert Autos war, die alle in Doppelreihen an einer zu einer Kirche am oberen Ende führenden Straße parkten. Hier waren also alle – die Beerdigung. Ich warf Suzanne einen kurzen Seitenblick zu und parkte den Buick. Dann nahm ich einen alten Filzschlapphut heraus und zog ihn mir tief in die Stirn. Dazu eine dunkle Hornbrille. Auf diese Weise flüchtig verkleidet, sah ich aus wie Woody Allen auf Angeltour. Suzanne wickelte sich einen schwarzen Schal um den Kopf und setzte ebenfalls eine Sonnenbrille auf. Wir stiegen aus und gingen den Berg hinauf.

Wenige Minuten später erreichten wir die weiße Holzkirche. Es sah aus, als hätte der Gottesdienst schon vor geraumer Zeit angefangen, und die Kirche war dermaßen voll, dass wir uns durch einen Seiteneingang hinten hineinzwängen mussten. »Wo kommen die alle her?«, raunte Suzanne mir zu. »Kaum zu glauben, dass hier so viele Leute leben.« Die Kirche war tatsächlich zum Platzen gefüllt mit Menschen aller Art, die sich auf den Bänken drängten oder im hinteren Teil standen, sich auf die Sockel von Säulen oder auf Zehenspitzen stellten, während wir versuchten, eine Stelle zu finden, von wo aus man besser sehen konnte. Direkt neben uns standen zwei Kerle, die mit ihren ZZ-Top-Bärten und teuren Tony-Lama-Cowboystiefeln wie reiche Pflanzer aussahen, neben ihnen einige jüngere Burschen in der Uniform der hiesigen Chevron-Tankstelle. Der eine oder andere starrte uns groß an, fragte sich wahrscheinlich, wer wir wohl waren, und ich nickte und lächelte ihnen höflich zu, versuchte, kein Misstrauen zu erregen. Vorne beendete ein Geistlicher seinen Segen vor einem geschlossenen Sarg, neben dem eine füllige dunkelhaarige Frau um die Dreißig, das Gesicht verschleiert und ganz in Schwarz, mit ihren Kindern stand, einem etwa vierzehnjährigen Mädchen und zwei Jungs, die noch keine zehn waren. Alle sahen aus, als hätten sie geweint. Der Jüngste verbarg sein Gesicht.

»Die Familie«, sagte Suzanne. Ihre Stimme klang angespannt und rau. Ich konnte mir vorstellen, wie sie sich fühlte. Mein Herz hämmerte. Es war nicht einfach, der Beerdigungsfeier eines Mannes beizuwohnen, der angeblich durch den törichten Eifer des eigenen Sohnes sein Leben verloren hatte.

Mir war übel. Ich schluckte und drehte mich um, weil ich Luft schnappen musste, als ich einen großen, an einen Vogel erinnernden Mann von Ende zwanzig bemerkte. Sein dicker grüner Pullover wirkte für seine hagere Gestalt viel zu groß. Er musterte mich mit einem erschreckten Gesichtsausdruck, als wollte er mich jeden Moment irgendeiner Sache beschuldigen, und ich drehte mich schnell wieder nach vorne um.

»Als unseren letzten Redner«, sagte der Geistliche, ein vorzeitig glatzköpfiger Mann Anfang dreißig mit hellbraunen Augen und leichtem Stottern, »möchte ich Ihnen jemanden vorstellen, der – wie man so schön sagt – keinem von uns großartig vorgestellt werden muss, ja, dessen Familie den größten Teil dieses Jahrhunderts niemandem in dieser Gemeinde vorgestellt werden musste – Mr. Lawton Stanley.«

Ein Mittfünfziger trat langsam vor. Er war groß und wirkte mit seinen grauen Schläfen patrizisch. Er trug einen klassischen schwarzen Nadelstreifenanzug mit einer schwarz-orangefarbenen Krawatte, was ihm das Aussehen eines Princeton-Kurators verlieh, ein merkwürdiger Anblick in einem solchen doch eher raubeinigen Kontext.

»Vizepräsident von Allied Lumber«, flüsterte mir ein Mann zu, der sich zu mir beugte, als er meinen verwirrten Ausdruck bemerkte. Er war etwa in meinem Alter, trug eine braune Bomberjacke sehr ähnlich meiner eigenen und hatte sich das grau melierte Haar zu einem Pferdeschwanz gebunden. In der linken Hand hielt er eine neue Leinenaktentasche von Land's End.

»Es ist eine Tragödie«, sagte Stanley. »Und weil ich kein Dichter bin, finde ich nicht die passenden Worte, um den Qualen Ausdruck zu verleihen, die wir wegen des Todes von Leon Erlanger alle empfinden. Auch wenn wir nicht zum engsten Familienkreis gehören« – er deutete mit einem Kopfnicken auf die Ehefrau und Kinder –, »gehören wir hier im Humboldt County doch alle zu einer großen Familie, sind alle Empfänger der großzügigen Gaben Gottes in diesem unglaublichen und wunderbaren Landstrich, um den uns die ganze Welt beneidet. Daher lautet die Frage: Warum musste es dazu kommen? Warum kämpfen wir gegeneinander? Wie kann es sein, dass manche glauben, diejenigen unter uns, die hier geboren sind, die hier aufgewachsen sind, deren Familien hier aufgewachsen sind, deren Eltern und Großeltern hier aufgewachsen sind, dass wir so herzlos wären, die außerordentlichen Geschenke der Natur zu zerstören, die unseren Lebensunterhalt sichern? Manche dieser Menschen, die so etwas glauben – nicht alle, aber doch einige; es wäre nicht fair, alle zu sagen –, haben sich als die wirklichen Zerstörer herausgestellt, als Menschen, die gegenüber dem menschlichen Leben völlig gefühl- und herzlos sind. Sie haben sich zu erkennen gegeben als Menschen, denen die Fische im Fluss, gefleckte Eulen und Kaninchen mehr am Herzen liegen als eine Ethel Erlanger und ihre wunderbaren Kinder Lorraine, Edward und Raymond. Gott rette ihre Seelen und auch unsere. Und möge Gott auch der Seele von Leon Erlanger die letzte Ruhe schenken.« Die Ehefrau begann wieder zu weinen.

Fünf Minuten später war es vorbei. »Es ist allerdings eine Tragödie … für die Umweltschutzbewegung«, sagte der Mann mit dem Pferdeschwanz, als wir hintereinander hinausgingen. Ich blieb stehen und sah ihn argwöhnisch an. So viel zu meiner Woody-Allen-Verkleidung. Er streckte die Hand aus. »Daniel Springer. Ich bin der Herausgeber des *Humboldt Herald.* Wir sind uns schon einmal begegnet. Ich habe Sie interviewt, als Sie noch Sicherheitschef bei Tulip Computers im Silicon Valley waren. Damals war ich bei den *San Jose Mercury News.*«

»Sorry«, sagte ich. Ich hatte nicht die leiseste Erinnerung, aber das hatte nicht viel zu besagen. Seit meinem kurzen Gastspiel bei Tulip waren zehn Jahre vergangen, und erinnern konnte ich mich nur noch daran, dass ich mir durch meine vorzeitige Kündigung Aktienoptionen im Wert von rund drei Millionen Dollar verscherzte.

»Ich habe gehört, dass Sie mit dieser Sache zu tun haben«, sagte Springer und nickte mitfühlend. »Muss schrecklich sein. Darf ich Sie zum Mittagessen einladen? Außer dem Woodrose gibts hier allerdings nicht viel. Aber die Linguini kann ich empfehlen.«

Ich warf Suzanne einen Blick zu, die nur mit den Achseln zuckte. Ich bezweifelte, dass sie hungriger war als ich.

»Sie sind zusammen, nehme ich an«, sagte Springer.

»Das ist Suzanne Greenhut«, sagte ich, als mein Piepser losging. Das Geräusch war nervend. Ich sah mir schnell die Nummer an und schaltete das Gerät aus.

»Tollen Piepser haben Sie da«, sagte er. »Sie sind doch ganz schön weit weg von Ihrem Büro.«

»Funktioniert über Satellit. Ich bin sogar in Vermont erreichbar, der Himmel hilft mir … Gibts hier irgendwo eine Telefonzelle?«

»Hinten.« Er deutete auf eine Tür neben dem Altar.

»Ich treffe euch dann im Woodrose?« Ich wartete auf Suzannes zustimmendes Nicken, bevor ich schnell durch diese Tür verschwand. Schon möglich, dass ich einen Satellitenpiepser hatte, durch den ich überall auf der Welt erreichbar war, aber dieser Anruf hier kam nicht von weit weg. Er hatte eine 707-Vorwahl, genau aus dieser Gegend Nordkaliforniens. Wer wusste, dass ich dort war – es sei denn, das FBI?

Vor dem Telefon in dem Flur stand eine Schlange, und ich musste einige Minuten warten, bevor ich einen Vierteldollar in den Schlitz stecken und die Nummer wählen konnte. Nach mehrmaligem Klingeln hörte ich, wie am anderen Ende abgenommen wurde, aber niemand meldete sich.

»Ich glaube, Sie haben meinen Piepser angerufen«, sagte ich schließlich, ohne meinen Namen zu nennen.

»Fahr zurück, Pop«, sagte die Stimme am anderen Ende.

»Simon!« Schnell schaute ich nach links und rechts, um mich zu vergewissern, dass niemand kam. Mit einem Mal zitterte meine Hand.

»Fahr zurück«, wiederholte er. »Du hast hier nichts zu suchen.«

»Wovon redest du da? Du bist mein Sohn. Du steckst in Schwierigkeiten.« Ich versuchte, leise zu sprechen, aber am liebsten hätte ich geschrien.

»Damit komme ich schon allein klar.«

»Woher wusstest du eigentlich, dass ich hier bin?«

»Ich habe meine Mittel und Wege.«

»Deine Mutter und ich …«

»Sie ist auch hier, stimmts?«

»Wir sind zusammen gekommen.«

»Das ist ja mal was ganz Neues.«

»Hör zu, was immer los ist, was immer passiert ist, du musst zuerst und vor allem anderen wissen, dass ich auf deiner Seite bin. Wir stehen auf deiner Seite. Was soll ich tun?«

»Nichts. Fahr einfach nach Hause.«

»Ich kann nicht nach Hause fahren. Die werden dich verhaften und … Bist du an einem sicheren Telefon?«

Er lachte. »Ich bin in einer Telefonzelle mitten im Nirgendwo. Abgesehen von ein paar Kühen kann mich kein Mensch sehen.«

»Gut. Gut.«

»Also fahr wieder, Pop, okay? Ihr hattet eure Chance. Jetzt sind wir dran. Fahr nach Hause zu deinem BMW und deinen Freundinnen.«

Das saß. »Vielleicht kann ich dir helfen«, sagte ich. »Auf meine Art bin ich immer noch auf der Seite der Engel.«

»Das ist eine Nummer zu groß für dich. Hier laufen fette Aktionen.«

»Hast du das auch dem FBI gesagt?«

»Was?«

»Die Telefonnummer stand auf deinem Kalender.«

»Du warst in meiner Wohnung?!« Er klang empört.

»Was sollte ich denn tun? Sollte ich dich vielleicht …«

»Ich kann einfach nicht glauben, dass du so was gemacht hast!«

»Tut mir Leid, aber ich …«

»Ich muss jetzt los.«

»Nein, warte. Wo bist du?«

»Ich kann nicht länger bleiben.«

»Tja, dann ruf mich an oder so.«

Er gab keine Antwort.

»Ich liebe dich«, sagte ich. Aber er hatte schon aufgelegt.

6

»Schlechte Neuigkeiten?«, fragte Springer, als ich neben Suzanne in eine Sitznische im Woodrose Café rutschte. Er musste es wohl meinem Gesicht angesehen haben. Der Laden war bereits voll mit Leuten von der Beerdigung, Leute von der Baum-Umarmer-Sorte. Das Essen war Siebzigerjahre-vegetarisch, eine Küche, die ich schon immer ganz besonders wenig ansprechend gefunden hatte, mit Betonung auf Siebenkornsandwiches und Guacamole. Eine Mitteilung auf der Speisekarte aus recyceltem Altpapier erinnerte uns: »Jedes Jahr verbraucht der durchschnittliche Kalifornier Holzprodukte, die einem Dreißig-Meter-Baum entsprechen.«

»Einer meiner Angestellten ist dabei erwischt worden, wie er den falschen Ehemann fotografiert hat«, sagte ich und fragte mich, ob ich mich so durchsichtig anhörte, wie ich mich fühlte. »Ich glaube, ich verliere einen Klienten.«

»Pech«, sagte Springer. »Aber wie man so schön sagt: Wenn die Katze aus dem Haus ist …«

»Versuch mal die Linguini«, sagte Suzanne und deutete auf ihren Teller. »Nicht völlig ungenießbar.«

»Keine Alfalfasprossen?«, fragte ich.

»Nein. Koriander und ich weiß nicht was.«

»Hanfpesto«, versuchte Springer zu witzeln. Ich gab der Kellnerin zu verstehen, mir auch eine Portion zu bringen.

»Tja, ich schätze, ihr zwei lebt getrennt. Ich bin beeindruckt.« Er atmete aus und schüttelte den Kopf. »In unserer Generation gibt es keinerlei Grund, warum wir an einer altmodischen Fehde wie aus *I Love Lucy* festhalten sollten. Für so was hatten wir alle viel zu viel Gruppenerfahrung. Außerdem weiß man ja nie, was passieren wird. Ein Freund von mir hat ein und dieselbe Frau dreimal geheiratet und sich wieder von ihr scheiden lassen, bevor er es auf sich beruhen ließ. Das ist doch Optimismus, hm?« Er sah mich fragend an, aber ich zeigte keinerlei Reaktion. In Gedanken war ich bei dem Telefonat mit Simon. »Also, passen Sie auf, wie ich Suzanne hier schon sagte … Es macht Ihnen doch nichts aus, wenn ich Sie nicht Ms. Greenhut nenne, oder? Meine erste Alte wollte immer, dass jeder sie Ms. nennt, deshalb hat das für mich schlechte Assoziationen.«

»Ganz wie Sie wollen«, sagte Suzanne.

»Jedenfalls, ich habe Sie nicht hierher eingeladen, um ein richtiges Interview mit Ihnen zu machen oder so. Den Stress, unter dem Sie momentan stehen, kann man sich leicht vorstellen. Ich dachte nur, vielleicht könnten wir beide von einem Gedankenaustausch profitieren. Natürlich völlig inoffiziell. Könnte sein, dass Sie wissen möchten, was hier abgeht, und falls ich irgendwas im *Herald* bringen will, werde ich Sie vorher fragen, sogar schriftlich, wenn Sie wollen.«

»Ich glaube kaum, dass wir sehr viel Zeit haben«, sagte ich. »Es sei denn, Sie können uns sagen, wie wir die Hüter des Planeten finden können.«

»Wenn ich das könnte, wäre ich nicht Herausgeber dieses Käseblatts«, sagte er und zeigte auf eine Ausgabe seines Kleinstadtjournals, das vor uns auf dem Tisch lag. Es war eine Mischung aus lokalem Klatsch und Nachdrucken aus der Alternativpresse sowie allem Anschein nach einem Schuss investigativem Journalismus. Das Ganze in einem zu tintigen Layout, das die Typografie von einem Artikel in den nächsten verschmierte. »Ich wäre wieder bei den *Mercury News* mit Aussichten auf die Leitung der Lokalredaktion. Die Hüter machen hier oben Schlagzeilen, wie ich leider sagen muss.«

»Wer sind sie?«

»Das weiß niemand – das ist die eine Sache.« Er senkte seine Stimme. »Natürlich abgesehen von Ihrem Sohn. Und Claire Hannin, falls sie immer noch dazu gehört. Es muss noch andere geben, vielleicht ein weiteres halbes Dutzend.«

»Was ist mit einem Mädchen namens Karin ... Philosophiestudentin?«

Er schüttelte den Kopf.

»Wer ist Claire Hannin?«, fragte Suzanne.

»Das wissen Sie nicht?« Springer sah sie überrascht an. Mit beinahe ehrfürchtigem Ton fuhr er fort. »Sie war eine der Hauptfiguren der

Earth People – eine der ersten Ökogruppen, sehr pazifistisch orientiert.«

»Ich dachte, das wäre Amos Manling«, sagte Suzanne.

»Manling war der Gründer, einer der Umweltschutzpioniere. Aber das wissen Sie ganz bestimmt. Er und Claire waren eine Zeit lang ein Paar, bis es zu einer ideologischen Meinungsverschiedenheit kam – so was passiert in politischen Bewegungen immer wieder, auch das wissen Sie sicher – und sie sich trennten. Claire hat die Leitung der Gruppe von ihm übernommen.«

»Was hat sie mit den Hütern zu tun?«, wollte ich wissen.

»Alles, könnte man sagen. Oder auch nichts. Kommt ganz drauf an, mit wem sie reden.« Er unterbrach sich, während ein Mädchen mit Ringen in der Nase auf unseren Tisch zukam. Einen flüchtigen Augenblick fragte ich mich, ob es wohl Karin sein könnte, aber sie trug die Ringe auf der falschen Seite. »Erinnern Sie sich an das Jahr 1990«, fuhr Springer fort, nachdem sie vorbei war. »Damals gab es etwas, das Redwood-Sommer genannt wurde ... Jedenfalls, es sollte die Krönung des Werkes der Earth People sein, eine Rückkehr zur sozialen Aktion. Nun, das alles war Claires Idee ... Aber unmittelbar vorher ging auf dem Weg zu einem Treffen in Mendocino in ihrem Wagen eine Bombe hoch. Die Polizei und das FBI sagten, es wäre ihre eigene Bombe gewesen, dass die Earth People den Weg zur Militanz eingeschlagen und sich versehentlich selbst in die Luft gejagt hätten. Was Hannin natürlich bestritt. Trotzdem verschwand sie praktisch unmittelbar darauf im Untergrund. Und dann betraten die Hüter die Bühne.«

Die hinkende Frau, dachte ich. Jetzt erinnerte ich mich auch wieder an diese Geschichte, eine Sache, die ich im mittleren Teil der *L. A. Times* überblättert hatte. Solchen Sachen schenkte ich damals nicht gerade meine ungeteilte Aufmerksamkeit. »Saß bei dieser Autobombensache nicht noch jemand mit im Wagen?«, fragte ich.

»Ja, ein Typ namens Ned Sayles. Ihm erging es nicht so gut. Ein Bombensplitter hat ihm den Kopf abgerissen ... Ich plappere jetzt hier schon die ganze Zeit. Was können Sie mir denn erzählen?« Er beugte sich dichter heran und lächelte. »Wissen Sie, wo Ihr Sohn steckt?«

»Wenn wir es wüssten, würden wir bestimmt nicht hier sitzen«, sagte Suzanne.

»Eins zu null für Sie«, sagte Springer. »Hören Sie, würde es Ihnen was ausmachen, wenn ich Sie eine Weile begleite? Sie könnten einen Ihnen wohl gesinnten Menschen gebrauchen, der Sie hier oben ein bisschen herumführt und …«

»Keine Chance, Springer«, sagte ich. »Das ist eine Familienangelegenheit. Ich bin sicher, Sie verstehen das.«

»Klar.«

Schließlich kamen meine Linguini, und ich starrte auf den Teller. Irgendwer hatte Sesamkörner und Sojabohnen sowie ein faseriges rotes Zeugs darüber gestreut, das wie Ingwer oder, schlimmer noch, geraspelte Rote Bete aussah. »Ich glaube kaum, dass ich das hier runterkriege«, sagte ich.

»Hat wahrscheinlich jemand anderer bestellt«, sagte Springer.

»Mein Beileid … Außerdem habe ich auch überhaupt keinen Hunger.« Ich linste verstohlen zu Suzanne hinüber, die trotz ihrer Empfehlung selbst kaum etwas gegessen hatte. »Bist du so weit?«, fragte ich. Wir standen auf, und ich ließ einen Zehndollarschein liegen. »Danke für die Einladung zum Mittagessen, Springer, aber ich kann nicht annehmen, was ich nicht gegessen habe.«

»Ein anderes Mal«, sagte er. »Unten in Ukiah gibts einen ganz guten Chinesen … Nehmen Sie die Zeitung mit.« Er gab mir den *Herald* und deutete auf das Impressum. »Dann wissen Sie, wo und wie Sie mich erreichen … Und seien Sie vorsichtig auf den kleinen Nebenstraßen. Die Potfarmer fragen nicht lange, bevor sie schießen.«

»Der wollte todsicher reden«, sagte Suzanne, nachdem wir das Restaurant verlassen hatten und fast wieder bei dem Buick waren. Ich hatte ihn an der Ecke gegenüber von einem Geschäft für Sportangler abgestellt.

»Kein Scheiß.«

»Ich frage mich, warum.«

»Ich vermute stark, das werden wir noch herausfinden.« Ich öffnete die Wagentüren, und wir stiegen ein. »Ich muss dir was erzählen.«

»Er wars, stimmts?«, sagte sie sofort. »Simon … Ich wusste es in dem Augenblick, als du ins Restaurant gekommen bist.« Sie klang wütend. »Warum hast du es mir nicht gesagt?«

»Vor diesem Typen?«

»Du hättest dich entschuldigen können.«

»Es kam mir nicht besonders klug vor.«

»Du hättest dir irgendwas einfallen lassen können.«

»Ich bin davon ausgegangen, es könnte noch warten.«

»Warten? Wieso hast du mich eigentlich nicht direkt geholt, als du mit ihm geredet hast? Er ist mein Sohn.«

»Du warst schon weg, Suzanne!« Ich hob meine Stimme. »Was sollte ich denn tun? Den Hörer in der Kirche einfach an der Schnur baumeln lassen?«

»Wie hat er sich angehört?«

»Ich weiß nicht«, sagte ich. »Es war irgendwie komisch.«

»Wo war er?«

In diesem Augenblick ging Springer vorbei, bohrte mit einem Zahnstocher zwischen seinen Zähnen. Er schaute in den Wagen und winkte, wartete auf eine Reaktion. Ich ließ den Motor an und fuhr los, als hätte ich ihn nicht gesehen.

»Ich weiß nicht … irgendwo draußen bei den Kühen … Er sagte, wir sollten nach Hause fahren, hier wäre kein Platz für uns. Sie hätten irgendeine große Sache vor.«

»Was denn?« Sie klang beunruhigt.

»Ich weiß es nicht. Ich habe ihm Hilfe angeboten.«

»Hilfe?«

»Du weißt schon …«

»Nein, ich weiß nicht. Himmel … was ist das hier? Irgend so ein sentimentaler Scheiß von wegen …«

»Keine Angst. Er hat sich nicht drauf eingelassen. Er sagte, es sei eine Nummer zu groß für mich … Ich hab ihn gefragt, ob er das FBI angerufen hat.«

»Die Nummer in San Francisco?«

Ich nickte.

»Was hat er geantwortet?«

»Er hat aufgelegt.«

»Mein Gott! Was ist hier los? Ich kenne ihn gar nicht mehr wieder … Vielleicht sollten wir diesen Bart anrufen.«

»Das können wir jetzt nicht tun … Pass auf, beruhige dich wieder, Suzanne, okay? Ich wollte nur zu ihm durchdringen. Wollte ihn am Telefon halten.«

»Hätte ich bloß mit ihm geredet.« Sie fing an zu weinen.

»Das nächste Mal. Versprochen.«

»Welches nächste Mal?«

Ich wusste nicht, was ich darauf sagen sollte. Ich streckte eine Hand aus und berührte ihren Arm.

»Ich komme schon klar«, sagte sie, biss sich auf die Unterlippe, um das Weinen zu beenden, und starrte stur geradeaus. Wir erreichten das Ortsende von Garberville. Ich hielt einen Moment an, suchte nach dem Mercury, bevor ich weiterfuhr. Ich hatte ihn nirgendwo gesehen, was ich allerdings auch nicht beruhigender fand als andersherum.

»Hast du die Karte?«, fragte ich Suzanne. »Guck doch mal, ob du den Jack London Grove finden kannst. Bevor es dunkel wird, sollten wir dem Tatort, falls es denn einer war, einen Besuch abstatten.«

Sie fand das Wäldchen an einer unbefestigten Straße, die von der Avenue of the Giants nach Osten abzweigte, jenes berühmte Schutzgebiet mit altem Baumbestand innerhalb des Humboldt Redwoods State Park. Von Garberville war es nicht besonders weit, und nachdem wir von dem 101 auf die Mattole Road abbogen, befanden wir uns schon bald inmitten hunderter dieser großen Bäume. Ich meinte, wir wären auf unserem Weg hier herauf bereits an bemerkenswerten Exemplaren vorbeigekommen, aber diese hier waren anders, noch erheblich majestätischer. Es war, als hätten wir bislang ein paar ländliche Kirchen besucht und seien plötzlich in Notre Dame oder die Kathedrale von Chartres gestolpert. Trotz meiner Besorgnis registrierte ich ein Pathos an ihnen, etwas natürlich Ergreifendes, das mich beruhigte. Und sie waren so einmalig, dass man es als Entweihung empfunden hätte, wenn sie auf welche Art auch immer verletzt oder beschädigt würden.

Wir fuhren am Besucherzentrum vorbei, und etwas mehr als zwei Kilometer später hätte ich um ein Haar das winzige Schild übersehen. Dort stand: »Jack London Grove – 4,2«. Das Schild zeigte nach rechts. Mitten am Nachmittag wurde es hier bereits dunkel, und ich fragte mich, ob es ein Fehler gewesen war, so spät noch aufzubrechen. Trotzdem bog ich in die schmale Straße ein, die nur teilweise befestigt war, wobei zahlreiche große Schlaglöcher die befestigten Abschnitte überzogen. Ich hielt den Tacho deutlich unter dreißig, manchmal eher bei zehn als bei zwanzig, und so krochen wir ungefähr eine Stunde dahin, während hohe Bäume über uns aufragten und das ohnehin bereits verminderte Sonnenlicht noch weiter verdunkelten.

»Kaum zu glauben, dass das hier alles real ist«, sagte Suzanne und starrte hinaus. Nebelschwaden hingen bewegungslos in der Luft. Ein umgestürzter Baum direkt vor uns war überwuchert von Moos und Farnen.

»Es ist kaum zu glauben, dass überhaupt irgendwas von alledem real ist«, sagte ich, als der linke Vorderreifen in ein Schlagloch knallte und die Bodenhaftung verlor. Ich hielt an, schaltete in den Rückwärtsgang und ließ den Wagen behutsam vor und zurück wippen, um uns zu befreien.

»Vielleicht sollten wir besser morgens wiederkommen«, meinte Suzanne. »Es ist schon fast dunkel.« Sie hatte Recht. Die Nacht brach herein und tauchte den Wald in ein unheimliches blaugraues Licht.

»Ich weiß nicht«, sagte ich, als ich uns endlich aus dem Schlagloch geschaukelt hatte. »Vielleicht.« Trotzdem fuhr ich die Straße weiter bis zu der Stelle, wo ein Schild mit der Aufschrift »Sie verlassen jetzt den Humboldt Redwoods State Park« an einen Baum genagelt war. Hier beschrieb die Straße eine scharfe Linkskurve und wurde zu einem reinen unbefestigten Feldweg, der gerade mal so breit war wie ein Reitweg. Ein Stück weiter zweigten zwei Wege, die aussahen, als wären sie erst vor kurzem von Raupenfahrzeugen angelegt worden, in entgegengesetzten Richtungen in den Wald ab. Ich bremste auf Schritttempo ab, kam mir ausgesprochen städtisch und außer Atem vor. Ich wusste, es war der reinste Wahnsinn, ohne einen Wagen mit Allradantrieb oder doch wenigstens eine topografische Karte dort draußen zu sein, aber selbst wenn ich eine besessen hätte, bezweifle ich doch sehr, dass ich mich noch daran erinnern konnte, wie man so ein Ding las. Ich wollte schon aufgeben und wenden, als ich ein gelbes Absperrband der Polizei sah, das an eine provisorisch aufgestellte Metallstange gebunden war – ein auf seltsame Weise beruhigender Vorposten des Großstadtlebens, der unvermittelt in der Wildnis auftauchte. Das Band führte zwischen einige Bäume und verschwand dann einen Abhang hinunter. »Ich glaube, wir sind da«, sagte ich und hielt zwischen zwei Bäumen auf einem Hügel.

Suzanne und ich stiegen aus. Wir gingen um die Kühlerhaube des Wagens, duckten uns unter dem Absperrband durch und folgten ihm in den Wald. Das Band verlief an einer alten Steinmauer entlang, die zum Teil eingestürzt oder zerbröselt war; andere Abschnitte waren bemalt mit Zeichen, die aussahen wie Markierungen von Landvermessern, manche davon frischer als andere. Wir setzten unseren Weg die Mauer entlang fort, die sich in eine Schlucht hinunterwand, und kurze Zeit später befanden wir uns auf einem Gelände, wo ungefähr ein Dutzend riesige Bäume eines uralten Bestandes gefällt und über die neu angelegten Wirtschaftswege weggeschleppt worden waren. Geblieben waren nur noch Stümpfe, die selbst noch drei bis sechs Meter hoch waren, und ein dickes Bett aus Unterholz und Kiefernnadeln, die von den Holzfällern zusammengeschoben worden waren, um den Sturz der Redwoods zu dämpfen und damit einen Bruch der wertvollen Stämme zu verhindern. Es sah aus, als hätte in dem Wald ein Kahlschlag stattgefunden.

Ein Stück weiter vorn lag ein weiterer Mammutbaum. An seinem Fußende, in der Nähe des Stumpfes, standen vier Metallstangen, an denen wieder Absperrband der Polizei zu einem größeren Rechteck gebunden war, womit vermutlich der eigentliche Tatort abgegrenzt wurde. Suzanne und ich gingen hinüber. Dort, wo der Baum gebrochen war, war ein kleiner Altar errichtet worden. Ein Blumenstrauß, Narzissen und Schwertlilien, lehnten an einem aus Ästen gebildeten Kreuz, in deren Rinde die Worte geschnitzt waren: »Leon, für immer in unseren Herzen …«

Ich wandte mich ab und starrte zu den uns umgebenden Bäumen hinüber. Waren sie ebenfalls gespickt worden? Unmöglich zu sagen. Und was war mit dem, den sie sich ausgesucht hatten? Warum ausgerechnet dieser eine? Hatten sie ein Warnung aufgestellt? Eine Flagge? Irgendeine Kennzeichnung? Irgendeinen Hinweis, dass den nichts Böses ahnenden Holzfäller hier eine tödliche Gefahr erwartete? Ich ließ meinen Blick den Stamm entlangwandern, sah aber nichts. Und wie starb man auf diese Weise überhaupt? Leicht zu verstehen war eine schwere Schnittverletzung, vielleicht, oder Verstümmelung durch eine aufreißende Kettensäge, gebrochene Knochen oder sogar Blendung. Aber Tod? Es kam mir unwahrscheinlich vor, aber vielleicht suchte ich ja auch nur nach einem einfachen Ausweg.

»Was meinst du? Wo haben sie den Dorn eingeschlagen?«, fragte ich, inzwischen ziemlich verwirrt. Suzanne schüttelte den Kopf. »Zuerst mal müssen sie vier, fünf Meter hinaufgeklettert sein«, fuhr ich fort. »Und woher wussten sie, an welcher Stelle die Holzfäller ansetzen würden?«

Ich griff nach dem Absperrband und wollte es gerade anheben, um auf die andere Seite zu gehen, als ich hinter meinem Rücken eine Stimme hörte.

»Entschuldigen Sie bitte.«

Ich schaute nach rechts. Drei Leute kamen zielstrebig auf uns zu. Nach einigen Schritten blieben sie stehen und bauten sich in etwa drei Meter Entfernung auf. Einer von ihnen war ein großer, auf markige Art attraktiver Mann von Anfang vierzig. Er trug eine goldene Anstecknadel mit den Initialen CFP am Revers eines grünen Filzhemdes und an seinem Gürtel ein Holster, in dem, wie ich tippte, eine .38er steckte. Ein kleinerer Mann neben ihm trug eine Baseballmütze und eine Daunenweste über einem Palmen-T-Shirt mit der Aufschrift: »Souvenir aus Kuwait City.« Er hatte einen schmalen Schnauzer und hielt eine Schrotflinte in den Händen. Die dritte Person, eine Frau mit kurz geschnittenen, schmutzig blonden Haaren, behielt die Hände in einem Lumberjack. Sie übernahm das Reden.

»Entschuldigen Sie«, wiederholte sie. »Haben Sie eine Erlaubnis, hier zu sein?«

»Ich wusste nicht, dass wir eine brauchen würden«, sagte ich.

»Das hier ist Privatgelände.«

»Ich dachte, es wäre der Humboldt State Park. Tut mir Leid.« Ich sah die drei Leute an, die wiederum uns mit ausdruckslosen Mienen anstarrten.

»Wir haben uns verfahren«, sagte Suzanne. »Wir sind Touristen.«

»Kann ich mal einen Ausweis sehen?«, fragte die Frau.

Ich warf dem Burschen mit der .38er einen schrägen Seitenblick zu; seine Hand befand sich an seinem Gürtel nur ein paar Zentimeter von dem Holster entfernt. »Klar«, sagte ich, griff langsam in meine Jackentasche und nahm eine spezielle Visitenkarte heraus, die ich für Notfälle stets dabei hatte. »Wem gehört das Land hier, wenn ich fragen darf?« Ich reichte ihr die Karte.

»Der Allied Lumber Company.«

»Und Sie arbeiten für diese Firma?«

»Wir sind ein privater Sicherheitsdienst … California Forest Protection.« Sie deutete auf den Anstecker am Hemd des großen Mannes. »Was machen Sie beruflich, Mr. …« – sie hob den Blick von der Karte zu mir – »… Lucas?«

»Werbung.«

»Wie ich sehe, kommen Sie aus Los Angeles.«

»Ja, richtig.«

Sie gab die Karte an den großen Mann weiter, der ebenfalls einen Blick darauf warf. »Tja, wenn Sie aus L. A. kommen«, fuhr sie fort, »werden Sie bestimmt auch wissen, was ein Tatort ist. Könnten Sie uns verraten, was Sie hier machen?«

»Wie meine Frau schon sagte. Wir haben uns verfahren.«

»Die Anschrift auf der Karte ist eine Postfachadresse«, sagte der große Mann. »Haben Sie vielleicht auch irgendeinen richtigen Ausweis dabei, Mr. Lucas? Führerschein oder kalifornischer Ausweis?«

»Im Auto«, sagte ich.

»Und Sie, Ma'am?«

»Genauso.«

»Machen Sie das immer so, Mr. Lucas?«, fragte der große Mann.

»Lassen Sie immer Ihren Ausweis im Wagen liegen?« Er sah seine Kollegen an. Sie schienen nicht beeindruckt zu sein. Der Mann mit dem Schnauzbart senkte die Augen zu seiner Schrotflinte. Ich konnte nicht erkennen, ob sie geladen war.

»Ich hol sie Ihnen«, sagte ich und nahm Suzanne am Arm. »Bin sofort zurück.«

Wir drehten uns um und machten uns auf den Weg den Hügel hinauf, langsam zuerst, dann schneller und immer schneller, hofften, dass sie uns nicht folgen würden, sahen aber auch nicht zurück aus Angst, das könnte verdächtig erscheinen. Stimmen hinter uns, dann Gelächter, dann nichts mehr. Alles schien bestens zu sein, als, gerade als wir um die Kurve außer Sicht waren, ein Schuss krachte und ein paar Äste zerschmetterte. Suzanne schnappte nach Luft. Ich packte ihre Hand und duckte mich weg, fing an zu laufen und zog sie hinter mir her den Berg hinauf bis zu unserem Wagen. Ich blieb erst wieder stehen, als wir die Tür des Buick erreichten. Während ich mit den Schlüsseln herumfummelte, warf ich einen Blick zurück den Weg hinunter, konnte aber niemanden sehen.

»Jesus«, sagte Suzanne, als ich es endlich schaffte, den Wagen zu öffnen und wir hineinsprangen. »Galt das uns?«

»Ich wills gar nicht wissen«, sagte ich, wendete den Wagen mit kreischenden Reifen und fuhr Richtung Hauptstraße. Nach ein paar Sekunden waren wir wieder im State Park.

Ich sah zu Suzanne hinüber. Sie hatte tiefe Schatten unter den Augen, und die untere Hälfte ihres Gesichts war vor Erschöpfung praktisch eingefallen. Ich muss wohl genauso ausgesehen haben. Während der letzten fünfunddreißig Stunden hatten wir kaum geschlafen.

Ohne ein Wort zu sagen, fing ich an, die Augen nach einem Motel am nördlichen Ende der Avenue of the Giants aufzuhalten, nachdem ich auf den 101 eingebogen war. Genau in dem Moment tauchte plötzlich ein blauer Dodge Van in meinem Rückspiegel auf. Verfolgten uns diese CFP-Typen jetzt auch schon? Ich gab wieder Gas und bog in eine Tankstelle jenseits der Zufahrt in den Wald ein, wo ich zwischen den anderen Touristenautos auf den Dodge wartete. Er bremste ab, als er näher kam, dann gaben sie wieder Gas und verschwanden über den Bergkamm. Nach einigen Minuten wendete ich und fuhr zu einem Motel zurück, das ich unterwegs gesehen hatte – die Eel River Lodge. Diesmal nahmen Suzanne und ich Einzelzimmer. Bevor wir frühzeitig zu Bett gingen, aßen wir endlich noch einen Happen.

Aber so müde ich war, einschlafen konnte ich nicht. Ich saß da und starrte in einen ramponierten tragbaren Fernseher – zuerst einen alten Spielfilm und anschließend die Lokalnachrichten. Gerade als ich kurz davor stand einzudösen, wurde ich von der Ansage aufgerüttelt, dass jetzt ein selbst gedrehtes Videoband gesendet würde, das eben erst von den Hütern des Planeten eingetroffen war. Ein Sprecher, das Gesicht vollständig verhüllt von einem Terroristenhalstuch, welches dunkelgrün statt wie üblich schwarz war, las mit einer Stimme, die unverkennbar meinem Sohn gehörte, eine vorbereitete Erklärung in die Kamera ab:

»Die Hüter des Planeten bedauern, wenn es bei dem andauernden Kampf um den Erhalt der Welt zu Todesopfern oder Verletzungen kommt. Allerdings hat die selbstgerechte Hegemonie des Menschen über alle anderen Tier- und Pflanzenarten mehr Zerstörung auf diesem Globus verursacht und verursacht sie noch als alle anderen Faktoren zusammen. Die Hüter des Planeten schwören hiermit, ihren uneingeschränkten Krieg gegen alle Umweltverschmutzer und Ausplünderer von Naturschätzen in allen ihren Erscheinungsformen fortzusetzen. Bei der Schlacht um die Rettung der Erde kann es keinen Kompromiss geben!«

Ich starrte ihn an und fragte mich, wer diese Worte geschrieben hatte (Karin? Das FBI? Simon selbst?), als das Video auf das Vertrauen erweckende Gesicht des hiesigen Nachrichtensprechers ausgeblendet wurde. Er versicherte seinen Zuschauern, dass es nach Angaben des Büros des Sheriffs nur noch eine Frage von wenigen Stunden sei, bis diese verabscheuungswürdigen Kriminellen gefasst würden. Zur Veranschaulichung zeigte er einige Clips über Polizeihunde, die um eine verlassene Berghütte schnupperten, während am Himmel Hubschrauber dröhnten.

Ich schaltete den Fernseher aus und versuchte zu schlafen, doch nach diesem letzten Bericht überschlugen sich meine Gedanken und meine Augen wollten einfach nicht länger geschlossen bleiben als nur ein paar Minuten. Dann beschlich mich das noch beunruhigendere Gefühl, beobachtet zu werden. Ich hörte auf, mich zu bewegen und starrte zu dem Panoramafenster hinüber, das auf den Außengang vor meinem Zimmer im ersten Stock führte. Ein Augenpaar linste durch einen Spalt am Rand der Jalousien zu mir herein.

Ich blieb etwa eine weitere Minute so liegen, hielt den Atem an und betete meinen Entschluss noch einmal durch, niemals eine Handfeuerwaffe zu tragen, weil ich dann erneut den moralischen und emotionalen Preis zu zahlen hatte, wenn ich sie auch benutzte. Dann rollte ich mich still und unendlich langsam auf die andere Seite des Bettes und hob die Decken ein paar Zentimeter hoch, wobei ich sorgsam darauf achtete, die Kopfkissen nicht zu bewegen, und glitt auf den Boden hinunter. Ich senkte den Kopf und kroch über den Teppich zum Bad, als ich draußen laufende Schritte hörte.

Ich sprang auf und rannte zur Zimmertür, fummelte am Schloss herum und steckte schließlich den Kopf hinaus. Ich sah niemanden, also lief ich weiter hinaus zur Treppe und, ohne groß nachzudenken, den halben Weg hinunter nach unten, als ich zwei schemenhafte Gestalten durch die Bäume fünfzig Meter vom Hotel entfernt flitzen sah. Ich konnte weder ihre Gesichter noch sonst etwas an ihnen erkennen, aber sie stiegen anscheinend – so sah es zumindest im Scheinwerferlicht eines entgegenkommenden Autos aus – in genau denselben Dodge Van, den ich schon zuvor gesehen hatte. Sie fuhren einen Feldweg hoch, der sich irgendwo im Wald verlor.

Ich stand einen Moment lang da und fröstelte in meinem T-Shirt und der Schlafanzughose, dann machte ich kehrt, um wieder die Treppe hochzugehen. Suzanne stand im Nachthemd vor meinem Zimmer.

»Was war das denn?«, fragte sie und umklammerte das Geländer.

»Wir werden wieder beobachtet.«

»Von wem?«

»Den Feds, den Typen vom Waldschutz, denen wir über den Weg gelaufen sind … Wer weiß?« Ich öffnete meine Tür und wartete, dass sie hineinging. Dann riegelte ich hinter uns ab und legte auch noch die Sicherheitskette vor, bevor ich das Licht einschaltete. Suzanne lehnte sich gegen die Kommode.

»Hast du Simon gesehen?«, fragte ich und zeigte auf den Fernseher.

»Wer schreibt ihm seine Texte? Das Wort ›Hegemonie‹ habe ich aus seinem Mund noch nie gehört.« Sie klang sogar noch erschöpfter als vorhin im Wagen.

»Konntest du ein bisschen schlafen?«, erkundigte ich mich.

Sie schüttelte den Kopf.

»Ich auch nicht … Willst du hier bleiben?« Ich zeigte aufs Bett. Sie zögerte, nickte dann, ging hinüber und legte sich hin. Ich knipste das Licht wieder aus und glitt neben sie.

»Ich ertrage das nicht, Moses«, sagte sie.

»Ich weiß«, sagte ich. Ich nahm sie in die Arme und hielt sie fest. Eine ganze Weile rührten wir uns nicht und blieben stumm. Ich spürte ihren Körper an meinem. Er war warm und beruhigend, und ich atmete langsam aus, ließ mich gehen, ließ meinen überlasteten Verstand abtreiben, konnte mich auf nichts mehr konzentrieren. Doch dann, nachdem wir zehn oder fünfzehn Minuten ruhig nebeneinander gelegen hatten, tauchten die ersten, unvermeidlichen und noch schwachen Anzeichen der Erregung auf. Ich wusste nicht, wie ich damit umgehen sollte, aber ich senkte meinen Arm und legte ihn um ihren Rücken. Es fühlte sich gut, wenn auch verwirrend an, nach der langen Zeit merkwürdig inzestuös.

»Was haben wir getan, dass wir so etwas verdient haben?«, sagte Suzanne schließlich und beinahe stöhnend.

»Keine Ahnung«, sagte ich. »Weißt du noch, wie Simon früher dauernd weggelaufen ist, als er noch klein war? Aber er ist auch immer wieder zurückgekommen. Das eine Mal, als wir im Exposition Park waren … Da ist er hinter den Rosensträuchern verschwunden, und wir haben gesucht und gesucht, bis wir halb von Sinnen waren, aber er saß seelenruhig an unserem Picknicktisch, wartete auf uns und lachte …

Vielleicht ist es heute wieder genau das Gleiche … Natürlich ist er jetzt keine vier Jahre mehr, oder?«

Suzanne antwortete nicht. Sie war fest eingeschlafen.

7

»Hast du was von deinem Bruder gehört?«

»Nein, seit Wochen nicht mehr. Wo bist du gerade?«

»In einem Motel im Redwood-Land.«

»Zusammen?«, fragte Jacob, in dessen Stimme sowohl Ironie als auch Bestürzung lag.

»Ja, wir sind beide hier«, sagte Suzanne. Sie saß auf der Bettkante. Ich war im Bad und nutzte den zweiten Apparat. Es war gegen halb acht Uhr morgens, zehn Uhr dreißig für Jacob in New York.

»Glaubst du, dass es ihm gut geht?«, fragte er.

»Ja, er klingt okay. Ich habe einmal mit ihm gesprochen.«

»Weißt du, wo er ist?«

»Er hat mich angepiepst.«

»Oh. Natürlich.«

»Bist du sicher, dass er dir gegenüber nie irgendwas gesagt hat, Jacob?«, fragte Suzanne.

»Über was?«, sagte er. Er fühlte sich offensichtlich nicht wohl. »Ich habe ihn seit dem Sommer nicht mehr gesehen. Als wir zusammen runter nach Tijuana sind.«

»Ich dachte nur, er hätte vielleicht irgendwas erzählt«, sagte sie. »Ich weiß, dass ihr Jungs miteinander redet. Er hat eine neue Freundin. Karin, ja? Hat er dir irgendwas von ihr erzählt?«

»Ach, Mutter, bitte. Werde ich hier in die Zange genommen, oder was?«

»Ihr erzählt euch doch Sachen, die ihr euren Eltern niemals erzählen würdet«, sagte sie.

Sie hatte Recht.

Die zwei Jungs standen sich sehr nahe, auch wenn das in vielerlei Hinsicht überraschend war. Jacob war ein geistreicher Intellektueller, der es genoss, bis in die frühen Morgenstunden mit Künstlertypen der Szene aus Lower Manhattan zu ratschen. Simon war von Natur aus ein Einzelgänger. Doch trotz ihrer Unterschiede waren sie für einander seit ihrer Kindheit Vertraute geblieben. Nur als Jacob sich als schwul outete, kam es zu einem Riss zwischen ihnen, aber das war nicht von langer Dauer.

»Was ist mit Karin?«, fragte ich. »Oder mit jemandem namens Claire Hannin?«

»Ich bezweifle, dass es relevant wäre, selbst wenn ich irgendwas wüsste«, antwortete er.

»Hör zu, wir sind hier ziemlich verzweifelt«, sagte ich. »Jede noch so winzige Information ist schon eine große Hilfe.«

»So verzweifelt aber auch wieder nicht«, sagte Jacob. Sein Ton war außergewöhnlich ätzend.

»Was soll das heißen?«, sagte seine Mutter. Ich konnte ihre Haltung durch die Badezimmertür sehen. Sie saß kerzengerade auf dem Bett, der Hals steif und gereckt.

»Tja, manche Dinge schaffen mehr Probleme, als sie lösen.«

»Können wir das beurteilen?«, sagte ich.

»Besonders bei euch Leuten, die das hier zusammen durchzieht.« Jacob fügte hinzu: »Einmal hat er mir etwas von Claire Hannin erzählt.«

»Jacob, was?«, sage Suzanne scharf.

»Tja, du hast gefragt«, sagte er. »Ich weiß nur, dass Simon sie über Gabriel Levine kennen gelernt hat.«

»Was?!«, bellte ich. Bei dem Namen kriegte ich schlagartig Magenkrämpfe. Selbst in einer Krise wie dieser überwältigte das Gefühl des Verrats alles andere. »Wusstest du davon?«, fragte ich Suzanne, indem ich eine Hand auf die Sprechmuschel legte und sie ansah. Sie schüttelte den Kopf. »Wie ist es dazu gekommen?«, wollte ich von Jacob wissen. »Ich wusste nicht mal, dass die zwei in Verbindung stehen.«

»Tja, du weißt doch, dass Gabriel in den Norden gezogen ist, um aus L. A. wegzukommen ...«

»Hm-hm. Irgendwie.« Tatsächlich wusste ich verflucht gut, dass er umgezogen war. Ich hatte Gabriel Levine besser im Auge behalten als ich zugeben wollte.

»Simon ist ihm vor einigen Jahren auf einer Ökokundgebung in Mendocino über den Weg gelaufen. Die Grateful Dead traten gemeinsam mit irgend so einer Grungeband auf, und Claire Hannin war da und hielt eine Rede.«

»Ich dachte, die wäre untergetaucht«, sagte ich.

»Bis zu einem gewissen Punkt. Ich schätze, sie ist wohl aufgetaucht, um die Truppen zusammenzutrommeln oder was weiß ich.«

»Und Gabriel hat die beiden miteinander bekannt gemacht?«, sagte Suzanne. Ich suchte in ihrem Gesicht nach einem Hinweis auf eine Gefühlsregung, konnte aber nichts finden.

»Wahrscheinlich«, sagte Jacob.

»Woher kannte er Claire?«, fragte ich.

»Recherchen im Zusammenhang mit einem Film, an dem er schrieb. Glaube ich. Ich bin nicht sicher.«

»Was für ein Film war das?«, fragte ich unaufrichtig, weil ich doch sehr genau wusste, dass die meisten von Gabriels Filmen nie auf die Leinwand kamen, und weil ich mir die bissige Hinterhältigkeit nicht verkneifen konnte. In Wahrheit war der Gedanke, dass meine Kinder nach all diesen Jahren mit diesem Mann in Verbindung standen, eine Wunde, von der ich keinen Schimmer hatte, wie ich sie heilen sollte.

»Was weißt du noch?«, fragte Suzanne.

»Nichts. Simon hat nie wieder etwas darüber gesagt, und ich habe ihn auch nicht gefragt. Ich habs nicht für wichtig gehalten ... Werdet ihr das nachprüfen?«

»Ja«, sagte ich. »Sofort.« Ich sah, dass Suzanne sich anspannte. »Wir rufen dich wieder an, sobald wir irgendwas wissen.«

»Ich bin da.«

Wir verabschiedeten uns und legten auf.

Ich ging ins Schlafzimmer und fragte Suzanne: »Wo wohnt er? Ich bin sicher, du weißt es.«

»In Willits.«

»In Willits? Wir sind praktisch bei ihm vorbeigefahren, und du hast kein Wort gesagt?«

»Was gabs da zu sagen? Ich habe schon eine ganze Weile nicht mehr mit ihm gesprochen ... Sollen wir hin?«

»In einer Minute ... Ich muss noch mit Nancy reden. Ich schulde ihr einen Anruf.« Ich lächelte und deutete mit dem Kopf auf die Tür. »Wenns dir nichts ausmacht …«

Suzanne stand auf und ging, bevor ich wählte. »Hallo. Ich bins«, sagte ich, als sie den Hörer abnahm.

»O Gott. Ich dachte, du würdest früher anrufen. Ich habe mir solche Sorgen gemacht. Wie gehts dir?«

»Beschissen.«

»Kann ich mir denken. Hast du ihn schon gefunden?«

»Nein. Aber eine Menge Leute scheinen mich gefunden zu haben.«

»Was meinst du damit?«

»Ich bin nicht sicher.«

»Kann ich irgendwas tun?«

»Ich glaube nicht … aber …«

»Ich vermute, du hast Hilfe.« Nancy klang enttäuscht. »Sie ist anders, als ich erwartet habe.«

»Wer?«

»Deine Ex.«

»Was hast du denn erwartet?«

»Ich weiß nicht. Anders eben.«

»Jeder ist anders, wenn man ihn erst einmal trifft … Nancy, ich muss jetzt Schluss machen.«

»Ich verstehe … Ruf mich wieder an.«

»Ja.«

»Versprichs mir.«

»Ja.« Ich verabschiedete mich und legte auf. Bevor ich Suzanne holen ging, beschloss ich, noch einen weiteren Anruf zu machen. Ich wählte die Nummer des FBI-Büros in San Francisco, die ich an Simons Kalender gefunden hatte.

Dieses Mal kein Anrufbeantworter. Die Stimme am anderen Ende hatte dann aber doch eine Überraschung für mich parat. »Büro Special Agent Bart«, sagte die Frau.

Ich legte auf. Nach einem Moment ging ich hinaus zu Suzanne. Sie wartete auf dem Gang vor unseren Zimmern. Sie musste den leicht sprachlosen Ausdruck auf meinem Gesicht bemerkt haben.

»Alles in Ordnung?«, fragte sie.

Ich erzählte ihr, was passiert war, dass Simon Barts Telefonnummer gehabt hatte.

»Was hältst du davon?«

»Wenn ich das bloß wüsste«, sagte ich, aber ihrem Gesicht sah ich an, dass wir beide denselben schrecklichen Verdacht hatten. Eine dunkle Angst überkam mich.

Ich schüttelte sie mit einem Achselzucken ab und musterte die Gegend um das Motel. Ich wollte sichergehen, dass wir nicht beobachtet wurden, bevor wir losfuhren, um Gabriel Levine zu besuchen.

Als wir eine halbe Stunde später sein Haus erreichten, war ich überrascht und mehr als nur ein bisschen eifersüchtig auf seine Lebensumstände. Am Ende einer direkt hinter Willits in östlicher Richtung vom 101 abzweigenden steilen Privatstraße lag Gabriels Haus, ein herrliches, dreistöckiges Gebäude im Craftsman-Stil aus Redwood mit kunstvoll geschnitzten Mansardenfenstern und einem Zugangsweg, der von bronzenen Laternen mit graugrünem Bleiglas flankiert wurde. Ein neuer Landrover Discovery und ein alter Morgan standen in der Garage neben zwei Peugeot-Mountainbikes. Rechts befanden sich eine Freiluftbadewanne und ein japanisches Gartenhäuschen auf einem eigenen Podest aus Redwood, das Ganze mit Blick auf mindestens vierzig Hektar jungfräuliches Land. Das ganze Anwesen war ein nordkalifornischer Traum, ein Ort, an dem man Ken Kesey oder Jerry Garcia erwarten würde, hätten sie überlebt, um ihre alten Tage dort zu verbringen und in Erinnerungen über die Merry Pranksters zu schwelgen, während sie makrobiotischen Reis aus Nepal einfliegen ließen.

Gabriel erwartete uns am Vordereingang in einem grün-schwarzen Pendleton-Hemd und mit einem dicken Kaffeebecher aus dem Gastronomiebedarf in der Hand. Ich nahm an, er hatte uns auf der langen, mit Kies ausgestreuten Zufahrt kommen hören. Er sah recht gut aus für einen Mann, von dem ich wusste, dass er im Februar fünfzig wurde. Er hatte etwas mehr Salz in seinem Pfeffer-und-Salz-Haar. Davon abgesehen hatte er sich nicht verändert, seit ich ihn vor einigen Jahren das letzte Mal in einem franko-japanischen Restaurant in Santa Monica gesehen hatte. Er schien kein einziges Pfund zugelegt zu haben, und ich musste mich bremsen, nicht gehemmt auf meinen Bauch zu klopfen, als wir uns die Hand schüttelten.

»Hallo, Gabriel«, sagte ich.

»Hallo, Moses … Suzanne …« Er lächelte breit, obwohl ich mir nicht vorstellen konnte, dass er sich freute, uns zu sehen. Oder zumindest mich. *Das* hatte sich in den fast dreißig Jahren, seit wir auf dem College unzertrennliche Zimmergenossen gewesen waren, dramatisch verändert. »Was für eine Überraschung«, fuhr er fort. »Kommt rein und trinkt mit mir eine Tasse Kaffee.« Er hielt uns die Tür auf, und wir betraten das Foyer. »Er ist aus Sumatra, meine Spezialität. Amy backt.« Er deutete mit dem Kopf durch das Esszimmer in die Küche, wo eine ungefähr dreißigjährige, sehr attraktive Asiatin ein Muffinblech aus dem Ofen holte. »Amy«, rief Gabriel. »Kannst du dir das vorstellen? Es sind Moses und Suzanne. Ich habe dir von ihnen erzählt.«

»Hallo, ihr«, sagte sie. »Bin in einer Minute bei euch.«

Ich warf Suzanne einen kurzen Blick zu, deren Gesichtsausdruck unmissverständlich verriet, dass ihr die Ironie durchaus nicht entgangen war, dass sowohl Gabriel als auch ich unsere Midlifecrisisjahre mit jüngeren Asiatinnen verbrachten. Wahrscheinlich dachte sie, es sei eine Reaktion darauf, ein Leben lang von emanzipierten westlichen Frauen Schuldgefühle um die Ohren geschlagen bekommen zu haben, aber ich konnte ihr versichern, dass sie mit diesem Klischee völlig falsch lag.

Gabriel schenkte uns Kaffee ein und führte uns ins Wohnzimmer. »Setzen wir uns doch«, sagte er und deutete auf eine Stickley-Sofa-Sitzgruppe vor Verandatüren, die einen Blick auf die schneebedeckten Gipfel der nördlichen Sierra boten.

»Nettes Haus«, sagte ich. »Die Drehbuchschreiberei scheint ja zu fluppen.«

»So lala«, sagte Gabriel. »Hier oben kommt man mit dem Geld einfach ein bisschen weiter. Ich habe einen größeren Vorschuss für *Satan in Mendocino* reingesteckt, und jetzt versuche ich, die Raten mit dem zu begleichen, was so reinkommt.« Er bezog sich auf das eine Manuskript, das in den letzten Jahren tatsächlich verfilmt worden war, irgendein Hokuspokus über Teufelsverehrer an der kalifornischen Küste. Es war ein paarmal im Kabelfernsehen gelaufen. »Und Amy hilft natürlich auch. Sie unterrichtet Tai-Chi oben in Garberville.« Das klang wie eine echt einträgliche Sache.

In diesem Augenblick kam Amy mit dem Gebäck herein. »Wir haben uns schon gefragt, ob Sie wohl vorbeikommen«, sagte sie. »Wir haben im Fernsehen verfolgt, was mit Ihrem Sohn passiert ist.«

»Die haben Simons Namen gebracht?«, fragte Suzanne erschreckt.

»Wussten Sie das nicht?«, sagte Amy. »Sie müssen sich schrecklich fühlen. Es tut mir ja so Leid.« Sie bot uns Butter zum Gebäck an. Ich fragte mich, wie viel Gabriel ihr über unsere gemeinsame Vergangenheit erzählt hatte.

»Ich vermute, du steckst in dieser Sache auch irgendwie mit drin«, sagte ich zu Gabriel. »Man hat mir gesagt, du hättest Simon Claire Hannin vorgestellt.«

»Das ist richtig«, sagte er. »Ich bin schuld, wie immer.« Er zwang sich zu einem merkwürdigen kleinen Lächeln. Mir schoss das Bild von ihm und Suzanne im Bett durch den Kopf. All die vielen Male, wenn sie gesagt hatte, sie ginge zum Sport, war sie schnurstracks zum wirklichen Training rüber in seine Wohnung gegangen. »Genau genommen habe ich wegen allem ein ziemlich schlechtes Gewissen«, fuhr er fort. »Wenn ich gewusst hätte, dass es so weit kommt, dann hätte ich es niemals getan. Ich hatte keine Ahnung, dass Simon so leicht zu beeindrucken ist. Er kam mir immer auf eine ruhige Art ausgeglichen vor.«

»Was glaubst du, wo er jetzt ist?«, fragte ich.

»Oh, ich habe keine Ahnung. Ich interessiere mich nicht für die Hüter des Planeten. Das ist nicht mein Ding. Du weißt selbst, dass ich anders als du und Suzanne nie militant gewesen bin. Nicht mal, als es in war.«

»Aber du kanntest Claire Hannin.«

»Irgendein Produzent wollte ein Drehbuch über Ökoterrorismus. Ich hielt es für kommerziell nicht verwertbar. Zu sehr Sixties. Aber er hatte das Geld für ein Treatment, also habe ich mich mit ihr getroffen. War damals nicht sonderlich schwer, sie zu finden.«

»Weißt du, wo sie heute ist?«

»Tja, man hört Gerüchte, aber …« Er zuckte ausweichend mit den Achseln und sah lächelnd zu Suzanne hinüber. »Mehr Kaffee?«, fragte er sie. »Wir haben auch Key-Lime-Marmelade für die Scones. Ich weiß doch, dass du das magst.«

Leck mich, dachte ich.

»Stimmt irgendwas nicht?«, fragte er und sah wieder mich an.

»Was für Gerüchte?«, sagte ich, ohne seine Frage zu beachten.

»Nichts Stichhaltiges. Eigentlich ist es erstaunlich. Als ich meine Recherchen machte, fand ich heraus, dass die Ökologen gar nicht so tugendhaft sind, wie man erwarten würde. Und die Besitzer der großen Sägewerke … nun, Lawton Stanley stellte sich als ein recht anständiger Kerl heraus. Tatsächlich haben sowohl die Allied Lumber Company als auch die Familie Stanley ihre Angestellten und Arbeiter schon immer ausgesprochen gut behandelt, haben ihre Kinder aufs College geschickt, haben ihnen eine bessere Gesundheitsfürsorge gegeben als die Gewerkschaft und so weiter.«

»Das liegt ganz einfach daran, dass sie keine Gewerkschaft *haben*«, sagte ich.

»Dachte mir schon, dass du das sagen würdest … Wie auch immer, sie haben sich Mühe gegeben. Sie haben in den Zwanzigern sogar das erste Waldschutzabkommen mit der Rettet-die-Redwood-Liga abgeschlossen, ich glaube, so hießen die damals … Was sich natürlich alles geändert hat, als FOXAM auf der Bildfläche auftauchte.«

»FOXAM?«, fragte ich.

»Der Mischkonzern, der Allied Lumber aufgekauft hat. Ein typischer Deal der Achtzigerjahre, mit Junkbonds und allem. Die Wälder gehören heutzutage Fremden, grauen Männern in Hochhäusern.«

»Was hat das alles mit Claire Hannin zu tun?«

»Nichts, soweit ich weiß. Ich dachte nur, du würdest dich vielleicht für die historischen Aspekte interessieren. Ich persönlich finde das erheblich faszinierender als Typen vom Schlag einer Claire. Meiner Meinung nach war sie nur noch eine von diesen Berufsparanoiden, die bloß darauf aus sind, dem System die Schuld in die Schuhe zu schieben für ihre eigene …«

»Was?«, sagte ich. Ich bemerkte, dass ich aufgestanden war und nun auf Gabriel hinabschaute, der mit einem Ausdruck der Verachtung, gemildert von einem Schuss Besorgnis, zu mir aufschaute.

»Wo liegt dein Problem, Moses? Ich kann dir nicht helfen. Ich weiß nicht, wo dein Sohn ist. Oder Claire Hannin.«

»Ich glaube dir nicht.«

»Warum nicht?«

»Weil du mich auch belogen hast, als ich dein bester Freund war. Warum sollte ich dir heute glauben?«

Schweigen legte sich über den Raum. Draußen wanderte eine Kuh an einem der Fenster vorbei und verschwand zwischen den Bäumen, was mich für einen Augenblick unerwartet in jene Zeit zurückversetzte, als Gabriel und ich zum ersten Mal gemeinsam Pilze genommen hatten, vor dreißig Jahren. Es war eine tolle Erfahrung gewesen, bis ich halluzinierte, dass ich an einen Pfosten gebunden war und von wilden Vögeln im Gesicht attackiert wurde.

»Hör zu, Moses«, sagte er, stand auf und kam auf mich zu. »Der ganze Zorn wegen etwas, was vor vielen Jahren zwischen mir und Suzanne passiert ist – es ist doch sinnlos. Warum lässt du es nicht einfach auf sich beruhen? Ich kann dir versichern, es ist vorbei. Amy wird dir das bestätigen ... Und Suzanne ebenfalls. Kannst du doch, oder?«

»Ja«, sagte Suzanne mit einer matten Leere in der Stimme.

»Da hörst dus«, sagte Gabriel, legte eine Hand auf meine Schulter und drückte.

»Nimm deine Hand weg«, knurrte ich.

Gabriel zog sich zurück und sah mich mit einem amüsierten Lächeln an. »Was willst du wissen, die Gerüchte über Claire Hannin?«, sagte er. »An denen ist nichts dran ... Einmal habe ich gehört, dass sie sich im Kindergarten ihrer Tochter versteckt. Dann höre ich, dass sie auf einer Marihuanafarm irgendwo in den Bergen sein soll.«

»Wo?«

»Ach, ich bitte dich ... Woher soll ich das wissen?«

»Würdest du es mir sagen, wenn du es wüsstest?«

Er starrte mich einen Augenblick an. »War toll, dich mal wieder zu sehen, Moses. Wie immer. Aber jetzt wirst du mich entschuldigen müssen. Ich habe einen Abgabetermin. Es macht dir doch nichts aus, wenn ich dich nicht zur Tür begleite, oder?« Er ging zu Suzanne und lächelte. »Tschüss, meine Liebe. Kopf hoch. Ich bin sicher, alles wird gut.« Dann gab er ihr einen Kuss auf die Wange und verschwand durch die Tür auf die Terrasse hinter dem Haus in etwas, das wie ein Studio aussah.

»Wo sollen wir eine Marihuanafarm finden?«, fragte Suzanne fünf Minuten später. Wir fuhren von Gabriels Haus bergab durch einen Wald mit Douglastannen. »Geschweige denn *die* Marihuanafarm.«

»Immer vorausgesetzt, dass er uns in diesem Punkt nicht auch anlügt.«

»Ich bitte dich, Moses.«

»Tut mit Leid. Ich bin immer noch eifersüchtig, okay? ... Er geht mir einfach unendlich auf den Wecker. Und mir gefällt der Gedanke gar nicht, dass er in so einem Haus lebt ... Jacuzzis ... Gartenhäuschen ... ein Morgan.«

»Ist ziemlich gut ausgestattet, stimmts? Hast du diesen süßlichen Geruch auch wahrgenommen, der von unten kam?«

»Süßlicher Geruch?«

»Ja, so wie Kaugummi ... Aus dem Keller.«

»Was hat er da? Vielleicht auch noch ein Kino? ... Du bist immer noch in den Dreckskerl verknallt, stimmts?«

Ich latschte auf die Bremse, bevor sie mir antworten konnte. Der blaue Dodge Van von letzter Nacht stand quer über der Straße, versperrte uns den Weg. Ich wollte zurücksetzen, schaute in den Rückspiegel. Aus einem Brandschutzweg tauchte ein alter Kipper auf. Auch er blieb mitten auf der Straße stehen. Ich trat wieder voll auf die Bremse und sah Suzanne an. »Scheiße!«, sagte ich.

»Wer ist das?«, sagte sie.

»Diese Dreckskerle von gestern, glaube ich.«

»Die California Forest Protection?«

Ich nickte, sah den Van an. Auch wenn die Scheiben getönt waren, konnte ich durch das Glas an der Seite doch den Schatten von etwas ausmachen, das wie der Lauf einer Schrotflinte aussah. »Was machen wir jetzt?«, fragte Suzanne.

Bevor mir etwas einfiel, glitt die seitliche Schiebetür des Van zurück und vier Leute sprangen heraus und kamen auf unseren Wagen zugerannt. Sie trugen Lederhandschuhe und dunkelgrüne Halstücher über den Gesichtern. Ich wirbelte herum und sah drei weitere aus Richtung des Kippers kommen. Sekunden später drängten sie sich um uns.

»Raus! Aussteigen!«, brüllte einer von ihnen – es war ein Mann –, während ein anderer die Beifahrertür aufriss und Suzanne herauszog. Ich griff nach ihr, aber eine dritte Person beugte sich bereits auf meiner Seite herein und packte meinen Arm, während mir ein Kollege den Kopf nach hinten drehte und ein grünes Halstuch über die Augen band. Wir wurden nicht von der California Forest Protection angegriffen – oder von irgendeinem anderen Sicherheitsdienst. Das hier waren die Hüter des Planeten. Wir wurden von unserem eigenen Sohn entführt.

Eine Minute später waren wir offenbar hinten in dem Van und holperten über einen Feldweg, von dem ich annahm, dass es derjenige war, aus dem der Laster zurückgesetzt war. Links und rechts neben mir saßen Hüter, Suzanne befand sich auf dem Sitz hinter mir. »Simon, bist du hier?«, rief ich.

»Nein.« Eine Frauenstimme. Wer war das? Claire Hannin? Karin? Ich hob die Hand zu meiner Augenbinde. »Lass das!«, befahl sie. Ich spürte, wie sich dicht unter meinem Brustkorb kalter Stahl hart in meine Seite bohrte.

»Was ist denn das?«, sagte ich. »Die Ökobewegung rennt mit Schießeisen rum?«

»Es muss sein«, sagte sie.

8

»Pop, ich habe dir doch gesagt, du sollst nach Hause zurückfahren.«

Ich saß, immer noch mit verbundenen Augen und an einen wackeligen Stuhl gefesselt, offenbar in einem Raum einer Blockhütte irgendwo tief im Hinterland. Am Ende einer Fahrt über die unwegsamsten und kurvenreichsten Bergstraßen, die ich je erlebt hatte, waren wir nach ungefähr fünfundvierzig Minuten dort abgeladen worden. Zweimal hielt das Fahrzeug an und Tore wurden geöffnet und wieder geschlossen; einmal fuhr es kurz rechts ran, als ein Hubschrauber dicht über uns wegflog und wieder verschwand. Schließlich parkte der Wagen leicht nach vorn geneigt offenbar in einem Graben. Wir stiegen aus, um dann weitere zwanzig Minuten zu Fuß und immer noch blind durch dichten Wald geführt zu werden, wobei wir immer wieder auf Felsen und Steinen ausrutschten und gegen Bäume rannten, durchwateten mehrere Bäche und überquerten eine wackelige Seilbrücke, bis wir schließlich flacheres, freundlicheres Gelände erreichten. Ich roch Mist und meinte, Schafe gehört zu haben. Dann wurden Suzanne und ich ein paar Stufen in die Blockhütte hinaufgeführt und auf die Schemel gebunden. Das alles praktisch ohne dass ein Wort gesprochen wurde. Schließlich brach Simon das Schweigen. Er musste dort gestanden und auf uns gewartet haben.

»Das hier geht euch nichts an«, fuhr er fort. »Es war noch nie anders und wird auch nie anders sein.«

»Simon, ich weiß, das klingt jetzt pathetisch, aber es gibt so etwas wie elterliches Verantwortungsgefühl.«

»Red doch nicht so ein schwülstiges Zeug, Pop. Das ist nicht dein Stil. Du hast doch nur Angst vor dem, was ich mache. Ihr beide.«

»Simon …«, warf Suzanne ein. Sie klang erschöpft.

»Ich habe keine Angst davor«, sagte ich. »Es ist nur …«

»Es ist nur was?«

»Es ist nur … Ich will mich nur vergewissern, dass es auch durchdacht ist.«

»Wer bist du? Die Ideologiepolizei?«

»Ich bin dein Vater.«

»Und …?«

»Vielleicht können wir dir helfen.«

»Das glaubt ihr wirklich, ja? … Wisst ihr, das ist typisch dafür, mit eurer Generation aufwachsen zu müssen. Ihr habt alles zuerst gemacht – Sex, Drogen, Rock and Roll, Politik. Ihr glaubt, ihr wisst alles. Tja, nicht immer.«

»Das habe ich auch nie behauptet.«

»Das weiß ich. Das hast du nie getan. Genau das meine ich ja, Pop. Alles ist angeblich in Ordnung, aber nichts ist wirklich in Ordnung, was nicht deinem Standpunkt entspricht.« Ich hörte, wie er anfing auf und ab zu gehen. »Folge deinem Stern. Alles ist cool. Mach dein eigenes Ding. Tja, sieh nur, wohin dich das gebracht hat … uns gebracht hat. Obdachlose auf den Straßen, und Gingrich im Kongress. Du hast versagt, Pop. Und, Mom, du bist noch schlimmer … fast … verplemperst dein halbes Leben mit Newagequatsch, Gurus und Typen mit angeblich übersinnlichen Kräften, und als du dann endlich deine Scheiße zusammenbekommst und anfängst, Jura zu studieren, um Einwanderern zu helfen, übernimmst du am Ende Konkursfälle für Filialbanken und Kreditunternehmen, weil du dir sagst, die Zeiten sind hart, und du musst dir ja schließlich deine Brötchen verdienen. Tja, wisst ihr, manche Leute haben es wirklich am harten Ende.«

»Ist es jetzt vorbei?«, sagte Suzanne. »Können wir jetzt unsere Masken abnehmen?«

»Ich weiß nicht«, sagte Simon. »Ich weiß nicht, ob es je vorbei sein wird.« Ich hatte noch nie gehört, dass er sich so klar ausdrücken konnte. Es klang fast so, als hätte er bei seinem Bruder Nachhilfestunden genommen.

»Hast du hier das Kommando?«, sagte ich, ohne zu wissen, ob noch jemand im Raum war. »Subcomandante Marcos oder so was?«

»Wir haben keine Führer.«

»Aaah, ja, die alte Phrasendrescherei.«

»Da, jetzt machst dus schon wieder!«, sagte Simon bitter. »Immer alles übernehmen. Alles wissen. Ist ja nichts Neues … alles schon mal da gewesen. Der König sämtlicher Erfahrungen dieser Welt.« Er seufzte angewidert. »Weißt du, Einstellungen wie deine … das sind die reaktionärsten von allen. Kleinlich. Selbstschützend. Bei den Wichsern, denen die Fabriken gehören, und beim FBI weiß man wenigstens, mit wem man es zu tun hat.«

»Oh, davon bin ich überzeugt«, sagte ich rundweg.

Er schwieg.

Ich wartete einen Moment, bevor ich sagte: »Special Agent Nicholas Bart gehört auch zu ihnen.«

Schweigen. Irgendwo in der Ferne hörte ich das Wiehern eines Pferdes.

»Warum erzählst du mir nichts von dem Einbruch bei der PG & E?«

Immer noch keine Antwort.

»War das deine Idee oder die von Karin?«

»Ich habe keine Zeit für so was«, sagte Simon schließlich. »Wir befinden uns hier mitten in einem Krieg.«

»Und? Was willst du mit uns machen? Willst du uns hier festhalten, bis er vorbei ist?«

»Wenn wir müssen.«

»Wir lieben dich, egal was passiert«, sagte Suzanne.

»Ich weiß«, sagte er. Und er verließ den Raum, zog hinter sich die Tür zu.

Fünf Minuten später kam jemand herein und nahm uns die Augenbinden ab. Es war der vogelartige Mann von Erlangers Beerdigung. Wir befanden uns in einem erheblich größeren Raum, als ich gedacht hatte; es gab einen Esstisch und einen Kochherd. »Folgen Sie mir«, sagte er, während er unsere Hände und Füße losband. Er führte uns durch die Tür auf eine kleine Waldlichtung, auf der vier Blockhütten errichtet worden waren. Wir waren in der größten gewesen, die zwei Etagen besaß. Die übrigen waren einfache Ein-Zimmer-Häuser mit einer Tür und mehreren Fenstern. Niemand schien in der Nähe zu sein, obwohl ich nicht die geringste Ahnung hatte, wohin sie verschwunden sein mochten. »Hier lang.« Der Vogeltyp führte uns zu der Blockhütte neben einem Zaun, hinter dem einige Schafe weideten. Suzanne und ich folgten ihm kommentarlos hinein.

In der Hütte gab es zwei Feldbetten und einen Campingtisch mit einem Stuhl. In einer Ecke standen unsere Reisetaschen, die man offensichtlich aus dem Mietwagen geholt hatte. »Simon sagte, ihr zwei wollt vielleicht lieber getrennt schlafen, aber wir haben hier nicht genug Zimmer«, sagte er. »Die Dusche befindet sich hinter dem Haupthaus. Die Latrine ist da drüben.« Er deutete zwischen die gegenüberliegenden Hütten. »Wir werden Ihnen das Essen in die Hütte bringen. Halten Sie sich so weit wie möglich von den Fenstern fern, bleiben Sie drinnen, wenns nicht unbedingt anders sein muss, und zünden Sie keine Kerzen an. Wir wollen nicht die Aufmerksamkeit der Hubschrauber erregen. Irgendwelche Fragen?«

»Wie heißen Sie?«, fragte ich.

»Bill«, sagte er und ging.

Suzanne und ich sahen uns an. Durch das Fenster, von dem wir uns fern halten sollten, war Bill zu sehen, der gerade um das Haupthaus herum nach hinten ging. Ich schaute ihm nach, bis er außer Sicht war. Wir standen also unter Hausarrest, und ich bekam bereits den Budenkoller.

Ich drehte mich zu Suzanne um. »Was ist los mit Simon?«, sagte ich. »Er hat keine einzige meiner Fragen beantwortet.«

»Er vertraut uns nicht.«

»Uns vertrauen?Er hat uns doch überhaupt nie irgendwas erzählt.«

»Vielleicht konnte er nicht.«

»Wer hält ihn auf?«

»Ich weiß es nicht. Ich ...« Frustriert schüttelte sie den Kopf.

»Falls er ein V-Mann des FBI ist, bring ich ihn gottverdammt eigenhändig um. Das ist mit Abstand das Widerlichste, das ich mir ...«

»Das wissen wir nicht.«

»Aber wenn er es nicht ist, dann ist es sogar noch schlimmer. Er hat sich Hals über Kopf ins tiefe Wasser gestürzt!« Ich trat wieder ans Fenster und schaute hinaus. »Was meinst du, wer sie war?«

»Wer?«

»Die mit der Kanone.«

»Keine Ahnung. Ich weiß ja nicht mal, ob es eine Kanone war ... Karin?«

»Wie wärs mit Claire Hannin?«, sagte ich.

»Nicht hier, vermute ich.«

»Genau. Sie ist die Gewalt*lose.*«

»Du glaubst das nicht?«

»Ich weiß nicht, was ich glauben soll. Ich weiß nur, dass wir nichts erfahren, wenn wir hier rumsitzen und Däumchen drehen.« Ich sah Suzanne an. »Ich werde mich mal umschauen.«

»Du hast doch gehört, was Bill gesagt hat. Willst du die Helikopter anlocken?«

»Ich werde schon keine Helikopter anlocken. Ich halte mich zwischen den Bäumen. Kommst du mit?«

»Das ist nicht, was Simon möchte.«

»Ja, aber es ist das, was er braucht.«

»Das meinst du.«

Ich starrte sie an und spürte diesen hässlichen Konkurrenzgeist, der sich oft zwischen Partner schiebt, sobald es um ihre Kinder geht. Wer tut das Beste fürs Kind? Wen mag das Kind lieber? Es war die klassische Situation, bei der es keinen Sieger geben kann. »Ja, das meine ich«, sagte ich schließlich. »Ich gehe jetzt da raus. Ich habe nicht das Gefühl, eine große Wahl zu haben.«

»Mach, was du willst«, sagte sie.

»Bist du sicher, dass du nicht mitkommen möchtest?«

Sie schüttelte den Kopf. Ich zögerte eine Sekunde, lächelte dann und berührte ihre Schulter – wollte ich, dass sie mir auf irgendeine Weise ein Gefühl von Sicherheit vermittelte, so wie ich es getan hatte, als wir fünfundzwanzig waren? –, bevor ich vorsichtig nach links und rechts aus der Tür linste und hinausschlich.

Ich ging schnell zum Waldsaum hinüber, wo ich mich unter den Ästen verbarg, als ich den Rand der Lichtung entlangging. Hinter jeder Blockhütte blieb ich kurz stehen, um durch die rückwärtigen Fenster hineinzuschauen. Alle waren nahezu identisch mit unserer, nur dass in sie drei statt zwei Feldbetten gezwängt waren. In der Folge blieb kaum freie Stellfläche übrig, wodurch sie an Zimmer in einem finanziell kläglich ausgestatteten College erinnerten. Der einzige sichtbare persönliche

Besitz waren einige Pullover, ein Handspiegel und ein Skiparka. Auch die Wände waren kahl, als wären die Hüter darin übereingekommen, jeden aufschlussreichen Hinweis auf ihre Identität zu vermeiden. Die einzige Ausnahme stellte ein Teddybär auf einem der Feldbetten und eine Polaroidaufnahme von Kurt Cobain bei einem Liveauftritt dar, die in der letzten Blockhütte an das Fenstersims geklebt worden war.

Ich setzte meinen Weg zur Rückseite des Hauptgebäudes fort, blieb dort einen Moment stehen, um die Anwesenheit von Bill oder jemand anderem zu bemerken. Durch das Fenster konnte ich über eine Diele in den Wohn-Ess-Bereich bis zum Vordereingang hineinsehen. Es schien niemand da zu sein. Wohin waren alle verschwunden? Ich trat einen Schritt zurück und schaute zum Obergeschoss hinauf. Eine Holztreppe führte an der Seite des Hauses zu einer Tür neben einem Fenster, hinter dem auf einem Schreibtisch eine Campinglaterne stand, über die eine schwarze Skimaske drapiert worden war. Lebte hier Simon, mein Sohn, der Subcomandante?

Ich wollte schon zur Treppe laufen, als ich Bill mit einer Ausgabe von *Wired* in der Hand aus der Latrine kommen sah. Ich wartete, bis er in einer anderen Hütte verschwand, bevor ich mich vorsichtig in Bewegung setzte, auf Zehenspitzen die Treppe hinaufstieg und den Türknauf drehte. Abgeschlossen. Ich schaute durchs Fenster. Dahinter befand sich ein großer Raum mit zwei Feldbetten und dem Schreibtisch, den ich bereits von unten gesehen hatte; an der linken Seite bemerkte ich einen Wandschrank. Das PowerBook, das ich Simon vor zwei Weihnachten gekauft hatte, stand neben einem ordentlichen Stapel Unterlagen auf dem Schreibtisch. An der gegenüberliegenden Wand war eine große topografische Karte des Humboldt County mit Aluminiumheftzwecken befestigt. Mehrere verschiedene Gebiete – waren es Wälder? – waren mit einem gelben Marker hervorgehoben worden. An den Rändern waren mit schwarzer Tinte und in Simons unverwechselbarer Graffitihandschrift Anmerkungen angebracht. Ich versuchte gerade zu entziffern, was dort stand, als ich Gelächter hörte. Die Hüter kehrten zurück.

Ich zog mich zurück und lief vorsichtig die Treppe vom Zimmer meines Sohnes hinunter. Ich fühlte mich so schmutzig und hinterhältig, wie ich es nicht mehr gekannt hatte, seit ich als Kind Kleingeld aus dem Sekretär meines Vaters gestohlen hatte, um bei meinen Kumpeln von der Highschool Pokerschulden begleichen zu können. Am Fußende der Treppe schaute ich schnell in beide Richtungen. Einen Moment lang schien alles bestens zu sein, doch als ich um die Ecke bog, lief ich einer der Hüterinnen schnurstracks in die Arme. In der linken Hand hielt sie irgendein Werkzeug, und mit der rechten zog sie sich gerade ihre Skimaske aus. Wie ein gefangenes Tier erstarrte ich vor ihr.

»Hallo«, sagte sie.

»Hi … Ich … äh … hab mich nur …«

»Umgeschaut?«, sagte sie und streifte die Maske ab. Darunter kam das Gesicht eines wirklich hinreißenden neunzehn- oder zwanzigjährigen Mädchens mit einem blassen, beinahe durchsichtigen Teint, kurzen rostfarbenen Haaren und den außergewöhnlichsten hellbraunen Augen zum Vorschein, die ich je gesehen hatte. Selbst die beiden Ringe durch ihren linken Nasenflügel, die normalerweise vielleicht wie ein billiges Klischee gewirkt hätten, unterstrichen nur ihre Attraktivität, verliehen ihr eine primitive Sexualität, die fast an Naturvölker erinnerte, und dies trotz der Tatsache, dass ich wusste, dass sie Philosophiestudentin war.

»Sie müssen Karin sein«, sagte ich. »Ich bin Simons Dad.«

»Ich weiß … Moses. Macht es Ihnen etwas aus, wenn ich Sie so nenne? Ich habe schon so viel von Ihnen gehört, dass ich das Gefühl habe, Sie gut zu kennen.« Sie trat einen Schritt näher und schenkte mir ein strahlendes Lächeln. Sie war offenbar eine der jungen Frauen, die bereits im Alter von sechs Jahren alles über Männer ahnen.

»Nein, überhaupt nicht.«

»Irgendwas Interessantes gefunden?«, fragte sie. Sie deutete beiläufig über das Gelände. Ich senkte den Blick auf ihren Körper, der nahezu makellos war.

»Nicht direkt. Gibt es denn irgendetwas Interessantes zu finden? … Was ist das?« Ich deutete mit dem Kinn auf das Werkzeug in ihrer Hand.

»Ein Zweiunddreißig-Zoll-Bolzenschneider, hervorragend geeignet, um die Köpfe von Nägeln mit zehn Zoll und mehr Länge zu entfernen –

funktioniert sogar bei Nägeln mit Spiralprofil, die normalerweise ziemlich problematisch sind.«

»Ich nehme an, das ist es also, was Sie hier machen: Nägel in Bäume schlagen.«

»Das könnten Sie annehmen.«

»War Simon bei Ihnen?«

»Nicht in diesem Fall.«

»Wissen Sie, wo er ist?«

»Im Augenblick nicht, nein.«

»Ich dachte, Sie beide wären einander sehr nahe.«

»Sind wir. Ihr Sohn ist ein ganz besonderer Mensch, Moses. Ihm liegt die Welt am Herzen … Man muss Sie wirklich dafür loben, wie Sie ihn großgezogen haben.«

»Danke … Er hält auch sehr viel von Ihnen … Ich habe übrigens gestern versucht, über Sie etwas in Erfahrung zu bringen. Ich habe mich beim Fachbereich Philosophie der Berkeley erkundigt, aber die schienen keine Karin in ihren Unterlagen zu haben. Ihren vollen Namen kannte ich nicht.«

»Es hätte nichts geändert. Ich habe schon vor einer ganzen Weile das Studium abgebrochen … So faszinierend sie auch sein mögen, Kant und Hume sind nicht sonderlich relevant, wenn die Ozonschicht zerstört wird. Was meinen Sie?«

»Ich verstehe«, sagte ich. »Und wie heißen Sie nun?«

»Meinen Sie meinen wirklichen oder meinen politischen Namen?«

»Wie wärs mit beiden?«

»Wie wärs mit keinem von beiden?« Sie strahlte mich wieder mit diesem Lächeln an. »Sollten Sie jetzt nicht eigentlich in Ihrer Blockhütte sein, Moses?« Bevor ich antworten konnte, ging sie um die Ecke des Haupthauses und verschwand außer Sicht.

9

»Eine Grungeausgabe der Schönen Helena«, sagte ich.

»So gut?«, fragte Suzanne.

Ich nickte. Ich war zurück in unserer Hütte, ging auf und ab und fühlte mich bereits eingesperrt.

»Aber wer ist sie? Ist Karin überhaupt ihr richtiger Name?«

Ich schüttelte den Kopf. »Sie wollte mir überhaupt nichts sagen. Nicht mal, wo Simon steckt. Ich weiß nur so viel, dass sie tatsächlich mal Philosophie studiert hat. Und sie versteht verdammt viel davon, wie man Nägel in Bäume schlägt.«

Es klopfte an der Tür. Ehe ich »herein« sagen konnte, trat Bill mit einem Tablett in der Hand ein.

»Abendessen«, sagte er und stellte es auf dem kleinen Tisch zwischen unseren Betten ab. Ich sah auf die Uhr. Es war erst halb fünf. »Wir essen früh, solange wir unsere Mahlzeiten noch sehen können.«

Er ging hinaus und ließ Suzanne und mich mit unserem Abendessen allein – Obstcocktail aus der Dose und zwei aufgewärmte Wurstpizzas, die aussahen, als kämen sie frisch aus der Tiefkühltruhe. Keine sonderlich gesunde Kost für eine Truppe von Ökofreaks, andererseits jedoch befanden wir uns hier schließlich in einem Kriegsgebiet, und ich war ausgehungert. Seit unserem wenig Appetit anregenden Besuch bei Gabriel hatte ich nichts mehr gegessen.

Suzanne war ebenfalls hungrig, also setzten wir uns und machten uns über die Pizzas her, als wir irgendwo in der Ferne das dumpfe Schwirren von Hubschraubern hörten. Nach wenigen Augenblicken wurde das Geräusch lauter, die Helis schienen näher zu kommen, weiterzufliegen, wieder zurückzukommen, noch lauter zu werden. Sie waren nicht unmittelbar über uns, aber doch sehr nahe. Ohne ein Wort zu sagen, schauten Suzanne und ich uns an. Ich sah die Anspannung in ihrem Gesicht. Es war die allgemeine Reaktion, die wir alle angesichts des Schwirrens von Hubschraubern zeigten, selbst diejenigen, die sich noch nie in einer Schlacht befunden hatten – es war ein grauenhaftes Geräusch, das Bilder aus den Abendnachrichten in Erinnerung rief,

Zählung der Toten und Gewalt in den Straßen und, zumindest was mich betraf, die Erinnerung an einen blutig geschlagenen Kopf, als ich nicht nur einmal, sondern oft vor der Polizei weglief. Also warteten Suzanne und ich dort völlig erstarrt, aßen nicht, sprachen nicht, bis sich das Geräusch wieder zu entfernen schien.

Suzanne lächelte. »Wahrscheinlich von der Verkehrsüberwachung«, sagte sie, und ich lachte, als Bill wieder hereinkam, diesmal ohne vorher anzuklopfen und mit einer Skimaske über dem Kopf.

»Wir müssen los«, sagte er und schnappte sich unsere noch ungeöffneten Taschen. »Nehmt eure Isomatten und kommt mit. Jetzt sofort.«

»Was ist passiert?« platzte ich heraus, als ich aufsprang und der Hubschrauberlärm urplötzlich und anscheinend aus dem Nichts auf uns einschlug, als wollte er unsere kleine Blockhütte jeden Augenblick unter Beschuss nehmen.

»Sie haben unser Camp gefunden«, sagte Bill. »Hector weiß es aus dem Polizeifunk.«

Wer zum Teufel ist Hector, überlegte ich, hatte aber keine Zeit zu fragen, denn Bill war bereits fort und die Tür knallte hinter ihm zu. Der Hubschrauber schoss nach rechts weg, als hätte er im letzten Augenblick noch Mitleid mit uns bekommen und gewährte uns eine Gnadenfrist. Suzanne und ich sahen uns kurz an, dann rollten wir unsere Schlafsäcke zusammen und folgten Bill nach draußen.

Die Gruppe, zumindest soweit uns bekannt, hatte sich am Waldrand hinter dem Haupthaus versammelt. Suzanne und ich schlossen uns ihnen an. Es waren drei Männer und zwei Frauen, alle mit schwarzen Skimasken – die grünen Halstücher waren anscheinend durch etwas Anonymeres ersetzt worden – und Rucksäcken, an deren Laschen und Schlaufen verschiedene Werkzeuge hingen. Ich ging zu der Frau, die ich für Karin hielt.

»Karin, ich möchte Ihnen gern Suzanne vorstellen«, sagte ich.

Ich schaute zu, als sie sich die Hand schüttelten und Suzanne die jüngere Frau fixierte, als versuche sie, durch die Maske zu sehen. Keine sagte ein Wort.

»Wo ist Simon?«, fragte ich.

»Dort draußen«, sagte Bill und deutete vage auf den Wald.

»Er wird uns schon finden«, sagte Karin.

»Setzen Sie das hier auf«, sagte ein anderer Mann und reichte Suzanne und mir Skimasken. »Wir dürfen nicht riskieren, dass jemand wieder erkannt wird. Nicht mal Eltern.« Ich streifte mir die Maske über den Kopf, rückte sie über Mund und Augen zurecht und zog den Saum bis weit über meinen Hals hinunter. Die Wolle war dicker als erwartet, viel zu warm und sie juckte an den Rändern, aber die Maske an sich bewirkte eine unheimliche Verwandlung. Sie vermittelte mir sofort ein Gefühl von Macht. Falls es hier in der Nähe irgendwelche lateinamerikanischen Diktatoren gab – ich war bereit, es mit ihnen aufzunehmen.

Ich stand da, linste durch die schmalen Schlitze in der Wolle und genoss meinen Status als frisch gebackener Revolutionär, während Suzanne noch damit beschäftigt war, die Maske richtig überzuziehen. Wir banden uns die Schlafsäcke auf den Rücken und nahmen die Reisetaschen, die vor einem Baum abgestellt worden waren. Dann deutete Karin mit einer Kopfbewegung auf einen fast nicht erkennbaren Weg, der hinter dem Haupthaus an einer Rinne entlang in den Wald führte. Dorthin setzte sie sich nun in Bewegung, und die Gruppe folgte ihr. Ich stolperte fast umgehend und klammerte mich an Bill, um auf den Beinen zu bleiben. Die Maske schränkte mein peripheres Sehvermögen beträchtlich ein, und ich hatte vergessen, nach unten zu schauen. »Che Guevara – nein!«, sagte Suzanne spöttisch.

»Che trug auch keine Kontaktlinsen«, erwiderte ich, hatte jedoch unter meiner Maske bereits einen knallroten Kopf.

Eine Stunde später bewegte ich mich bereits durch den Wald wie ein erfahrener Guerillero. Wir erreichten die Kuppe eines mit Redwoods und Douglastannen bestandenen Berges mit stachligem Gebüsch dazwischen. Weiter vor uns, hinter mehreren Kilometern einer dunkelgrünen Hügellandschaft mit vereinzelten Eichen und gelegentlich Rindern, krachte der Pazifik mit seiner ganzen wilden Pracht auf einen scheinbar endlosen, mit Felsen übersäten und menschenleeren Strand. Es war fast Viertel vor sechs, und die Novembersonne begann gerade unterzugehen und überzog die ursprüngliche Landschaft von den Bergen bis zum Meer mit einer blendenden goldenen Glut.

»Wo sind wir?«, fragte ich Bill, der stehen geblieben war, um sich in eine Karte zu vertiefen – dieselbe Karte, bemerkte ich, die in dem Zimmer im Obergeschoss an die Wand geklebt gewesen war.

»Die Lost Coast«, sagte er.

»Die Lost Coast?« Hatte ich noch nie gehört.

»Sie ist größer als Big Sur und erheblich spektakulärer«, sagte er und schirmte seine Augen gegen die Sonne ab, während er versuchte, unsere Position auf der Karte ausfindig zu machen. »Allerdings konnten sie den Highway 1 hier nicht durch bauen, deshalb kennt sie kein Mensch. Die einzige Strecke, die in dieses Gebiet führt, ist eine einspurige Landstraße aus dem Humboldt Park, die die halbe Zeit im Winter unterspült wird.«

Karin trat neben ihn und sah auf die Karte. »Wir sind da unten«, sagte sie und zeigte auf ein Tal mit einem kleinen Fluss, der in einem weiteren Redwood-Wald verschwand. »Müde?«, fügte sie hinzu, wobei sich ihre Stimme in einem leicht spöttischen Tonfall hob.

»Nein, nein, alles bestens.« Was anderes hätte ich niemals zugegeben.

Die Gruppe stieg auf der anderen Seite des Hügels in das Tal ab, auf das Karin gezeigt hatte. Wir befanden uns wieder in einem Wäldchen mit größtenteils altem Baumbestand, das durch den rauschenden Fluss in zwei Teile geschnitten wurde, der das einzige hörbare Geräusch im Wald machte und alle anderen ertränkte. Die Hubschrauber waren schon lange fort.

»Trautes Heim, Glück allein«, sagte Karin, als wir eine kleine Lichtung zwischen zwei gewaltigen Bäumen am Ufer des Flusses erreichten. Ihre Stämme waren bei irgendeinem präkolumbischen Waldbrand ausgehöhlt worden. Karin zog ihre Maske aus, und wir anderen folgten ihrem Beispiel. »Ich hoffe, es macht Ihnen nichts aus, aber heute Abend wird es kein Lagerfeuer geben«, sagte sie zu mir. »Zu riskant. Sie werden einen anderen Weg finden müssen, sich warm zu halten.«

»Ich werds schon schaffen … Wird Simon hier zu uns stoßen?«

»Natürlich. Warum nicht? Er liebt dieses Fleckchen.« Sie ließ den Rucksack auf den Boden gleiten, ohne mich dabei auch nur eine Sekunde aus den Augen zu lassen. »Die Lost Coast ist ein ganz besonderer Ort, Moses. Hier können die Menschen immer noch so leben, wie es die Natur vorgesehen hat … Entspannen Sie sich und schalten Sie ab.«

Sie lächelte mich noch einen Augenblick an, dann nahm sie ihren Rucksack und verstaute ihn in dem Baum. Die anderen machten es genauso.

Zwanzig Minuten später, nachdem wir unser Lager aufgeschlagen hatten, schlenderte ich mit Suzanne am Ufer des Flusses entlang. Das Tageslicht nahm schnell ab. Zwischen den hohen Bäumen herrschte bereits fast pechschwarze Nacht.

»Es muss schmeichelhaft sein, wenn man für zwanzigjährige Mädchen immer noch attraktiv ist.«

»Was redest du da?«

»Sei nicht kokett, Moses. Das ist eine der großen Ungerechtigkeiten des Lebens.«

»Es hat ihr doch nur Spaß gemacht, mich zu manipulieren.«

»Vielleicht, vielleicht auch nicht.« Vor einem umgestürzten Baum blieb sie stehen und sah mich an. Im Zwielicht sah sie ebenfalls fast wie ein zwanzigjähriges Mädchen aus, das Mädchen, das ich zum ersten Mal gesehen hatte, als es von Antikriegsdemonstranten in einem Weidenkorb in das besetzte Verwaltungsgebäude der Uni in Berkeley getragen wurde, während die Menge sowohl ihrem Mut als auch ihrer Schönheit applaudierte.

»Ich hasse die Zeit«, sagte ich.

»Ich auch.«

»Abendessen«, rief jemand, und wir kehrten zum Lager zurück. Die Gruppe saß zwischen den beiden ausgebrannten Bäumen. Zum ersten Mal wurden wir nun den dreien vorgestellt, denen wir noch nicht begegnet waren – Max, ein Mann Mitte dreißig, der sich als gescheiterten Yuppie beschrieb, Sheila, eine junge Engländerin mit akademischem Grad in Biochemie, und dann noch Hector, der sich als fünfzehnjähriger Wunderknabe mit chicano-irischer Abstammung aus Van Nuys herausstellte und zwei Computer mit sich herumschleppte, seinen eigenen IBM-Klon und Simons PowerBook. Ich erkundigte mich, ob Claire Hannin noch Mitglied der Gruppe war, und erhielt eine knappe

Antwort, die unmissverständlich klar machte, dass weitere Nachfragen sinnlos waren. Also saßen wir eine Weile herum, machten Smalltalk und teilten uns ein improvisiertes Abendessen aus Müsliriegeln, Trockenfleisch und heißer Instantlimonade, bis ich auf die hoch aufragenden Bäume um uns herum deutete und so beiläufig wie nur möglich sagte: »Wollt ihr hier auch Nägel einschlagen?«

Das beendete jede Unterhaltung. Ich wartete ein oder zwei Minuten, bevor ich fortfuhr. »Was ich damit meine … Der Wald hier draußen ist verflucht groß. Wie entscheidet ihr, wo ihr das macht? Und kennzeichnet ihr den Baum, lasst ihr so was wie eine Warnung zurück, dass sich Nägel im Stamm befinden?«

»Wie kommen Sie darauf, dass wir das nicht tun?«, fragte Karin. »Halten Sie uns für Mörder?«

Mit einem Mal war der riesige Wald so still wie die Mojave-Wüste um Mitternacht. Selbst der rauschende Fluss schien vorübergehend innezuhalten, gerade so, als wären wir alle Teil eines kosmischen Versteckspiels. »Jemand ist gestorben«, sagte ich.

»Ausgerechnet Sie werden doch wohl nicht alles glauben, was Sie in der Zeitung lesen, oder?«, sagte sie.

»Was habe ich denn nicht mitgekriegt?«

»Keine Ahnung. Wir binden immer rote Warnschilder an die Bäume. Vielleicht hat diese Person das einfach nicht gesehen.«

»Das ist möglich«, sagte ich.

Karin beäugte mich skeptisch. »Oder vielleicht glauben Sie, es gibt noch eine andere Erklärung für das, was passiert ist.«

»Welche wäre das?«

»Wir haben einen Provokateur unter uns, der uns ermutigt hat, so weit zu gehen, das Leben unschuldiger Menschen zu gefährden.«

Ich warf Suzanne einen Blick zu, die Karin konzentriert anstarrte. »Wozu denn?«, fragte ich.

»Um uns zu diskreditieren … natürlich«, sagte Karin.

»Was weiß ich«, sagte ich.

»Natürlich wissen Sie das nicht … obwohl Sie es vielleicht vermuten.« Sie sah die anderen an – Sheila, Max, Hector, Bill. Sie kauerten sich gegen die nächtliche Kälte aneinander, und der gerade aufgehende Halbmond beleuchtete schwach ihre Gesichter. »Welcher ist es denn?«

»Solche Beschuldigungen erhebe ich nicht«, sagte ich.

»Was ist mit Ihnen?«, sagte Karin und sah Suzanne an.

»Ich weiß nicht, was ich denken soll«, sagte sie.

»Tja, dann ... vielleicht ist es ja auch etwas völlig anderes«, sagte Karin. »Vielleicht hat es ein anderer getan. Jemand, von dem Sie noch nicht einmal etwas wissen.«

»Wer sollte das sein?«, fragte ich.

»Jemand, der stark ist. Jemand, der schön ist«, sagte sie. Ihre Stimme klang mit einem Mal traurig und vorzeitig alt. Dann begann sie zu lachen. »Kommen Sie, Moses. Warum sind Sie so ernst? In jeder Revolution muss irgendwer sterben. Und die Welt zu retten ist die größte Revolution von allen, richtig?« Sie sah ihre Kameraden an, die ihre Zustimmung raunten. »Immerhin leben wir seit Anbeginn der Geschichte anders, vergewaltigen die Erde, statt uns zu lieben. Manchmal denke ich, die industrielle Umweltverschmutzung ist nur ein weiteres Nebenprodukt der sexuellen Unterdrückung. Was meinen Sie?« Sie starrte mich mit einem spöttischen Lächeln an.

»Ich meine, das ist ein Haufen Affenscheiße«, antwortete Suzanne, bevor ich die Chance hatte, etwas zu sagen.

Keine halbe Stunde später legten wir uns schlafen. Es war kalt, und es gab nichts weiter zu tun. Ich ging um den Stamm eines der größten Bäume und rollte meinen Schlafsack auf einem Bett aus Kiefernnadeln aus. Ich schlüpfte hinein und versuchte die Augen zu schließen, aber es gelang mir einfach nicht. Immer wieder fragte ich mich, wo Simon war, und starrte in die Nacht hinaus. Einmal meinte ich, im Unterholz einen Hirsch gesehen zu haben, dessen Geweih sich im fahlen Mondlicht abzeichnete, doch ehe ich mich aufsetzen konnte, war er schon wieder verschwunden.

Danach legte ich mich zurück und starrte hinauf zu den Sternen, bemerkte meinen alten Freund Arkturus, den roten Riesen am Ende von Orions Schwert, zog dann im Geiste eine Linie zu Spika. Aber der weiße Zwerg versteckte sich hinter einigen Büschen im Vordergrund. Während ich mich bemühte, etwas zu sehen, wurde meine Aufmerksamkeit von einer Bewegung am anderen Ende des Lagers erregt. Ich setzte mich jäh auf und starrte durch das Unterholz. Eine Gestalt kauerte über einem Schlafsack. So blieb sie ein oder zwei Augenblicke, dann richtete sie sich auf und verschwand in der Dunkelheit. Ein paar Sekunden später erhob sich jemand aus dem Schlafsack und ging leise in die Mitte des Lagers. Es war Karin. Sie griff in ihre Tasche und nahm eine kleine Taschenlampe heraus, schaltete sie an und ließ den Lichtkegel schnell über die anderen Schlafsäcke wandern, als wollte sie sich vergewissern, dass jeder fest schlief. Ich schloss die Augen und legte mich zurück. Das Licht strich über mich und ging aus. Als ich die Augen wieder aufmachte, marschierte Karin ins Unterholz.

Neugierig geworden, zog ich vorsichtig das Klettband meines Schlafsacks auf und folgte ihr so leise wie möglich einen schmalen Pfad entlang. Sie hatte ungefähr eine halbe Minute Vorsprung, und zunächst konnte ich sie nicht sehen, doch schließlich erhaschte ich einen flüchtigen Blick auf ihre Silhouette, die sich schnell flussaufwärts fortbewegte. Dann verlor ich sie wieder hinter dem Stamm eines massigen Redwoods aus den Augen. Ich setzte meinen Weg auf dem Pfad dennoch fort, der jetzt in eine Schlucht an einer Biegung des Flusses hinabführte.

In der Biegung blieb ich stehen. Am Flussufer war Simon mit nacktem Oberkörper zu sehen; seine Brust und Schultern schimmerten weiß in der Dunkelheit. Er hielt Karin in einer leidenschaftlichen Umarmung, die ebenfalls kein Oberteil mehr trug, deren Brüste nach oben zeigten, als sie gegen seine Haut gedrückt wurden. Sie fummelten gegenseitig an ihren Jeans herum, sanken gemeinsam zu Boden und begannen sich zu lieben. Ich wurde unfreiwillig Augenzeuge der Urszene in umgekehrter Reihenfolge. Mein Herz hämmerte verwirrt, ich zog mich zurück. Dies war etwas, das zu sehen für einen Vater nicht bestimmt war.

10

Als ich bei Tagesanbruch aufwachte, tranken Simon und Karin Kaffee. Sie saßen auf einem großen Felsblock in der Nähe des Lagers, hatten zwischen sich eine Kaffeekanne und unterhielten sich intensiv, aber unhörbar vor dem Hintergrundrauschen des allgegenwärtigen Flusses. Sie hörten genau in dem Augenblick damit auf, als sie mich aus meinem Schlafsack steigen sahen. Ich stolperte zu ihnen hinüber, versuchte den Schlaf abzuschütteln und hatte immer noch ein schlechtes Gewissen, weil ich in ihr Privatleben eingedrungen war, und auch wegen der wie auch immer gearteten Anziehungskraft, die ich auf Karin ausübte.

»Tasse Kaffee?«, fragte sie und war wie ein Echo von Gabriel, als sie die Kanne hob und mir etwas Kaffee in einen Campingbecher aus Blech einschenkte, bevor ich eine Antwort herausbrachte. Ich nahm den Becher dankbar an, und sie wendete sich mit einem schiefen Lächeln an Simon. »Dein Vater findet nicht gut, was wir tun«, sagte sie. Ich spannte mich sofort unwillkürlich an, um dann wieder locker zu werden. Sie konnte unmöglich wissen, dass ich sie beobachtet hatte. Offensichtlich bezog sie sich auf ihre politischen Handlungen.

»Ach, ja? Echt?«, sagte ich. »Ich weiß doch noch nicht mal, was ihr tut. Wie kann ich es da missbilligen?«

»Ach, dann glauben Sie nicht, dass wir Nägel in Bäume schlagen?«, sagte Karin.

»Ich kenne die näheren Einzelheiten nicht.«

»Wie zum Beispiel was?«, fragte sie.

Ich warf Simon einen Blick zu, der mich unerbittlich fixierte. »Zuallererst mal, ob es sich um öffentliches Land oder Privateigentum gehandelt hat«, sagte ich. »Ob ihr wirklich ausreichend Warnschilder angebracht habt.«

»Natürlich haben wir das. Aus welchem Grund sollten wir das Leben unschuldiger Menschen gefährden wollen? Das würde doch allem widersprechen, wofür wir stehen.« Sie stand auf, ging zu einem Rucksack, nahm eine Pappröhre heraus und reichte sie mir. »Das hier ist das Werk Ihres Sohnes«, sagte sie.

Ich schaute zu Simon hinüber, als ich in die Röhre griff, um den Inhalt herauszuziehen. Ich rollte ein sechseckiges rotes Poster von etwa der Größe eines Stoppschildes auseinander. Die Worte FÖRSTER … GROSSE GEFAHR! NICHT SÄGEN! DIESER URALTE BAUM STEHT UNTER DEM SCHUTZ DER HÜTER DES PLANETEN! waren in fetten Lettern unter die kunstvoll gemachte Zeichnung eines muskulösen jungen Mannes mit dem Gesicht einer Eule gesetzt worden, der einen riesigen Nagel in den Baum schlug. Es war eindeutig Simons Stil. Eine Variation seiner Graffitigemälde.

»Gute Arbeit«, sagte ich.

Er antwortete nicht.

»Die hängen wir an drei verschiedenen Stellen an jeden Baum, bevor wir die Nägel einschlagen«, sagte Karin. »Das ist Vorschrift. Jemand prüft das in jedem einzelnen Fall zweimal nach.«

Warum erzählt sie mir das alles, fragte ich mich. Schwer dahinter zu kommen. »Können sie vielleicht abgefallen sein?«, fragte ich.

»Alle? Die werden mit Krampen am Stamm befestigt. Oben und unten auf beiden Seiten.« Sie nahm mir das Poster ab, rollte es zusammen und schob es wieder in das Rohr.

»Ich vermute, dann bedeutet das wohl …« Ich starrte auf meine Tasse hinunter. Der Kaffee war fast weg, und Karin schenkte mir nach. Ich lächelte sie dankbar an. »… dass jemand anderer sie runtergenommen haben muss …? Was ist mit einer Gruppe namens California Forest Protection? Kennt ihr die?«

»Das ist doch Bockmist!«, sagte Simon plötzlich. »Warum reden wir überhaupt mit ihm?«

»Ich will helfen, Simon. Ich bin dein Vater!«

»Du willst doch gar nicht wirklich helfen. Du willst alles an dich reißen!«

»Das stimmt nicht. Ich …«

»Du hast doch überhaupt keine Ahnung, was hier los ist!«

»Da hast du gottverdammt Recht«, brüllte ich beinahe. »Und ich sag dir noch was. Ich finde es verabscheuungswürdig, wenn man Nägel in Bäume schlägt. Es gibt nicht einen einzigen Baum auf der

Welt, egal wie alt er ist, der auch nur ein einziges Menschenleben wert ist. Ich hoffe bei Gott, dass hier ein Irrtum vorliegt, denn wenns nicht so ist, werden wir alle das noch bis an unser Lebensende schwer bedauern!«

»Es liegt kein Irrtum vor. Der einzige Fehler ist, dass du gekommen bist! Ich will nicht mehr mit dir reden.« Und damit verschwand er im Wald.

Ich zitterte am ganzen Leib, als Suzanne dazukam. »Was ist passiert?«, fragte sie.

»Ihr Sohn nimmt alles viel persönlicher, als er sollte«, sagte Karin.

Ich starrte in den Wald. Simon war kaum noch zu sehen. Er ging flussaufwärts. »Ich gehe und rede mit ihm«, sagte ich.

»Nein, nein, nein. Warten Sie«, sagte Karin. Ich drehte mich zu ihr um. »Warum helfen Sie uns nicht richtig?«

»Was meinen Sie damit?« Ich warf Suzanne einen Blick zu und sah dann wieder Karin an.

»Wir dachten, dieser Baum stehe auf öffentlichem Land … innerhalb des Humboldt-Parks … und dann stellte sich heraus, dass er der Allied Lumber gehört … Vielleicht hat uns jemand bewusst reingelegt.«

»Wer sollte so etwas tun?«

Sie schüttelte den Kopf. »Die Leute von der California Forest Protection. Wer weiß? … Simon sagt, Sie sind ein Spitzenprivatdetektiv. Vielleicht könnten Sie das herausfinden.«

»Ich glaube kaum, dass ich hier viel herausfinden kann.«

»Bill fährt in die Stadt Vorräte einkaufen. Er wird Sie hinausbringen.«

Sie ließen mich gehen? Ich sah in Simons Richtung. Er war verschwunden.

»Keine Angst«, sagte Karin. »Er wird zurückkommen. Tun Sie einfach, was Sie tun müssen.«

Ich nahm Suzanne beiseite, um unter vier Augen mit ihr zu sprechen. Wir gingen zum Flussufer hinunter, wo man uns nicht zuhören konnte. »Was meinst du?«, fragte ich.

»Welche Wahl haben wir denn?«

»Willst du mitkommen?«

Sie biss sich auf die Lippe. »Ich kann Simon jetzt nicht allein lassen.«

Ich nickte und notierte meine Piepsernummer auf die Rückseite eines alten Kreditkartenbelastungsbelegs, den ich ihr dann gab. »Falls es irgendein Problem gibt, versuch zu einem Telefon zu kommen und benachrichtige mich umgehend.«

Wir blieben stehen und starrten uns einen Augenblick an. »Viel Glück«, sagte sie.

»Danke«, antwortete ich und empfand mich von der Situation überwältigt. »Weißt du, manchmal denke ich, ich hätte mein ganzes Leben erfunden.«

»Wer tut das nicht?«, sagte sie.

Ich lächelte und umarmte sie kurz, dann ging ich zu Bill, der inzwischen wenige Meter entfernt stand und auf mich wartete.

Ich folgte ihm einen Weg hinauf, der sich in zwei schnellen Kurven den Bergrücken hinaufschlängelte. Oben angekommen, schaute ich zum Lager zurück. Simon war bereits wieder zu den anderen zurückgekehrt. In diesem Moment kam mir in den Sinn, dass ich ihn nicht weiter nach dem Telefonkontakt zu Special Agent Bart gefragt hatte. War das vielleicht eine unbewusste Reaktion gewesen? Der Gedanke, dass dies irgendwas bedeutete, dass Simon womöglich ein V-Mann des FBI sein könnte, war mir dermaßen zuwider, dass ich mich ihm nicht mal eine Sekunde lang stellen wollte. Das wäre eine so totale Rebellion gegen alles, eine solch gründliche Zurückweisung von allem gewesen, von dem ich glaubte, immer dafür zu stehen (wie scheinheilig oder wie naiv diese Werte auch immer sein mochten), dass ich, sollte es wahr sein, mir nicht vorstellen konnte, mich davon je wieder zu erholen. Mein Herz wäre für immer und ewig gebrochen.

Daher verbannte ich selbst das Mikronachdenken darüber aus meinem Kopf und ging weiter mit Bill durch einen Wald von jüngeren Redwoods, in dem noch der Morgennebel hing. Zu meiner Überraschung erreichten wir die Hauptstraße in weniger als einer halben Stunde, kamen in der Nähe einer schäbigen Stadt namens Honeydew heraus, die aus einer Hand voll Häuser, einem Gemischtwarenladen, einer Tankstelle und einem Geschäft für Anglerbedarf bestand. Es war eine der beiden Städte an der gesamten Lost Coast, die andere war Petrolia, gerade groß genug, um auf der Landkarte aufzutauchen, die an der Wand des hiesigen Gemischtwarenladens hing.

»Ich muss mit ein paar Leuten reden«, sagte Bill geheimnisvoll und ging zu einem Münztelefon im hinteren Teil des Ladens. Er wartete, dass ich mich ein Stück entfernte, bevor er wählte. Ich hörte ihn unverständlich in den Hörer flüstern, als ich herumging und mir die angebotenen Waren und Produkte ansah. Anscheinend waren die einheimischen Kunden eine Mischung aus Dosenfleisch fressenden Rednecks und anderen mit unerklärlicherweise differenzierteren Geschmäckern, was bis zu Steinpilzen in nativem Olivenöl und dicken Scheiben frischen, importierten Räucherlachses reichte.

»Befinden wir uns noch im Herzen des ›Farmgürtels‹?«, fragte ich Bill, als er zu mir zurück kam.

»Nicht mehr so sehr«, erwiderte er mit einem Blick auf die Gourmetprodukte und verstand mich sofort. »Zu viele Hubschrauber der Drogenfahndung. Nur der absolute harte Kern ist noch geblieben … Der Rest dieses gierigen Schleims ist in Untergrundkeller verschwunden, wo sie noch mehr Geld machen können«, fügte er hinzu, womit er keine allzu große Sympathie für seine Marihuana anbauenden Brüder an den Tag legte.

Er sagte, er wolle seine Vorräte auf dem Rückweg abholen, und wir gingen weitere zweihundert Meter die Straße hinunter zu einem unbefestigten Zufahrtsweg neben einem Briefkasten. Bill deutete auf eine alte Scheune auf der anderen Seite eines Löwenzahnfeldes. »Sehen Sie«, sagte er. Ich sah ihn verwirrt an. »Ihr Auto.«

Er griff in den Briefkasten, gab mir die Schlüssel meines gemieteten Buick und wollte gehen. Ich hielt ihn fest. »Was mache ich in einem Notfall?«

»Schicken Sie eine E-Mail ohne Betreff an N2690@earthlink.net. Falls Sie die Zeit haben, machen Sie es anonymisiert über einen Remailer. Wir piepsen Sie dann an.«

Er ging, wie ich annahm, zurück zum Geschäft. Ich schaute ihm nach und versuchte, mir die E-Mail-Adresse einzuprägen, als er stehen blieb und zu mir zurückschaute. Offensichtlich mochte er es nicht, beobachtet zu werden. Ich ging zur Scheune und zog die Tür auf. Dort stand der Wagen. Ich setzte mich hinter das Steuer und drehte den Zündschlüssel. Dieses alberne Gebimmel ging los, das mich immer an die Dessousabteilung von Bloomingdale's erinnerte, aber er sprang sofort an.

Ich setzte zurück, fuhr die Zufahrt zur Hauptstraße hinunter und weiter Richtung 101 und machte das Radio an: ein Sender, der ausschließlich Oldies aus den Siebzigern brachte. Die Frequenzen waren voll von diesen Sendern; immerhin waren wir hier in Nordkalifornien. Ich war erleichtert, wieder auf dem offenen Highway und allein zu sein. Aber meine Rock-and-Roll-Pause endete ungefähr anderthalb Stunden später abrupt, als ich mich Garberville näherte. In der Gegend schien es von mehr Polizei zu wimmeln als nach Ausschreitungen in South Central. Ich zählte vier Fahrzeuge des Sheriffs, darunter ein Van, drei Kontrollstellen und zwei Streifenwagen der California Highway Patrol, bevor ich auch nur zehn Kilometer an die Stadt herangekommen war, bei meiner Ankunft dann ein weiteres halbes Dutzend entlang der Hauptstraße. Ich vermutete, dass es nicht lange dauerte, bis einer von ihnen eine Abfrage über meinen Wagen durchgab, doch davon wollte ich mich im Moment nicht beunruhigen lassen. Ich bog auf einen Parkplatz hinter einem Waschsalon gegenüber der Redaktion des *Humboldt Herald* ein, als zwei Hubschrauber der DEA über mich wegflogen. Ich stieg aus und überquerte die Straße, ging die Treppe zum ersten Stock hoch und betrat das Büro der Zeitung, ohne anzuklopfen. Es war ein winziger, aus zwei Zimmern bestehender Laden mit einer wahllosen, hausbackenen Ausstattung, halb Hippie und halb Handelskammer, was den Inhalt der Zeitung nachäffte. Ich strahlte die beiden Reporter im vorderen Zimmer an und marschierte ohne ein Wort zu sagen schnurstracks an ihnen vorbei ins Büro des Herausgebers.

Daniel Springer stand hinter seinem Schreibtisch, starrte auf sein Spiegelbild im Fenster und kämmte seinen grauen Pferdeschwanz. Erschreckt legte er den Kamm fort, als er mich sah. »Moses, Sie haben mich in einem Moment der Eitelkeit erwischt«, sagte er. »Aber wir Burschen mittleren Alters müssen jeden Vorteil nutzen, den wir kriegen können, finden Sie nicht auch?« Ich nickte und schloss die Tür zu seinem Büro. »Das wird jetzt vertraulich, was?« Er musterte mich und gab mir zu verstehen, dass ich Platz nehmen könne. »Wie läufts denn so? Haben Sie Ihren Sohn gefunden? Populärer Junge, wie ich sehe.« Er deutete mit dem Kopf auf einen der Hubschrauber, der in diesem Augenblick zu sehen war, als er sich vor dem Bürofenster in den Himmel hob.

»Bislang nicht.«

»Gott, das muss hart sein. Falls es irgendetwas gibt, was ich tun kann ... Ich stelle Ihnen die enormen Ressourcen des *Humboldt Herald* zur Verfügung.« Er lächelte und deutete auf zwei ramponierte Aktenschränke in der Ecke. »Außerdem habe ich einen Freund beim *Bay Guardian,* der ein paar gute Privatdetektive kennt, aber...«, fügte er leise kichernd hinzu, »ich nehme nicht an, dass Sie so was brauchen.«

»Vielleicht doch«, erwiderte ich beißend. »Erzählen Sie mir was über die California Forest Protection.«

»Wo sind Sie denen denn begegnet?«

»Draußen im Wald.«

»Astreiner Name, häh? Klingt wie eine Naturschutzvereinigung aus den Fünfzigern.«

»Smokey der Bär«, sagte ich.

»Genau das sollen Sie ja auch assoziieren.« Er setzte sich mir gegenüber hinter seinen Schreibtisch.

»Wer sind sie?«

»›Nachhaltigkeits‹-Freaks.«

»›Nachhaltigkeit‹?«

»Doppelzüngig daherquatschende Arschlöcher, die den Ökologiegedanken auf den Kopf stellen, indem sie beispielsweise sagen, alter Redwood-Bestand verschmutzt die Umwelt und lässt nicht zu, dass kleine Babybäume wachsen oder wir sollten nichts für die Rettung der gefleckten Eulen tun, weil sie die heimische Wildbeerenernte vernichten. In Wahrheit aber sind die nur auf fette staatliche Entschädigungszahlungen aus, wenn sie mal wieder daran gehindert werden, einen Quadratzentimeter Land forstwirtschaftlich zu nutzen, den zu bewirtschaften sie von Anfang an auch nicht die geringste Absicht hatten … Was haben die mit Ihrem Sohn zu tun?«

»Wer weiß? Wissen Sie, wo ich sie finden kann?«

»Die gehören nicht unbedingt zu den bedeutendsten Abonnenten dieser Zeitung. Ich würde mir aber auch nicht die Mühe machen, sie in den Gelben Seiten nachzuschlagen.«

»Dachte ich mir schon … Also, wer sind sie denn nun?«

Er starrte mich einen Augenblick an. »Verbitterte kleine Geschäftsleute, Rancher, die unter dem nordamerikanischen Freihandelsabkommen Blut lassen mussten, arbeitslose Holzfäller, die noch eine Axt zu schleifen haben … was übrigens kein Wortspiel sein soll. Eine gefährliche Truppe. Sie würden sich nicht mit denen anlegen wollen.«

»Paramilitärische Erfahrung?«

»Möglicherweise.«

»Wer sind ihre Anführer?«

»Wüsste nicht, dass die welche haben.«

»Nun ja, sie arbeiten doch für jemanden … Lawton Stanley? Die Chefs der anderen Holzfirmen?«

»Hier beschäftigt niemand mehr irgendwen, Moses.« Er beugte sich vor, als ob er mir ein bedeutungsvolle vertrauliche Mitteilung machen wollte. »Wir arbeiten alle für die großen Mischkonzerne, sogar Stanley. Und die geben sich die größte Mühe, so zu tun, als würde die CFP gar nicht existieren. Das kann ich Ihnen versichern. Besonders seit neunzig … Und, wo haben Sie überall versucht, Ihren Sohn zu finden? In Ukiah gibts ein Café namens Global Village. Dort hängt ein Haufen ausgebrannter Typen mit Rucksäcken rum. Manche von denen wissen trotzdem das eine oder andere. Schon möglich, dass sie auch Kontakte zu den Hütern haben.«

»Ich werds überprüfen.«

»Dann gibt es da noch einen Kerl namens Jasper, der das Latte betreibt. Sie können ihm einen Gruß von mir ausrichten und sagen, ich hätte Sie geschickt. Das Essen ist nebenbei gesagt auch erheblich besser als im Woodrose. Wie gehts übrigens Ihrer Ex, der fabelhaften Ms. Greenhut? Es muss doch die reine Hölle für sie sein.«

»Sie ist okay … Was ist neunzig passiert?«

»Was meinen Sie damit?«

»Sie sagten gerade, sie hätten es sich neunzig anders überlegt.«

»Hab ich das?«

»Das ist das Jahr, in dem die Autobombe in Claire Hannins Wagen hochging, stimmts? Der Redwood-Sommer.«

»Ja, das stimmt. Sie haben ganz klar Ihre Hausaufgaben in Lokalpolitik gemacht.«

»Sie sind derjenige, ders mir erzählt hat.«

»Oh. Ja, genau.«

Springer lächelte einen Moment verständnislos. Eine seiner Reporterinnen, eine junge Frau mit kurzen schwarzen Haaren, die Jeans und ein Männerhemd über einem Rollkragenpullover trug, kam herein und legte einen Artikel vor ihn hin.

»Hi. Ich bin Samantha«, stellte sie sich mir vor, während Springer anfing, ihren Beitrag sorgfältig zu lesen.

»Du musst deinen Namen nicht nennen«, raunte er.

»Ist schon okay. Ich bin Moses. Ich bin hier, weil ich etwas über die CFP in Erfahrung bringen möchte. Versuche, sie zu finden.«

»Puuuh, diese Typen.« Sie verzog ihr Gesicht. »Mit denen wollte ich nicht in einem Raum stecken. Aber wenn Sies wirklich so interessiert, dann würde ich mal mit einem Besuch bei der Geldbeschaffungsaktion für Thurman anfangen.«

»Das ist doch lächerlich«, sagte Springer, ohne sich die Mühe zu machen, aufzuschauen. »Das könnten die sich nie leisten.«

»Was meinst du damit? Sie findet im Old Cook House statt. Die werden für ihn Schlange stehen.«

»Wenn dus sagst.«

»Na, hör mal. Ich bitte dich. Der Mann ist der neue König der konservativen Nachhaltigkeitsbewegung.« Sie drehte sich zu mir. »Das ist auf Samoa.«

»Ich hatte eigentlich nicht vor, so weit zu fahren.«

»Nicht das Samoa.« Sie grinste. »Dieses Samoa ist eine winzige Insel zwei Kilometer nördlich von Eureka, über die Brücke. Die veranstalten ein Dinner für den Kongressabgeordneten Alan B. Thurman, einen der Frischlinge von Gingrichs Revolutionstruppe. Wie ich höre, wird die Quappe höchstpersönlich via Satellit zugeschaltet.«

»Ich werde drauf achten, mein Scheckbuch einzustecken«, sagte ich.

»Ich glaube, ich passe«, sagte Springer, nahm einen roten Stift und machte in dem Artikel ein paar Korrekturen.

Wie sich herausstellte, standen sie kurz vor Redaktionsschluss, also blieb ich nur noch ein paar Minuten, gerade lange genug, um zu erfahren, dass es bei Samanthas Artikel um »Einziehung von Vermögenswerten« als Bedrohung für die Verfassung ging (was immer das bedeutete), und um Springer zu versichern, dass ich ihn an meinen Informationen teilhaben lassen würde, sollte ich irgendwas herausfinden.

»Der *Herald* könnte einen Knüller gut gebrauchen«, erinnerte er mich, als er mich trotz Redaktionsschluss die ganze Treppe hinunter bis auf die Straße begleitete und wissen wollte, was ich als Nächstes vorhätte. Außerdem wollte er eine Nummer meiner Unterkunft.

»Schön, dann lassen Sies mich wissen, sobald Sie eine haben, *compadre*«, sagte er, legte eine Hand auf meine Schulter und lächelte wohlwollend. *»Hasta la victoria siempre.«*

»Klar«, sagte ich. Nachdem er wieder im Haus verschwunden war, überquerte ich die Straße, vergewisserte mich, von niemandem beobachtet zu werden, und stieg in meinen Wagen. Bis zum Beginn des Spendenessens hatte ich noch einige Zeit totzuschlagen. Ich wollte mir auch den Tatort noch mal anschauen, dieses Mal bei Tageslicht, und die Eigentumsgrenze mit eigenen Augen sehen. Also fuhr ich durch Garberville und wieder die Avenue of the Giants entlang, wobei ich einen Umweg zur hinteren Seite des Humboldt State Park machte, um mich abermals zu vergewissern, dass ich nicht verfolgt wurde.

Ich brauchte eine Stunde und zehn Minuten, um dorthin zu kommen, aber es schien niemand in der Nähe zu sein, als ich wieder den Weg zum Jack London Grove hinunterging. Ich kam zu dem riesigen Baumstamm am Fußende des Weges und blieb stehen. Alles war ruhig und still. Das Absperrband der Polizei war entfernt worden, aber wie vor zwei Tagen war da noch ein kleiner Erinnerungsstrauß an Leon Erlanger. Anscheinend hatte jemand die alten Blumen durch frische ersetzt. Die lockere Steinmauer links von mir, die ich für die Grenze des State Park gehalten hatte, war teilweise mit glänzenden, neuen Stacheldrahtrollen überzogen.

Ich wollte gerade hinübergehen und mir die Sache näher anschauen, als ich ein gedämpftes schwirrendes Geräusch hörte. Ich blieb reglos stehen und lauschte. Eine Möwe, die vom Meer herübergedriftet war, flatterte mit den Flügeln und flog fort. Dann nichts. Was war hier los? Bis auf das Schwirren war es merkwürdig still. Irgendwie kam es mir vertraut vor. Warum waren Suzanne und ich bei unserem letzten Besuch so schnell entdeckt worden? Ohne die Füße zu bewegen, drehte ich mich langsam nach rechts und betrachtete sorgfältig das Gelände hinter dem Absperrband, bis mein Blick auf das erneuerte Blumenarrangement fiel. Dann erstarrte ich, als ich den Schein einer winzigen roten Lampe auf der Unterseite eines Irisblattes bemerkte. Das Objektiv einer in den Blumen versteckten Minivideokamera starrte mich direkt an. Ich wurde gefilmt.

Ich dachte an den großen Burschen mit der .38er und seinen Kumpel mit dem Kuwait-City-T-Shirt und der Schrotflinte. An die Frau mit den schmutzig blonden Haaren. War das die erste Aufnahme von mir? Oder hatten sie »Harry Lucas« bereits wieder erkannt? Ich spürte die Angst in meiner Magengrube. Ich starrte angestrengt in den Wald, sah aber nichts. Ein Eichhörnchen sprang von seinem Ast und hoppelte fort ins Gebüsch. Wieder, ohne die Füße zu bewegen, drehte ich meinen Rumpf von der Kamera fort und begann zu gehen, einen Schritt nach dem anderen, zurück zum Weg.

Doch ich war noch keine drei Meter weit gekommen, als ich hinter mir Schritte hörte. »Betreten wir schon wieder unbefugt fremdes Land, Mr. … Lucas?«, sagte jemand. Es hörte sich nach dem großen Mann an. »Das hier ist weder eine Kolchose noch die Genossenschaft von Berkeley. Haben Sie nicht gelernt, das Eigentum anderer Leute zu respektieren?«

Ehe ich etwas sagen konnte, sah ich seinen Partner mit der Schrotflinte den Weg herunter genau auf mich zukommen. »Bleiben Sie stehen, wo Sie sind, Mr. Wine«, sagte er.

Mr. Wine?! Ich machte einen Satz nach rechts, hechtete über die Steinmauer, zerfetzte mein Hosenbein am Stacheldraht und rollte auf den Boden. Ich rappelte mich sofort auf und rannte in den Wald. Ein Schuss löste sich, von dem ich genau wusste, dass es keine Warnung war. Der große Mann brüllte irgendwas, aber ich lief weiter, zerkratzte mir das Gesicht an den Ästen junger Bäume, als ich mich nach rechts und dann wieder links drehte, um ihnen zu entkommen. Erreichte eine steile Böschung. Mein Herz schlug wie verrückt. So schnell ich konnte, kletterte ich hinauf. Oben angekommen, sah ich mein Auto direkt vor mir. Ich rannte schnurstracks mit eingezogenem Kopf darauf zu und warf keinen Blick zurück, bis ich auf dem Fahrersitz saß und den Schlüssel im Zündschloss hatte.

11

»Woher zum Teufel kannten die deinen Namen?«

»Die wussten genug über mich, um meinen Nachruf zu schreiben. Allerdings hielt ich es für keine besonders gute Idee, noch länger dort herumzuhängen, um herauszufinden, warum das wohl so ist.«

»Wirst du nicht langsam ein bisschen zu alt für so was?«

»Kein Scheiß.« Ich lehnte an der Wand neben den Toiletten im Woodrose Café und sprach vom Münztelefon aus mit Jacob. Ich konnte mich nicht gerade hinstellen, weil mir nach dem Sprung über die Stacheldrahtrollen die Rippen viel zu wehtaten. Brust und Arme waren zerkratzt, und mein Knie pochte, als wäre wiederholt mit einem Hammer auf die Kniescheibe geschlagen worden. Genau genommen war mein ganzer Körper schwarz und blau, wie ich feststellte, als ich mich auf der Herrentoilette einer Rangerstation umzog. Die alten Klamotten sahen aus, als wären sie in eine Müllpresse geraten.

»Hast du die Grundstücksgrenze gefunden?«, fragte Jacob.

»Ich glaube schon, ja. Es ist genau dieselbe Steinmauer, die ich schon beim ersten Mal gesehen habe.«

»Wirst du das der Polizei sagen?«

»Noch nicht. Die werden nur versuchen, mich dazu zu kriegen, dass ich sie zu Simon fahre. Vorher brauche ich irgendeinen Beweis, dass die Mauer versetzt worden ist. Außerdem«, sagte ich mit gedämpfter Stimme, »haben sie immer noch Nägel in einen Baum geschlagen, selbst wenn er auf öffentlichem Land stand und selbst wenn tatsächlich ein Warnschild dran gehangen hat.«

»Scheiße«, sagte Jacob. Er klang genauso angespannt wie ich. »Was hast du jetzt vor? Was ist mit dieser Claire Hannin? Vielleicht weiß *sie* irgendwas.«

»Ich habe keine Ahnung, wo ich sie finde. Gabriel behauptet, sie versteckt sich irgendwo auf einer Marihuanafarm.«

»Du hast mit ihm geredet?« Er schien überrascht.

»Der Dreckskerl lebt hier oben wie die Made im Speck in einem Zig-Millionen-Dollar-Traumhaus.«

»Wie hat er das denn angestellt?«

»Weiß ichs?« Ich schaute auf die Wand vor mir, die übersät war mit Werbung für Selbsthilfe- und Therapiegruppen. Ich fragte mich, ob Amys Tai-Chi-Kurs auch dabei war. »Übrigens«, fuhr ich fort, »du weißt nicht zufällig irgendwas, das dein Bruder gemacht haben könnte, weswegen er … äh … für das FBI arbeitet?«

»Was?!«

»Streich das. Vergiss es«, sagte ich. »Du bist ein Computerfreak, stimmts? Dann weißt du sicher auch, was ein Remailer ist?«

»Im Internet? Das ist eine Möglichkeit, seine E-Mail anonym zu verschicken. Man adressiert seine Nachricht an einen anonymen Computer, und die schicken sie dann ohne deinen Namen an das eigentliche Ziel weiter.«

»Dachte ich mir schon irgendwie. Bleib in der Nähe des Telefons. Vielleicht brauche ich dich, um für mich eine abzuschicken.« Es war ein komisches Gefühl, Jacob zum ersten Mal an einem Fall zu beteiligen, aber es war ja auch eine Familienangelegenheit. Er war der Einzige, dem ich vertrauen konnte.

»Ich bin da. Ich habe momentan mehr Zeit als sonst …« Seine Stimme wurde angespannt. »Carlos und ich haben uns getrennt.«

»Tut mir Leid«, sagte ich. Es war seine dritte Beziehung in vier Jahren. »Falls ich irgendwas für dich tun kann …«

»Keine Panik, Mann. Du hast gerade alle Hände voll mit meinem Bruder zu tun. Außerdem könntest du sowieso nichts tun, so weit es um mein Privatleben geht, selbst wenn du wolltest«, fügte er mit einem ironischen Kichern hinzu.

»Ich werde darüber nicht mit dir streiten. Wenn ich den Liebeskranken gute Ratschläge gebe, wärs das Gleiche, als würde Jackie Mason Ghandi verklickern wollen, wie man meditiert.«

Er lachte. Dann sagte er: »Pass auf dich auf, Dad.« Seine Stimme war mit einem Mal ernst und bar jeder Ironie.

Wir verabschiedeten uns und legten auf.

Einen Moment lang dachte ich daran, mich um mein eigenes Liebesleben zu kümmern und Nancy anzurufen, bis ich wieder einen

Streifenwagen vorbeidonnern hörte, und da schien es einfach nur absurd. Offensichtlich war das jetzt nicht der richtige Augenblick. Ich wollte präzisere Informationen über die Grundstücksgrenze in der Nähe des Tatorts haben. Aber ich wollte sie, ohne dafür zur Polizei zu gehen.

Zehn Minuten später saß ich im Büro der Redwood Empire Realty an der Church Street unmittelbar östlich des Redwood Drive und unterhielt mich mit Carl Gribaldo, Mitglied des Zwanzig-Millionen-Dollar-Clubs und seit vierzig Jahren in diesem County wohnhaft, wenn man nach den gerahmten Verkündungen über seinem Schreibtisch ging. Wir sprachen über Baugrundstücke für mein zukünftiges Ferienhaus.

»Es muss unmittelbar am Rand eines State Parks oder von öffentlichem Land liegen«, erklärte ich ihm. »Es ist mein Zufluchtsort in der Natur, verstehen Sie, deshalb möchte ich nicht in ein paar Jahren feststellen, dass ich auf ein Einkaufszentrum starre. Davon haben wir in L. A. mehr als genug.«

»Das verstehe ich absolut, Mr. …?«

Ich zögerte eine paranoide Sekunde, fragte mich, ob es nicht sicherer wäre, den Decknamen zu wechseln. Wer immer der CFP meine Identität mitgeteilt hatte – dieser Bursche hier wars höchstwahrscheinlich nicht gewesen. Aber sicher sein konnte man auch nicht. »Watkins. Richard Watkins«, sagte ich.

»Hatten Sie … äh … einen Unfall, Mr. Watkins?« Er deutete auf meinen Hals, der mit einem wenig attraktiven violetten Fleck von meiner Flucht verziert war.

»Sieht es nicht lächerlich aus? Ich muss Ihnen sagen, Mr. Gribaldo, genau so fühle ich mich. Ich kutschiere in meinem Beemer durch die Gegend, suche nach meinem Traumgrundstück. Dann meine ich, was gefunden zu haben. Überall um mich rum sagenhafte Redwoods, alter Baumbestand. Also steige ich aus, um mal einen näheren Blick zu werfen, und rutsche natürlich sofort den Abhang von dem Berg runter. Schätze, in den tiefsten Tiefen meines Herzen bin ich immer noch ein Junge aus der Stadt, was?« Gribaldo lachte mit kaum mehr als einer

Spur genau der Herablassung leise in sich hinein, die ich mir wünschte. »Ich kann einfach nicht glauben, dass jemand so ein Stück Land verkauft«, fuhr ich fort. »Diese Bäume sind unbezahlbar.«

»Ach, unbezahlbar würde ich nicht sagen, sondern … ziemlich gepfeffert.«

»Wie stehts mit Land unmittelbar am Humboldt State Park?« Ich beugte mich mit einem Ausdruck kaum verschleierter Erwartung vor. »Ich bin sicher, das ist auch sagenhaft teuer.«

»So was weiß man erst, wenn man danach fragt«, sagte Gribaldo.

Kurz darauf saßen wir an seinem Schreibtisch und sahen uns topografische Landkarten und die Einträge in einem dicken Buch mit Immobilien an. Ich ließ meinen Finger auf den Humboldt Park gleiten, fand die unbefestigte Straße und glitt dann weiter nach Westen, bis ich an die Grenze kam. »Ungefähr genau hier«, sagte ich.

»Das ist der Jack London Grove«, sagte Gribaldo.

»Erstaunlich. Mein Lieblingsautor als Kind. *Ruf der Wildnis … Wolfsblut* … Habe ich siebenmal gelesen. Ich würde töten, um in diesem Wäldchen leben zu können!«

»Ich glaube, er gehört der Allied Lumber Company.«

»Und die würden ihn nicht verkaufen?«, fragte ich ungeduldig.

»Es sei denn, Sie sind Bill Gates oder einer von seinem Kaliber.« Er sah mich vorsichtig an. »Sie sind doch nicht Gates, oder?«

»Ich? Nein.« Ich winkte angesichts der Absurdität dieser Vorstellung müde ab, und Gribaldo lachte wieder leise und jovial in sich hinein, schien überhaupt nicht besorgt, kein Geschäft machen zu können.

»Außerdem ist das die Stelle, wo letzte Woche dieser Baum gespickt wurde«, sagte er. »Falls Sie davon gehört haben.«

»Wirklich? … Dann könnte es doch sein, dass die das Grundstück loswerden möchten.«

»Da könnte durchaus was dran sein, Mr. Watkins.« Gribaldo lächelte und nahm den Telefonhörer ab. »Könnte Sie allerdings einen ordentlichen Batzen kosten … Ich werde direkt die Firmenzentrale in Glasgow anrufen«, sagte er. »Das ist nur ein Stück die Straße rauf. Frank Carpenter von ihrer Immobilienabteilung wird mehr wissen.«

»Sagen Sie ihm, ich bin an jedem beliebigen Stück Land in diesem London Grove interessiert. Vielleicht gibts ja auch die eine oder andere Parzelle, die ihnen nicht gehört … Jack London«, fügte ich hinzu und schüttelte verblüfft den Kopf. »Hat der nicht mal um das Amt des Gouverneurs kandidiert? Oder war das Upton Sinclair?«

»Ich bin sicher, es war London«, sagte der Makler, als er mit Frank verbunden wurde. Ich saß einige Minuten da, während Gribaldo ihm eine Reihe von Fragen stellte. Schließlich erschien ein breites Grinsen auf seinem Gesicht und er legte auf.

»Sie haben Glück, Mr. Watkins. Allied Lumber hat ein unglaubliches Stück jungfräuliches Land am Ufer des Eel River, das sie gern loswerden möchten. Absolut unverbaubare Aussicht.«

»Aber was ist mit dem London Grove?«

»Der ist nicht zu verkaufen, fürchte ich. Sie verkaufen nicht einen einzigen Baum.«

Ich runzelte verwirrt die Stirn. »Denen gehört alles?«

»Laut Frank, ja. Allied hat das ganze Areal vor ein paar Jahren vom Staat erworben, und sie nutzen es forstwirtschaftlich. Und er muss es wissen. Er hat die aktuellsten Karten in seinem Computer. Direkt aus dem Katasteramt des County«, fügte er augenzwinkernd hinzu. »Also … darf ich Ihnen das Grundstück am Eel River zeigen?«

»Danke, aber mein Herz hing eigentlich jetzt an diesem andern Land. Ein andermal, Mr. Gribaldo.« Ich stand auf, schüttelte niedergeschlagen mein Haupt und verließ sein Büro.

Tatsächlich fühlte ich mich noch schlechter als einfach nur niedergeschlagen. Ich fühlte mich beschissen. Ich wusste nicht, was Simon und seine Freunde gedacht oder woher sie ihre Information bekommen hatten. Aber es sah ganz danach aus, selbst wenn sie etwas anderes dachten, dass sie einen Baum auf dem Eigentum eines Holz verarbeitenden Unternehmens mit Nägeln gespickt hatten. Daran führte kein Weg vorbei. Sie sahen auf jeden Fall einer Anklage wegen Totschlags entgegen.

Die nächsten ungefähr zwanzig Minuten fuhr ich entmutigt und benommen den 101 entlang. Ich dachte an überhaupt nichts. Ich hörte keine Musik. Ich machte mir nicht mal die Mühe, im Rückspiegel zu kontrollieren, ob ich verfolgt wurde. Ja, ich befand mich in einem solchen Tran, dass ich um ein Haar an der großen Reklamefläche vorbeigepflügt wäre, die Touristen mit der Aufforderung BESUCHEN SIE GLASGOW! lockte, geschrieben in knallgelber und schwarzer Schottenkaroschrift und eingefasst von Dudelsäcken, welche die Erklärung HEIMAT DER ALLIED LUMBER COMPANY in einem Band aus Noten spielten. Selbst da wäre ich noch weitergefahren, wäre nicht das, was noch von meinem instinktiven Sinn für Ironie übrig war, durch das Wort »Glasgow« erregt worden. Ein Sinn, der unter anderen Umständen nicht immer mein bester Freund gewesen war. Glasgow, dachte ich – schon ziemlich schräg, diese nordkalifornische Vorliebe, Städte nach ausländischen Ortschaften zu benennen, die keinerlei Bezug zu ihrem derzeitigen Standort zu besitzen schienen. Zuerst Samoa, mein Ziel für den kommenden Abend, und jetzt Glasgow.

An diesem Punkt angelangt, kam das wuchtige Gebäude des Sägewerks in Sicht, eine bedrohlich aufragende Präsenz wie aus einem Gemälde von Edward Hopper, das scheinbar von einem abtrünnigen Architekten aus der Zeit der industriellen Revolution mitten in die unberührten Redwood-Berge geklatscht worden war. Eigentlich hätte es eine entsetzliche Narbe in der Landschaft sein müssen, aber wie bei einem Hopper-Gemälde lag in seiner Tristesse eine gewisse Schönheit. Ich starrte die Fabrik an, war entzückt von ihrer verwitterten Holzverkleidung und den verrosteten eisernen Brücken und Stegen, während die Abfahrt auf mich zugerast kam.

Aus einem Impuls heraus blinkte ich rechts, verließ den Highway und fuhr unter der Unterführung durch auf einen Kreisverkehr, der mich auf die Hauptstraße von Glasgow führte. Anders als das Sägewerk selbst besaß der Rest der Stadt eine idyllische, fast antiseptisch konservierte Ausstrahlung. Es war die erste Firmenstadt, die ich jemals besucht hatte, und vermutlich rechnete ich mit etwas aus einem Roman von Dickens, aber was ich stattdessen sah, waren sorgfältig erhaltene Straßen mit restaurierten Reihenhäusern aus dem neunzehnten Jahrhundert, einem Einkaufszentrum für Touristen mit putzigen Souvenirläden, einem alten Vaudeville-*the-ay-ter,* einem Holzmuseum und einem großen restaurierten viktorianischen Hotel namens The Glasgow, ausgestattet mit Gaslaternen am Bürgersteig und einer Vorfahrt für Kutschen. Es erinnerte mich an Disneyland. Es fehlte nur die Einschienenbahn.

Ich fuhr rechts ran und parkte vor dem Hotel. Erst da wurde mir bewusst, warum ich gekommen war, und ich spürte wieder diese Angst, entdeckt zu werden, die mich immer dann überkam, wenn ich meine Nachforschungen an Orten anstellte, von denen ich vermutete, dass ich nicht willkommen war. Orten wie beispielsweise den arabischen Dörfern der West Bank oder den Crackhäusern der South Bronx. Dieses Mal jedoch war der Grund meiner Angst konkreter als Rassenhass oder willkürliche Gewalt. Es ging um Blut. Ich schaute in den Rückspiegel, nur um zu sehen, wie sehr ich meinem Sohn ähnelte. Man hatte mir schon gesagt, es gebe eine große Ähnlichkeit, die ich aber nie bemerkt hatte. Jetzt hatte ich den Eindruck, wir sähen uns zum Verwechseln ähnlich, wären ohne ein Iota der Veränderung, vom Alter mal abgesehen, aus ein und derselben DNA geklont worden. War das auch auf dem Video der CFP zu sehen gewesen – oder hatten sie mich auf andere Weise identifiziert?

Ich kämmte meine Haare so anders wie möglich als mein Sohn und band mir um eines respektablen Eindrucks willen eine Krawatte um. Dann stieg ich aus dem Wagen und ging zum Museum hinüber, wo zurzeit das Leben zu pulsieren schien. Ein paar Touristen und Einheimische gingen aus und ein. Es befand sich in einem gut erhaltenen neoklassizistischen Gebäude mit griechischen Säulen. Früher war es wahrscheinlich die Bank der Stadt gewesen. Ich warf einen kurzen Blick auf ein Schild an der Eingangstür, auf dem stand: ENTSCHULDIGUNG, HEUTE KEINE FÜHRUNGEN IM SÄGEWERK, als plötzlich über meinem Kopf ein Hubschrauber der CFP dröhnte. Einen Moment schien er genau über meinem Wagen zu schweben, dann flog er weiter.

Ich schaute ihm nach, wobei mir das Herz bis zum Hals schlug, und betrat einen Raum mit Marmorboden und weiteren dekorativen Säulen. An den Wänden und in Glasvitrinen wurden Objekte und Fotografien aus der Geschichte der Holzfällerei im Nordwesten der Vereinigten Staaten ausgestellt, unter anderem primitive Sägen und alte Daguerreotypien von irgendwelchen Holzfällern, die neben den gefällten Stümpfen gigantischer Bäume, die zuvor kein weißer Mann gesehen hatte, wie Liliputaner wirkten. In der Nähe des Eingangs befand sich ein recht auffallendes Ausstellungsstück über die Ökologie der Gegend, das die heute von der Firma angewandten sorgfältigen Wiederaufforstungsmehoden und die wissenschaftlichen Programme erläuterte, mit deren Hilfe man gefährdete Arten wie den Coho-Lachs und die gefleckte Eule schützen wollte. Über allem schwebte ein Plakat mit der Beteuerung: »Die Allied Lumber Company steht für aktiven Umweltschutz.« Genau wie die California Forest Protection, dachte ich.

»Würde es Ihnen etwas ausmachen, sich in unser Gästebuch einzutragen?«, sprach mich ein großer, gut aussehender Mann von etwa dreißig Jahren an, unter dessen Polohemd mit aufgesticktem Firmenlogo kräftige Muskelpakete wogten. Auf mich wirkte er wie ein Holzfäller, der sich mit Publicrelations ein Zubrot verdiente.

»Überhaupt nicht«, sagte ich. Ich beugte mich vor und begann zu schreiben, wobei ich Richard Watkins eine Adresse in North Hollywood verpasste.

»Wie ich sehe, kommen Sie aus dem Großraum L. A. Wie wars da unten beim letzten Erdbeben? Gut weggekommen?«

»Das Fundament ist nicht geborsten.«

»Hört sich doch ganz gut an«, meinte darauf der Mann mit einem breiten, aber auch irgendwie gezwungenen Lächeln. »Wir haben hier oben eine Menge Besucher aus dem Süden. Neulich war ein Mann hier aus … na, wie heißts noch schnell? … aus Sherman Oaks. Dem ist die halbe Garage eingestürzt.«

»Ganz schön hart«, sagte ich und zwang mir selbst ein Lächeln ab. Erdbebensmalltalk gehörte zu den eher öden kalifornischen Zeitvertreiben.

»Und was führt Sie nach Glasgow … Mr. Watkins?«

Ich trat einen Schritt näher und senkte meine Stimme. Ich sei Reporter bei der *L. A. Times,* vertraute ich ihm an, auf dem Rückweg von einer Berichterstattung über Verhandlungen mit der kanadischen Regierung über Handelspolitik. Der junge Mann schien tief beeindruckt. Ich wartete, bis ein Touristenpärchen außer Hörweite war und fügte hinzu, angesichts meines Berufs wäre es geradezu fahrlässig, wenn ich hier keinen Zwischenstopp einlegte und diesen furchtbaren Zwischenfall mit dem gespickten Baum von vergangener Woche unter die Lupe nähme. Vielleicht könnte ich ja ein paar Hintergrundinfos über Opfer und Täter sammeln. »Im Süden ist man ziemlich aufgebracht darüber«, fuhr ich mit noch gedämpfterer Stimme fort, »wie weit diese Menschen gegangen sind.«

»Sie meinen die Hüter?«

Ich nickte.

»Haben Sie schon mit unserer Presseabteilung gesprochen, Mr. Watkins? Die haben ihr Büro direkt gegenüber auf der anderen Straßenseite im Verwaltungsgebäude.«

»An sich eine Superidee« – ich senkte den Blick und verzog das Gesicht, spielte den Betretenen, wartete, bis ein weiterer Tourist sich ein Informationsblatt »Fakten über amerikanische Wälder« nahm und weiterschlenderte –, »aber ich würde mir jede Story über dieses Thema im Handumdrehen verhageln, wenn ich etwas abliefere, das auch nur entfernt nach Firmen-PR riecht. Ich muss unmittelbar mit den Betroffenen selbst reden … mit Holzfällern … ihren Familien. Mit jemandem, der dabei war, als Mr. Erlanger diesen schrecklichen Unfall hatte. Andernfalls besteht überhaupt keine Chance, dass mein Redakteur die Story bringt.« Der Mann zappelte offensichtlich verlegen herum. Normalerweise stand ich bei meiner Arbeit überhaupt nicht darauf, die Leute zu täuschen. In dieser Situation jedoch hatte ich nicht die geringsten Skrupel – weder bei Gribaldo noch bei diesem Kerl. »Sehen Sie, ich stecke hier in einer fürchterlichen Klemme«, fuhr ich fort. »Einerseits will ich natürlich schreiben, wies wirklich war, aber es ist gottverdammt schwer, das bei meinem Chef durchzubekommen. Sie kennen ja die Medienobermotze – nach außen geben die sich immer so schrecklich unparteiisch, aber sie würden alles tun, um Entschuldigungen für diese Terroristen zu finden oder die Sache gleich ganz unter den

Teppich zu kehren.« Ich warf ihm einen kurzen Blick zu und fragte mich, ob ich wohl zu weit gegangen war. Aber dann sah ich die Andeutung eines Lächelns und brauste in gleichem Tempo weiter. »Ich weiß, es ist nicht der übliche Weg, aber falls Sie jemanden kennen … irgendwen, der dabei war, wäre ich Ihnen wirklich sehr verbunden. Sie können denen sagen, sie dürfen das Gespräch mit mir ruhig auf Band mitschneiden, was immer sie wollen, um sicherzustellen, dass sie nicht falsch zitiert werden.«

Kurz darauf stand ich vor der Wohnungstür der Ridgeways in der Bristlecone Lane am anderen Ende der kleinen Stadt. Es war ein neueres Gebäude in Sichtweite eines Kais, an dem riesige Redwood-Stämme zu Wasser gebracht wurden, von wo sie dann flussaufwärts zum Sägewerk trieben. Ich zögerte kurz, bevor ich anklopfte, warf einen Blick auf die Plastikspielgeräte im Vorgarten und versuchte, meine Gefühle in den Griff zu bekommen – beziehungsweise sie zu verdrängen. Mir saß die Angst von dem Bild des über meinem Buick schwebenden Hubschraubers immer noch in den Knochen. Aber da war noch mehr. Dick Ridgeway – der Besitzer des Hauses – war Leon Erlangers Schwager und stand keine zehn Meter weit von ihm – so hatte man mir erzählt –, als Leons Kettensäge nach hinten zurückschnellte und seinen Oberkörper mit dem Stamm eines Baumes verwechselte. Als ich deshalb an diesem Nachmittag um fünf nach fünf vor der Tür seines Schwagers stand, wusste ich nicht so genau, worauf ich mehr aus war: auf Informationen oder Absolution.

12

Für jemanden, der sein Leben der Verteidigung der Arbeiterklasse widmete, fühlte ich mich nicht immer wohl unter deren Mitgliedern. Es sei denn, sie gehörten einer unterdrückten Minderheit an, die rückwärts slamdunken oder zur Musik einer Conga- und Timbale-Band endlose Varianten der Merengue tanzen konnte. Als ich daher an diesem Nachmittag mit Jo-Ellen Ridgeway in ihrer Küche stand, während sie uns einen Kaffee machte und ihre Kinder vor dem Fernseher im Wohnzimmer hockten und Sega-Games spielten, wusste ich nicht so recht, was ich sagen sollte. Ein Teil von mir wollte warten, bis ihr Mann nach Hause kam, aber der klügere Teil von mir wusste, dass ich von ihr wahrscheinlich erheblich mehr erfahren würde.

»Sie müssen sich fürchterlich fühlen«, sagte ich.

»Worauf Sie einen lassen können. Ein schöner Schlamassel ist das ... Leons Tochter Lorraine heult die ganze Nacht, und einer der Jungs weigert sich einfach, aus seinem Bett zu kommen ... Schwarz oder mit Milch?«, fragte sie und schenkte uns Kaffee ein.

»Schwarz, bitte.«

»Zucker oder Süßstoff?« Ich schüttelte den Kopf. Jo-Ellen trug die Tassen zu einem Frühstückstisch, an dem wir dann Platz nahmen. Die kleine Frau trug eine blaue Bluse mit Flaggenmuster. »Es ist eine echte menschliche Tragödie, Mr. Watkins. Selbst wenns nicht mein Bruder gewesen wäre.«

»Ich weiß, was Sie meinen«, sagte ich und packte Notizblock und Stift aus. »Sie haben hoffentlich nichts dagegen, wenn ich mir Notizen mache?«

»Nein. Klar.«

»Also, Mrs. Ridgeway ... Leon Erlanger und Ihr Mann waren demnach im gleichen Fällteam ...«

»Ja, das ist richtig. Drei Jahre. Dick bedient die Winschen – Sie wissen schon, die Winden – und Leon sägt.«

»Und seit wann hatten sie im Jack London Grove gearbeitet?«

»Lassen Sie mich nachdenken ... Fast einen Monat.«

»Und welche Arbeitszeiten hatten sie?«

»Um acht waren sie draußen. Feierabend war normalerweise gegen vier, solange es noch hell war.«

»Und um wie viel Uhr ist es zu dem Unfall gekommen?«

»Ich glaube, das muss so kurz nach drei gewesen sein … aber das sollten Sie besser die Polizei fragen. Jack Tidwell im Büro des Sheriffs müsste es eigentlich ganz genau wissen. Soll ich ihn kurz anrufen?«, fügte sie hinzu und griff bereits nach dem Telefon.

»Nein, nein. Schon okay«, sagte ich schnell. »Ich habe bald Redaktionsschluss … Dann wurde es also bereits dunkel, als Leon diesen Baum fällte?«

»Also, nicht richtig dunkel, aber so ab dem frühen Nachmittag versteckt sich die Sonne im Wald hinter den Bäumen. Außerdem liegt der London Grove in einer kleinen Schlucht.«

»Ja, ich weiß. Könnten Sie mir sagen, mit was für einer Säge er gearbeitet hat?«

»Mit einer Shindaiwa.«

»Japanisches Fabrikat?«

»Die sollen ziemlich gut sein. Mein Mann sagt, die stellen erstklassige Sägeblätter her. Die brechen nie.« Ihre Kleine kam hereingerannt und flüsterte ihr schüchtern etwas ins Ohr. »Jetzt nicht, Emily. Wenn Mr. Watkins wieder weg ist.« Das kleine Mädchen starrte mich kurz an und verschwand wieder. »Sie will immer mehr Oreos«, erklärte Jo-Ellen und verdrehte die Augen. »Ich schätze, sie wird genau so ein Zuckerjunkie wie ihre Mom.«

»Wer ist das nicht? … So, Mrs. Ridgeway« – ich setzte meine beste Unschuldsmiene auf – »da ist eine Sache, die ich hier nicht verstehe … Wie kann es sein, dass einem so erfahrenen Holzfäller wie Ihrem Bruder so etwas passiert? Ich meine, okay, eine Verletzung, vielleicht sogar eine schwere Verletzung, aber … Ich hoffe, Sie nehmen mir das jetzt nicht übel … diese Säge hat ihn gottverdammt praktisch halbiert.«

»Ja, ich weiß. Das habe ich mich auch schon gefragt. Irgendein Unfall passiert da draußen eigentlich immer wieder mal, und körperlich war Leon in Topform. Ethel hat sich immer darüber beschwert, dass sie ihn am Wochenende praktisch nie von seiner Nautilus-Maschine loseisen konnte.«

»Wieso ist es dann passiert?«

»Keine Ahnung. Vielleicht haben diese Hüter irgendwas mit dem Nagel gemacht.«

»Was könnten sie denn gemacht haben?«

»Das sind doch alles Irre. Ich habe alle möglichen Sachen gehört. Die stecken Dynamit rein. Die haben einen Draht dran gebunden. Aber wer weiß das schon, und wen interessierts? Nichts wird uns Leon zurückbringen.« Sie schaute fort und biss sich auf die Unterlippe.

»Ich weiß«, sagte ich. »Aber hat irgendwer gesehen, wies passiert ist?«

»Nein. Natürlich nicht.«

»Was meinen Sie damit?« Ich setzte mich kerzengerade auf.

»Na ja, er war hinter dem Baum, und ...« Das Telefon klingelte. »Entschuldigen Sie mich.« Sie nahm den Hörer ab. »Hallo ... Oh, hallo Schätzchen ... Ja, er ist hier. Er ...« Sie verstummte mitten im Satz und starrte mich mit offenem Mund an. Bevor ich irgendwas sagen konnte, versuchte sie ihren überraschten Ausdruck mit einem angedeuteten Lächeln zu kaschieren. Sie stand auf, drehte sich um und verschwand mit dem Telefon nach hinten zu den Schlafzimmern.

Ich sprang auf und stürmte an den Kindern vorbei hinaus auf die Straße. Ich sprang genau in dem Augenblick in den Wagen, als ich in der Ferne das Heulen einer Sirene hörte. Ich gab Vollgas und raste die Straße vor dem Sägewerk hinunter – ohne auch nur den geringsten Schimmer, wohin ich fuhr, und ohne eine Pause, um mich zu fragen, ob jemand die *L. A. Times* angerufen und sich nach einem Richard Watkins erkundigt hatte oder ob es der Hubschrauber war oder die CFP oder wie sonst ich entdeckt worden war.

Hinter einem Sattelschlepper mit Baumstämmen bog ich zuerst scharf rechts, dann wieder links ab und jagte eine Gasse zwischen Sägewerk und Hafen hinunter. Unmittelbar dahinter war die Straße nicht mehr asphaltiert, und ich brauste bergauf in die Redwoods. Ich spürte, dass die butterweiche Federung des Buick fast überstrapaziert wurde, und versuchte vergebens, meine Verfolger in dem wie irre wackelnden

Rückspiegel zu erspähen. Dieser Wagen war für offenes Gelände ungefähr so hervorragend geeignet wie ein altes Einrad, trotzdem trat ich das Gaspedal bis zum Boden durch und ließ die Karre durch die ausgefahrenen Spurrinnen hoppeln. Plötzlich hörte ich ein Geräusch wie das Brechen einer Spurstange. Die seitlichen Karosserieteile begannen zu vibrieren wie eine Waschmaschine auf Speed. Es fühlte sich an, als würden die Dinger jeden Moment wegfliegen und mich quasi nackt durch die Bäume rasen lassen wie eine ältere, zerbrechlichere Ausgabe von Mel Gibson in *Mad Max 2.* Aber davon ließ ich mich nicht abschrecken. Krachend und scheppernd pflügte ich mich ungefähr eine Meile tiefer in den Wald, bis ich mir schließlich erlaubte, das Tempo etwas zu reduzieren und einen Blick zurückzuwerfen. Da war niemand. Ich hielt kurz an und sah mich noch mal um. Es war offensichtlich, dass mir niemand folgte. Absolut falscher Alarm. Ich holte tief Luft. Dann legte ich die Stirn aufs Lenkrad und dachte an Simon, der jetzt irgendwo noch weiter in den Bergen steckte, von einer schier endlosen Parade an Hubschraubern und Streifenwagen gejagt wurde, bis es kein Gebüsch und keine Höhlen zum Verstecken mehr gab und er sich schließlich dem gerechten Zorn des Gesetzes stellen musste und lebenslänglich in Handschellen gelegt wurde. Ich drückte meine Stirn fester gegen das kalte Plastik des Lenkrads. Ich wusste, ich hatte Scheiß gebaut, und hätte am liebsten laut losgeheult.

Ein paar Minuten später wendete ich und fuhr langsam zurück Richtung Glasgow, umfuhr die Stadt und kehrte auf den Freeway zurück. Auch dort schien mir niemand zu folgen, und wenn doch, dann wars mir ohnehin fast gleichgültig. Es war schwer, der Staatsgewalt in einem Auto auszuweichen, das inzwischen schon reichlich Probleme haben dürfte, es noch bis zum nächsten Supermarkt zu schaffen. Außerdem wurde es bereits dunkel und bald fing das Benefizdinner zu Gunsten von Alan B. Thurman an, also nahm ich den 101 Richtung Samoa. Vielleicht gelang es mir ja, über die California Forest Protection wenigstens zehn Prozent von dem in Erfahrung zu bringen, was sie offenbar über mich wussten.

Wenig später erreichte ich Eureka, anscheinend der größte Vorposten der Zivilisation nördlich von San Francisco, was automatisch bedeutete, dass es hier mehr als ein Einkaufszentrum gab. Die Innenstadt war ein fein herausgeputztes altes Walfängerkaff, wo heute Buchhandlungen, Boutiquen und schicke kleine Privatbrauereien die krawalligen Fischerkneipen und Bordelle verdrängten, die sich früher in den Backsteingebäuden aus dem neunzehnten Jahrhundert an den Straßen in der Hafengegend befunden hatten. Ich ließ den Hafen hinter mir und fuhr den Schildern zum Old Cook House folgend weiter über die Brücke zu der kalifornischen Insel namens Samoa. Nach ein paar Minuten erreichte ich einen großzügig dimensionierten Parkplatz, der wegen dieses bedeutenden Ereignisses bereits fast voll war.

Das Restaurant selbst war ein großes rechteckiges Schindelgebäude direkt am Wasser. Mit der eigenen Anlegestelle und den umfangreichen Verladeeinrichtungen erinnerte es sogar im Schein der untergehenden Sonne mehr an eine Fabrik und weniger an ein Speiselokal. Ich ging hinein und fand mich am Kopfende eines tiefen Raumes mit einer offenen Balkenkonstruktion wieder, in dem lange Tische mit weißen Linoleumoberflächen standen. Es gab keine individuellen Portionen; wer essen wollte, bediente sich von großen, außergewöhnlich großzügig gefüllten Platten und Schüsseln. Die Gäste saßen vor XXL-Ketchupflaschen, gewaltigen Weißbroten, riesigen Butterstücken und geradezu gigantischen Krügen mit Bier vom Fass. Hinter ihnen befand sich eine offene Großküche mit enormen Eisenkesseln und Bottichen von der Sorte, wie man sie normalerweise nur mit Gefängnissen oder Militärakademien assoziiert. Dies war die letzte der großen Holzfällerkantinen, eine Zufluchtsstätte für die mit Heißhunger eingenommene gemeinsame Mahlzeit, wo sich Holzfäller über Jahrzehnte das Cholesterin eingepfiffen hatten, bevor sie wieder loszogen, um mehr Baumriesen zu fällen.

Heute Abend jedoch waren die Balken mit rotem, weißem und blauem Krepppapier geschmückt, und bei den Holzfällern an den Tischen saß – übrigens bei weitem in der Überzahl – eine Mischung aus Kleinunternehmern, alternden Yuppies, grünschnäbeligen Medienfuzzis und betuchten Ruheständlern, die man nur als Stoßtruppen – beziehungsweise zutreffender als »Zukunftsschock«-Truppen – der neuen republikanischen Mehrheit bezeichnen konnte. Zwischen zwei Porträts des frisch gebackenen Kongressabgeordneten Thurman, eines großen Mannes von Mitte dreißig mit dem geübten Lächeln eines Teleshoppingmoderators, hing über ihren Köpfen eine Videoleinwand, auf der genau in diesem Moment Speaker Gingrich höchstpersönlich den Gläubigen versicherte, dass sie im bevorstehenden neuen Jahrtausend den gefürchteten Staat nicht mehr im Nacken hätten und der Geist der modernen Technologie entfesselt würde wie ein gigantisches virtuelles CD-ROM-Laufwerk, um so zu ihrer persönlichen wirtschaftlichen Bereicherung individuelle Mautstellen entlang der Datenautobahn zu errichten.

Als ich einige Schritte vortrat, weil ich die Menge nach meinen Freunden von der CFP abzusuchen wollte, hörte ich neben mir eine Frau sagen: »Wie ich sehe, haben Sie ja hergefunden.«

Ich drehte mich um und erspähte links neben mir Samantha, die Reporterin des *Humboldt Herald,* mit einem Drink in der Hand. Sie hatte für diesen Anlass ein schwarzes Cocktailkleid gewählt, das ausgesprochen urban wirkte. »Wo haben Sie das her?«, fragte ich und zeigte auf ihr Glas.

»Hinten gibts eine Bar.« Sie deutete mit dem Kopf auf einen Bankettsaal, in dem eine Gruppe von vornehmlich Geschäftsleuten auf eine weitere Projektionsfläche starrte. »Natürlich keine riesige Auswahl«, fügte sie hinzu. Gingrich schwadronierte unterdessen irgendwas über eine von ihm unterstützte Initiative zur Erhöhung der Entschädigungssummen, die an Grundbesitzer jedes Mal dann zu zahlen waren, wenn ihre Rechte durch fragwürdige Bundesvorschriften wie beispielsweise das Artenschutzgesetz beschnitten wurden. Der Saal explodierte in frenetischem Applaus. Wir befanden uns hier ganz klar und eindeutig im Königreich der Nachhaltigkeit.

»Tschüss, Eule. Machs gut, Lachs«, kommentierte Samantha.

»Ich habe auch schon reichlich Lachs verdrückt«, sagte ich. Sie senkte den Blick auf meinen Bauch, den ich daraufhin sofort selbstbewusst einzog.

»Hab schon Schlimmeres gesehen«, meinte sie lächelnd. »Daniel sagt, Sie wären dieser sagenhafte Detektiv.«

»Äh, ja, also, im Moment fühle ich mich von ein paar angeblichen Landeiern mit einem Videorecorder in den Schatten gestellt.«

»Was meinen Sie damit?«

»Die California Forst Protection. Die scheinen hervorragende Beziehungen zu haben ... Wo steckt übrigens Ihr Chef?«

»Irgendwo hier.« Sie schaute sich verwirrt um. »Vor fünf Minuten habe ich ihn noch gesehen. Er unterhielt sich gerade mit ... diesem Kerl da.« Sie zeigte auf einen Mann in einem hervorragend geschnittenen schwarzen Nadelstreifenanzug, wie ich ihn bislang nur an einer Schaufensterpuppe bei Barneys in Beverly Hills gesehen hatte. Der Mann tuschelte mit einer löwenmähnigen Frau in einem klassischen Armani-Kostüm für die moderne Karrierefrau. Es dauerte einen Sekundenbruchteil, bis bei mir der Groschen fiel, dass dieser Mann Nicholas Bart war.

»Wusste gar nicht, dass man als Staatsdiener so viel verdient«, sagte ich.

»Kennen Sie ihn?«, fragte Samantha.

»Viel interessanter ist die Frage, ob Ihr Chef ihn auch kennt ... Was halten Sie davon, wenn ich Sie zu noch so einem Gläschen einlade?«, sagte ich und führte sie am Arm durch die Menge zur Bar und fort von Bart. »Stoli. Eis. Olive«, sagte ich zum Barkeeper und sah Samantha an. »Noch einen Gin Tonic«, sagte sie achselzuckend und leerte schnell ihr Glas. »Vielleicht kann ich die Siegesreden so besser ertragen.« Sie deutete mit einer Kopfbewegung auf einen weiteren, kleineren Monitor hinter der Theke, auf dem die Quappe inzwischen durch einen Mann von Ende fünfzig ersetzt worden war, der aus einem Büro hoch oben über der Innenstadt von Los Angeles, durch dessen Fenster man die bereits alternden Glaszylinder des Bonaventure-Hotels sah, in Hemdsärmeln zu uns sprach.

»Wer ist das?«, fragte ich. Er hatte schütteres rötliches Haar und ein blasses Gesicht, ansonsten aber wirkte er so durchtrainiert und drahtig wie ein Jogger.

»Sean Handler, der Präsident von FOXAM.«

»Lawton Stanleys Boss?« Ich versuchte mitzubekommen, was er uns zu sagen hatte, aber er sprach so bedächtig, dass er vor der Geräuschkulisse der zunehmend ausgelassener werdenden Menge kaum zu verstehen war.

»Stanley hasst ihn.« Sie grinste verschmitzt. »Ich glaube kaum, dass die sich in fünf Jahren mehr als zweimal unterhalten haben.«

Für einen Moment wurde es etwas leiser, und ich hörte, dass Handler irgendetwas über eine Rückkehr in die Achtziger und die schöpferische Kraft des Risikokapitals sagte. »Kommt er ab und an mal her?«, fragte ich.

»Wer? Handler? Einmal. Zu einer Vierte-Juli-Feier in Glasgow. Er trug damals nagelneue Stiefel von Pendleton and Frye zum Holzfällerbarbecue und ist rückwärts in den Eel River gefallen.«

Ich lachte und beugte mich etwas weiter vor, um mehr von seiner Rede mitzubekommen, als Bart auf mich zukam.

»Hallo, Mr. Wine. Wusste gar nicht, dass Sie auch zu den Unterstützern des Kongressabgeordneten Thurman gehören.«

»Man schwimmt halt mit dem Strom, Mr. Bart. Was für Fortschritte machen Ihre Ermittlungen?«

»Genau dasselbe wollte ich gerade Sie fragen.«

»Um die Wahrheit zu sagen, es könnte kaum schlechter sein. Sie kennen Samantha ...?« Ich drehte mich zu ihr und wartete, dass sie den Rest selbst sagte.

»Backus.«

»Starreporterin des *Humboldt Herald.* Ich glaube, Sie kennen ihren Chef, Daniel Springer. Ms. Backus arbeitet für ihn gerade an einem Artikel über die ›Einziehung von Vermögenswerten‹. Das müsste doch voll Ihr Fachgebiet sein.«

»Beschlagnahme des Eigentums eines Beklagten vor Prozessbeginn? Wohl kaum verfassungskonform. So was macht die DEA, Mr. Wine. Nicht das FBI ... Allerdings siehts ganz so aus, als hätte jemand versucht, sich an *Ihrem* Eigentum zu vergehen, wenn ich es mal so ausdrücken darf.« Er deutete mit dem Kinn auf den blauen Fleck, der meine Wange zierte.

»Das war einer der Gegner des Kongressabgeordneten. Man darf einem schlechten Verlierer niemals den Rücken kehren.«

»Warum glaube ich Ihnen nicht?«, sagte Bart.

»Weil Sie dafür bezahlt werden, misstrauisch zu sein.«

»Sie aber auch.« Er trat noch einen Schritt näher und musterte mich mit beinahe klinischem Interesse. »Ich habe Verständnis für den Schmerz und das Leid eines Vaters, Mr. Wine. Und auch für die Pein eines Sohnes. Aber es wäre sehr bedauerlich, falls Sie versuchen sollten, damit Handlungen zu rechtfertigen, die Sie später bereuen werden.«

Mir lag bereits eine passende Antwort auf der Zunge, als ich die CFP-Frau mit den aschblonden Haaren bemerkte, die eben zu der Gruppe ein Stück rechts von uns trat. Statt Lumberjack trug sie nun ein durchaus reizvolles Strickkostüm mit einem großen Thurman-Anstecker auf dem Revers. Außerdem schien sie jüngst eine Stippvisite im Schönheitssalon gemacht zu haben. Ich wollte mich schnell abwenden, doch da schien sie mich bereits gesehen zu haben. Ich lächelte sie unschuldig an, aber es funktionierte nicht. Nach einer Mikrosekunde des Zögerns setzte sie zum Rückzug in den benachbarten Raum an.

»Habe verstanden«, sagte ich zu Bart. »Ich denke, ich schaue jetzt mal nach Springer. Wissen Sie, wo er steckt?«

»Warum sollte ich?« Er sah mich stirnrunzelnd an.

»Och, aus keinem besonderen Grund. Wir sehen uns später.« Ich nickte Samantha zu und folgte der Frau in den Hauptraum. Inzwischen waren noch mehr Leute eingetroffen, und ich konnte sie in dem Getümmel nicht auf Anhieb entdecken. Also schlängelte ich mich zwischen den Tischen durch und erspähte sie schließlich genau in dem Augenblick im vorderen Teil des Raumes, als alle aufsprangen, mir damit die Sicht versperrten und brüllten: »Thur-man! Thur-man! Thur-man!« Der frisch gebackene Kongressabgeordneten, ein großer, ausdruckslos-höflicher Mann, der auf unheimliche Art an einen jüngeren Michael Huffington erinnerte, trat live, in Farbe und zum Anfassen durch eine Tür und marschierte Hände schüttelnd zum Podium, während eine Dixielandband den Oldie *Happy Days Are Here Again* in den Saal schmetterte.

Wohin waren sie nur entschwunden, fragte ich mich beiläufig, während ich mich schnell zwischen den Tischen weiter vorarbeitete, um der wegeilenden Frau zu folgen, und dabei um ein Haar Thurman höchstpersönlich über den Haufen gerannt hätte. Als ich von einem Bodyguard zur Seite abgedrängt wurde, sah ich sie kurz. Sie verließ gerade auf der anderen Seite des Saales durch einen Nebenausgang das Restaurant. Die Leute standen dicht an dicht. Ich machte kehrt und versuchte, so schnell wie möglich zum Haupteingang zu kommen. Ich drängte mich durch und trat schließlich auf den Parkplatz hinaus. Die Frau war bereits am anderen Ende und stieg in einen Toyota. Ich rannte die Treppe hinunter. Sie verließ jetzt den Parkplatz. Ich lief weiter und versuchte, ihr Nummernschild zu lesen. Sie legte ordentlich Gummi auf die Straße und düste davon. Selbst da wäre ich noch weitergerannt, hätte nicht das gelbe Polizeiabsperrband meine Aufmerksamkeit erregt. Dieser Tatort war erheblich frischer und sogar noch schauriger als der erste.

Ein offenbar bis ins Mark erschütterte junger Cop würgte direkt links von mir an einer Stelle, wo drei Streifenwagen ihre Scheinwerfer auf ein kleines Fischerboot gerichtet hatten, das an der Anlegestelle des Restaurants auf dem Wasser schaukelte. Ich hielt ängstlich die Luft an, als mein Blick den Lichtstrahlen folgte. Angestrahlt auf dem Bug lag, alle viere von sich gestreckt, Daniel Springer. Blut sickerte aus seinem Mund und aus seiner jetzt leblosen Brust ragte ein Fischerhaken. Erst Minuten später fand ich heraus, das an dem Haken ein Zettel befestigt war, auf dem stand: »Verlogener Doppelagent und FBI-Spitzel! [Gezeichnet] Die Hüter des Planeten.«

13

Ich erinnere mich noch genau, wie mir zum ersten Mal der Verdacht kam, dass Suzanne eine Affäre mit Gabriel hatte. Wir wohnten schon einige Jahre in Los Angeles, Simon war damals drei und Jacob ungefähr sieben, und Gabriel war aus New York zu Besuch in der Stadt, weil er mal sehen wollte, ob er seinem Ehrgeiz, Drehbuchautor zu werden, nicht auf die Sprünge helfen konnte. Er hatte ungefähr einen Monat bei uns gewohnt, nahm jede Mahlzeit mit uns ein, holte die Jungs aus der Schule ab, wenn Suzanne und ich anderweitig beschäftigt waren, ging jedes Wochenende mit auf Familienspaziergänge entlang der Reitwege im Griffith Park. Als Suzanne und ich eines Nachts zu Bett gegangen waren und über irgendeine Belanglosigkeit stritten (was aller Wahrscheinlichkeit nach bedeutete, dass sie keinen Sex wollte), stieg Suzanne aus dem Bett und sagte, sie ginge nach unten. Ein paar Minuten später hörte ich sie im Wohnzimmer mit Gabriel lachen und reden. Dann ein mädchenhaftes Quieken. Wieder ein paar Minuten später hörte ich, wie die Haustür ins Schloss fiel. Sie waren nach draußen gegangen. Genau in diesem Moment wusste ich, dass irgendwas nicht stimmte, aber ich brauchte noch über anderthalb Jahre, bis ich deswegen aktiv wurde. Und da war es längst zu spät. Unsere Familie befand sich längst in der Auflösung.

»Warum geben Sie sich immer selbst die Schuld?«, fragte Samantha.

»Mache ich das?«

»Sieht ganz so aus«, antwortete sie. Es war bereits nach ein Uhr morgens, und ich hatte ungefähr die letzte Stunde in ihrer Küche gesessen, aus einem Anisetteglas Wodka getrunken und ihr wie unter einem inneren Zwang meine ganze Lebensgeschichte erzählt. So aufgewühlt war ich. »Sie sind nicht für alles verantwortlich, was in Ihrem Leben passiert. Die Scheidung war nicht allein Ihr Werk. Im Grunde genommen ist es sehr egoistisch, das so zu sehen.«

»Ja, vielleicht haben Sie Recht.«

»Und Ihre Kinder sind heute erwachsen. Sie sind für sich selbst verantwortlich. Ihr Sohn könnte doch den Entschluss gefasst haben, Ökoterrorist zu werden, weil er es für das Richtige hält.«

»Ich hoffe bei Gott, dass er nicht wirklich ein Terrorist ist.«

»Das hoffe ich auch. Besonders jetzt. Aber selbst wenn, letzten Endes wird er seine eigenen Entscheidungen treffen müssen. Wie auch immer die aussehen.«

»Ja, da haben Sie wohl Recht«, sagte ich und trank meinen Wodka aus.

Sie nahm die Flasche, um mir nachzuschenken. Ich wollte schon abwinken, als sie mich anlächelte und sagte: »Ist schon okay. Wir habens beide verdient. Außerdem können Sie im Moment sowieso nichts tun.«

Seit ich um elf Uhr abends angeboten hatte, sie vom Old Cook House nach Hause zu fahren, nachdem klar war, dass ihre ursprüngliche Mitfahrgelegenheit für immer ausfiel und dass sein Wagen und seine gesamte Habe von der Polizei beschlagnahmt worden waren, hatten wir praktisch nonstop geredet. Ursprünglich hatte ich sie nur vor ihrer Blockhütte auf halbem Weg zwischen Glasgow und Garberville am Ufer des Eel River absetzen und dann zu einem Motel weiterfahren wollen, aber als wir schließlich dort ankamen, waren wir stillschweigend übereingekommen, dass ich noch mit reinkam. Bei einer eisgekühlten Flasche Absolut aus ihrem Eisfach setzten wir unsere Unterhaltung fort, die mit ihrem Chef angefangen hatte und dann auf andere Themen abgeschweift war, als der Alkohol seine Magie auf unser Nervensystem entfaltete.

»Wie lange kannten Sie ihn?«, lautete meine erste Frage, als wir den Parkplatz kaum verlassen hatten und dem Krankenwagen mit Springer über die Brücke zurück nach Eureka folgten.

»Daniel? Wegen ihm bin ich hier.«

Ich sah sie fragend an. Ihr Gesicht war genauso kreidebleich wie meines. »Beruflich oder …?«

»Zunächst beides. Dann …« Sie gestikulierte vage. »Er war mein Chef beim *Mercury* … Ich war damals fünfundzwanzig. Ich hielt ihn für diesen … coolen älteren Typen. Mit all den Erfahrungen der Sechziger. Bei euch klingt alles so romantisch.«

»Es ist nur eine Erinnerung.«

»So bin ich mit ihm hergekommen und … Ich weiß auch nicht.« Sie holte tief Luft.

»Sie müssen nicht drüber reden.«

»Nein, nein … Ich muss. Oder ich ersticke … Er war irgendwie eine Enttäuschung, würden Sie wahrscheinlich sagen. Oder vielleicht bin ich auch erwachsen geworden.«

»So was kommt vor … War er ein Doppelagent?«

»Wer weiß? Ja … nein … vielleicht.«

Ich lachte. »Entscheiden Sie sich.«

Darauf antwortete sie nicht direkt. Sie zeigte mir eine Abkürzung zum 101, und wir fuhren eine Straße hinauf, die von den Lichtern der Stadt fortführte. Es war eine dunkle, feuchte Nacht und der Mond wurde fast ganz von tief hängenden Wolken verdeckt. Ich konnte Samantha neben mir kaum erkennen, wusste aber, dass sie attraktiver war, als mir zunächst aufgefallen war. Das verringerte meine Anspannung nicht gerade, sondern wirkte vielmehr so, als wäre sie ein weiterer Vektor, der von meiner Mission, Simon zu retten, fortzeigte. Eine Mission, die im Verlauf der letzten Stunde gleichzeitig drängender und unmöglicher geworden war.

»Meistens hatte Daniel Angst«, sagte sie, während ich mich auf eine komplizierte Auffahrt auf den Freeway konzentrierte, einer Umleitung um eine Abfahrt folgte, die im Verlauf des letzten Erdbebens buchstäblich aus dem Verkehr gezogen worden war. »Er war immer ein ängstlicher Mensch, schon als ich ihn in San Jose kennen lernte. Er hatte Angst um seinen Job, Angst um seine Gesundheit, Angst, jemand würde seinen Alfa klauen, wenn er an einen Geldautomaten ging.«

»Ist ja auch was dran.«

»Er sagte immer, man müsse gewisse Kompromisse schließen, um innerhalb des Systems zu arbeiten.«

»Dann glauben Sie also, er war ein Spitzel?«

»Ich glaube gar nichts. Hier oben gibt es viele von denen. Und wenn er einer war, dann weiß ich, dass er sich geschämt hätte, es mir zu sagen … Aber gleichzeitig hat er alles in seiner Macht Stehende getan, um den

Herald zu einer besseren Zeitung zu machen. Indem er die kontroversesten Themen angepackt hat.«

»Wie zum Beispiel?«

»Der Fall Claire Hannin.«

»Was hat er damit gemacht?«

»Versucht herauszufinden, was jeder wissen will, vermute ich ... Was ist aus ihr geworden und warum?«

»Hat er es herausgefunden?«

»Wenn ja, dann hat ers mir zumindest nicht erzählt.«

Später, als wir uns ihrem Haus näherten, fragte ich, ob sie irgendein Mitglied der California Forest Protection kenne.

»Nein, von denen habe ich nur gehört.«

»Was haben Sie denn gehört?«

»Dass sie vor einigen Jahren ziemlich wichtig waren, dann aber irgendwie von der Bildfläche verschwunden sind.«

»Warum das?«

»Ich bin nicht sicher. Ich glaube, gegen sie lief irgendein Ermittlungsverfahren.«

»Von wem?«

Samantha zögerte. »Ich kann mich wirklich nicht mehr erinnern. Vielleicht vom Staat.«

»Was ist passiert?«

Sie schüttelte den Kopf. Ich sah sie an und versuchte zu entscheiden, ob sie mehr wusste, als sie preisgab. Es war nicht leicht, sie zu interpretieren, aber was immer die Wahrheit war, ich hatte dieses seltsame Gefühl, dass es zu meinem eigenen Besten war, was und wie viel genau sie mir zu erzählen beschloss. »Hießen die eigentlich schon immer so?«, fragte ich. »California Forest Protection?«

»Soweit ich weiß«, sagte sie. »Sie können hier parken.«

Ich hielt am Ende der Zufahrt, und wir stiegen aus. Es war ein nettes kleines Redwood-Häuschen von genau der Sorte, zu dem in alten Ida-Lupino-Filmen immer die Gangster flüchteten. Es gab eine Veranda mit Fliegendraht, einen Schaukelstuhl und neben der Haustür eine Kiste für die Milch.

»Ein Jahr vor meinem Einzug stand das halbe Grundstück unter Wasser, falls Sie sich das vorstellen können«, sagte Samantha und deutete mit dem Kopf zum Eel River, während sie die Tür aufschloss. »Der Matsch stand bis zur Veranda.« Ich schaute zu dem ungefähr fünfzehn Meter entfernten ruhigen Fluss hinüber, bevor ich ihr in das holzgetäfelte Wohnzimmer folgte, zum Fernseher ging und ihn einschaltete. Ich wollte wissen, was über den Mord an Daniel Springer berichtet wurde, aber die Lokalnachrichten waren bereits vorbei und CNN hatte die Sache noch nicht aufgegriffen. Erschöpft ließ ich mich auf ihre Couch sinken.

»Sie sehen fast so schlimm aus wie Daniel«, sagte sie.

»Es war ein langer Tag.«

»Was werden Sie jetzt tun?«

Ich schüttelte den Kopf, war viel zu fertig, um überhaupt irgendeinen Plan zu haben. Das war der Punkt, an dem sie mit mir in die Küche ging und den Wodka herausholte. »Es ist jetzt zu spät für alles außer dem hier«, sagte sie und klang bemutternd trotz der Tatsache, dass ich fast zwanzig Jahre älter war als sie. Ich ließ mich auf einen Stuhl fallen und tat so, als stellte ich ihr ein paar ernstere Fragen, ob sie wisse, wo Springer seine Notizen aufbewahrte (auf seinem Computer, der jedoch mit einem Passwort geschützt war) und ob sie das Passwort kenne (nein, tat sie nicht). Aber schon bald kreiste unsere Unterhaltung um persönliche Dinge, und wir unterhielten uns mit der Offenheit von zwei wildfremden Menschen in einem Flugzeug – nur dass dieses spezielle Flugzeug gefährlich dicht über zerklüfteten Berggipfel flog. Ich erzählte ihr von meiner Arbeit, wie ich Detektiv geworden war, von meiner kaputten Familie und dem Schmerz, den ich empfand. Und sie machte sich – auf nette Art – über mein schlechtes Gewissen lustig und erzählte mir ein bisschen über sich. Sie wollte schon immer Journalistin werden und trieb sich nach dem Studium eine Weile in Paris herum, wo sie versuchte, einen Job bei der *International Herald Tribune* zu bekommen. Aber dazu kam es nie, und so kehrte sie zurück und musste drei Jahre bei ihrem Vater arbeiten, einem Zahnarzt in Van Nuys, bevor sie sich den Job bei der *Mercury News* an Land zog. »Sie kommen aus

dem Valley?«, fragte ich und konnte mir ein Grinsen nicht verkneifen.
»Aber sicher doch«, sagte sie in einer guten Imitation der nasalen Quengelstimme, die einst Moon Unit Zappa berühmt gemacht hatte.

Samantha ging zu Bett, und ich fiel auf ihrem Sofa in einen unruhigen Schlaf, wo ich von klassischen Lehrbuchträumen aus Freuds *Traumdeutung* heimgesucht wurde. »Vater, ich brenne!«, rief Simon mir in der Nacht von einem Bett aus zu, das an eine von Flammen umschlungene Bahre erinnerte. Ich sah mich mit ausgestreckten Armen zu ihm laufen, ohne auch nur einen Millimeter weiter zu kommen, und mein Herz pochte, als würde in meiner Brust ein Vorschlaghammer schlagen. Schweißgebadet wachte ich auf. Mein Körper hatte triefnasse Beulen in die Kissen von Samanthas Couch gemacht. Eines davon drehte ich um und schlief sofort wieder ein. Diesmal fast so tot wie Daniel Springer.

14

»Versuchen Sies mit SUMMIT«, schlug Samantha vor.

»Was soll das sein?«

»Der Name seiner Straße.« Es war vier Minuten nach sieben, und ich saß in der Redaktion des *Humboldt Herald* vor Springers Computer und starrte die Eingabeaufforderung für das Passwort an. Bei nicht mal vier Stunden Schlaf und mit hämmernden Kopfschmerzen nach einer halben Flasche Absolut fiel es mir verflucht schwer, mich zu konzentrieren. Trotzdem schaffte ich es irgendwie, die Buchstaben einzugeben und die Returntaste zu drücken. Nichts passierte.

»Noch irgendwelche Ideen? Wie lautet der Mädchenname seiner Mutter?« Samantha erinnerte sich, dass es Marino war. Ich wusste selbst, dass ich ziemlich hilflos im Dunkeln herumfischte, aber ich vermutete, dass wir bestenfalls noch eine Stunde hatten, bevor die Polizei eintrudelte und den Computer beschlagnahmte. Deshalb war alles einen Versuch wert. Ich probierte mein Glück mit dem Mädchennamen und hatte Pech. Das gleiche Spiel mit seiner Sozialversicherungsnummer, die ich von einem halb ausgefüllten Krankenversicherungsformular auf seinem Schreibtisch hatte. Und mit seiner Telefonnummer. Und seiner Faxnummer. Und seinem Geburtsdatum. Und Berkeley, der Name seines College. Und *Mercury*, der Name seiner alten Zeitung. Und *Herald* für seine aktuelle. Und Humboldt, nur der Vollständigkeit halber. Und Linguini, weil er die so gern aß. Und Pesto, einfach nur so zum Jux. Und Grateful Dead aus nostalgischen Gründen – viel zu lang. Und Simon, aus Hoffnung. Und Woodrose, aus schierer Verzweiflung. Und sogar Fidel, weil die letzten Worte, die er zu mir gesagt hatte, lauteten: *»Hasta la victoria siempre.«* Comandante funktionierte auch nicht. Ich versuchte es mit Claire und Hannin und California und Forest und Protection und ungefähr einem Dutzend anderer Möglichkeiten, an die ich mich nicht mehr erinnern kann, bevor ich mich auf seinem Stuhl zurücklehnte und Samantha anschaute. Sie hatte ein mattes Lächeln auf den Lippen, als wollte sie sagen: *Was können wir tun? Es liegt jetzt nicht mehr in unseren Händen.* Ich saß da und starrte sie eine Weile an, hatte immer noch das Brennen des Wodkas in meiner Magengrube wie ein Geschwür, das darum kämpfte, geboren zu werden. Die Augen fielen mir bereits zu, als ich sagte: »Was ist mit Ihnen? Er hat Sie doch sehr gemocht.« Sie winkte verlegen ab, aber ich gab ihren Namen trotzdem ein. Augenblicklich begann die Festplatte zu grummeln, und das »C:>« tauchte auf.

»Da lag ich wohl richtig«, meinte ich. Samantha atmete aus und schaute fort. Sekunden später stand sie allerdings hinter mir, als ich auf der ganzen Platte nach Claire Hannin suchen ließ. Ich erhielt eine etwa sechzehn Seiten lange Datei mit ungeordneten Notizen.

Der Drucker ratterte immer noch, als wir unten auf der Straße ein Auto halten hörten. Ich schaute aus dem Fenster. Die Polizei. Ich schaltete schnell den Computer aus, schnappte mir die bereits ausgedruckten Seiten und verschwand mit Samantha durch einen Seitenausgang. Im Woodrose setzten wir uns in eine der Sitznischen – ich bestellte mir einen doppelten Espresso, sie einen Caffè latte – und teilten die Seiten des Ausdrucks auf. Mein Teil bestand aus einer Geschichte der Earth People, Claires inzwischen eingegangener Ökogruppe. Der größte Teil des Materials schien aus einer fünf Jahre alten Ausgabe des *Bay Guardian* zu stammen, gefolgt von einigen Notizen aus einer Broschüre mit dem Titel »Die Bomben der Terroristen des Nahen Ostens«, erschienen bei Paladin Press in Boulder, Colorado. In dem Traktat wurden so praktische Dinge wie eine »Kassettendosenbombe« und ein »Splitterbehälter« beschrieben und erklärt.

Ich hatte keine klare Vorstellung, was das alles bedeutete, und schaute zu Samantha auf, die ihre Seiten mit der Kontemplation eines mittelalterlichen Mönchs prüfte.

»Worum gehts auf Ihren Seiten?«, fragte ich sie, und sie blickte fast erschreckt auf.

»Noch eine ziemliche Rohfassung. Etwas über Claire Hannin und eine Werkstatt.«

»Eine Bombenwerkstatt?«

»Ja, liest sich so. Aber es ist nicht sehr eindeutig«, sagte sie und senkte wieder den Blick, wobei sie lächelte, als habe sie gerade die Antwort auf etwas gefunden. Sie zeigte auf eine Zeile am unteren Rand der Seite. »›Nur der Bubblegum-Mann weiß Bescheid‹, steht hier.«

»Der Bubblegum-Mann?« Ich runzelte die Stirn und erinnerte mich plötzlich wieder an den süßlichen Geruch, der aus dem Keller eines gewissen kalifornischen Traumhauses aufstieg.

»Kennen Sie ihn?«

»Ich … vielleicht.«

»Ist er ein Pflanzer?«

»Ein Pflanzer?«

»Ja. Bubblegum ist hier oben der heißeste neue Cannabissamen. Aus Amsterdam importiert. Gezüchtet wegen seines süßlichen Geruchs, damit der Stoff nicht aufgespürt werden kann. Bringt ein Vermögen ein.«

»Dieser gottverdammte Hundesohn«, sagte ich. »Daher hat er den Morgan.«

»Sie kennen ihn!«, sagte Samantha.

Ich wollte schon die Rechnung ordern, als die Tür aufging und Nicholas Bart hereinkam. Er schien überhaupt nicht überrascht, uns hier zu finden, so wie er zielstrebig zu unserem Tisch kam. »Guten Morgen, Mr. Wine … Ms. Backus … Was dagegen, wenn ich mich auf eine Tasse Kaffee zu Ihnen setze?« Ohne eine Antwort abzuwarten, setzte er sich neben Samantha. »Harte Nacht, was?«, sagte er zu mir. »Wie kommen Sie klar?«

»Ging mir schon besser.«

»Was Neues von Ihrem Sohn?«

»Nicht direkt.« Er starrte auf den Ausdruck in meinen Händen, also fuhr ich fort. »Aber ich habe was von den Hütern gehört … Das hier ist ihr aktuelles Kommuniqué.«

»Darf ich mal sehen?«

»Wenn Sie einen Durchsuchungsbefehl haben.« Ich faltete die Blätter demonstrativ in der Mitte zusammen und schob sie in meine Jackentasche. Samantha verstaute ihre in ihrer Umhängetasche.

»Darf ich fragen, was drinsteht?«

»Sie lehnen die Verantwortung am Tod des FBI-Informanten Daniel Springer ab.«

»Dann haben Sie es sich aber anders überlegt, was?«

»Kommen Sie, Bart, Sie glauben doch selbst nicht, dass sie solche Morde begehen. Sie bestreiten außerdem die Schuld am Tod von Leon Erlanger.«

»Wie interessant. Sie scheinen ja richtig auf dem Laufenden zu sein.«

»Steht alles in dem Kommuniqué.«

»Natürlich.« Er lächelte ironisch und winkte die Kellnerin an unseren Tisch. »Ein Cappuccino«, sagte er und wartete auf unsere Bestellung, bevor er fortfuhr. Wir schüttelten den Kopf, und die Kellnerin verschwand. »Wie ich höre, sind Sie mit Ihrer Ex hier, Suzanne Greenhut. Wo hält sie sich im Moment auf?«

»Keine Ahnung.«

»Vor drei Nächten sind Sie mit ihr im Eel River Lodge abgestiegen, achtzig Kilometer nördlich von hier am 101.«

»Völlig richtig. Aber beim Frühstück am nächsten Morgen hatten wir einen Mordskrach. Haben das halbe Motel aufgeweckt. Wir sind nicht umsonst geschieden. Sie ist dann in ein Taxi gestiegen, und seitdem habe ich sie nicht mehr gesehen. Warum rufen Sie nicht einfach ihre Kanzlei an?«

»Habe ich bereits getan.«

»Sie hat auch einen Piepser, oder?«

»Ist ausgeschaltet.«

»Das ist ein Problem, Mr. Bart. Allerdings glaube ich kaum, dass ich Ihnen helfen kann.« Ich legte etwas Kleingeld auf den Tisch und sah Samantha an. »Sollen wir?« Sie nickte. Wir standen auf und gingen zur Tür.

»Mr. Wine«, sagte Bart. Sein Ton war plötzlich scharf, fast höhnisch. »Da ist noch etwas, das Sie vielleicht wissen möchten.«

Ich blieb stehen und drehte mich noch einmal um. »Was denn?«

»Wer sich weigert, Kenntnisse von Straftaten wie diesen preiszugeben, kann nach dem RICO-Act wegen Verabredung zu einer Straftat belangt werden … Aber ich bin überzeugt, das wissen Sie«, fügte er lächelnd hinzu.

»Wollen Sie mich verhaften, Mr. Bart?«

»Ich denke drüber nach.«

»Lassen Sies mich wissen, wenn Sie zu einer Entscheidung kommen«, erwiderte ich und verließ mit Samantha das Lokal.

»Warum machen wir uns jetzt nicht einfach auf die Suche nach dem Bubblegum-Mann?«, sagte sie, als wir drei Meter vom Restaurant entfernt waren.

»Ich möchte Sie nicht in diese Sache hineinziehen.«

»Seien Sie nicht albern. Ich stecke schon mitten drin. Ich bin Journalistin. Das hier ist eine Story ... Und Sie brauchen Hilfe. Damit können Sie sowieso nirgendwo hin.« Sie zeigte nach vorne, wo genau gegenüber von meinem Buick derselbe Mercury Sable parkte, der mich im Marin County verfolgt hatte. Der Mann hinter dem Steuer las die Morgenzeitung. »Da können Sie sich gleich eine Krankenwagensirene aufs Dach klemmen ... Außerdem können Sie mit so einem Fahrzeug hier oben sowieso nichts anfangen«, fügte sie hinzu und zog mich am Arm schnell eine Gasse hinter dem Zeitungsgebäude hinunter. Vor dem Lieferanteneingang stand ein neuer silberner Toyota Land Cruiser. Samantha blieb davor stehen und fischte ein Schlüsselbund aus ihrer Umhängetasche. »Mann, das ist mal 'ne heiße Schleuder«, sagte ich, erstaunt darüber, dass sie das derzeit in L. A. angesagte Lieblingsauto aller jungen Machofilmschauspieler und nicht mehr ganz so junger Modefabrikanten fuhr. »Hat Daniel gehört«, sagte sie und kletterte auf den Fahrersitz. Ich stieg neben ihr ein. »Er hat den Wagen für die Zeitung geleast, aber die meiste Zeit sind wir damit nur zum Skilaufen nach Tahoe gefahren.«

Sie ließ den Motor an und fuhr los. Über eine Reihe kleiner Gassen und Seitenstraßen fädelten wir uns parallel zum Redwood Highway durch die Stadt, wobei sie immer darauf achtete, sich an jeder Kreuzung nach Streifenwagen oder Straßensperren umzusehen. Samantha war eine geschickte Fahrerin, und wenige Minuten später waren wir wieder auf dem 101. Auf halber Strecke nach Willits hielten wir kurz an einem Supermarkt und fuhren dann noch ungefähr fünfzig Kilometer weiter, bis ich ihr die Zufahrt zu Gabriels Haus zeigte. Ich wollte ihn observieren und vielleicht ein Foto von seinem Keller schießen, doch wir hatten noch nicht die halbe Strecke geschafft und befanden uns ganz in der Nähe jener Stelle, wo wir von den Hütern entführt worden waren, als ich vor uns auf der kurvenreichen Bergstraße einen alten schwarzen Morgan entdeckte, der uns entgegenkam.

»Der Bubblegum-Mann?«, fragte Samantha.

»Genau der«, sagte ich und duckte mich schnell, als sich der Wagen näherte.

Samantha bog in einen Waldweg ab, wendete und folgte dem Morgan, der schnell bergab raste. Wenige Minuten später hatten wir zu ihm aufgeholt und versteckten uns diskret hinter anderen Fahrzeugen, während wir auf dem 101 nach Süden brausten.

»Ist das der Typ, von dem Sie letzte Nacht geredet haben?«, sagte sie einigermaßen erstaunt, nachdem ich sie etwas detaillierter ins Bild gesetzt hatte. Kurz vor Willits wurden wir gezwungen, dicht zu Gabriel aufzuschließen, der inzwischen abgebremst hatte, als der Highway in eine zweispurige Landstraße überging. »Der beste Freund, der mit Ihrer Frau geschlafen hat?«

»Genau der. Reizend, was?«

»Von hier aus...?« Samantha senkte den Kopf etwas näher zur Windschutzscheibe und kniff die Augen zusammen. »Nicht übel ... wenn ich mal so sagen darf.«

»Macht mir überhaupt nichts ... solange er mit dreiundfünfzig an unheilbaren Masturbationswarzen stirbt«, brummte ich vor mich hin, als der Morgan kurz vor Erreichen der Main Street von Willits links abbog. Gabriel fuhr drei Blocks weiter und hielt dann vor einem kleinen Gebäude. Auf einem Schild an der Außenseite stand: Tierärztliches Zentrum North Coast.

Ich gab Samantha zu verstehen, sie solle vorbeifahren und außer Sichtweite hinter der nächsten Ecke parken. Sie hielt vor einem Schrottplatz, und wir kehrten zu Fuß zurück. Als wir da waren, war Gabriel bereits irgendwo im Inneren verschwunden. Ich näherte mich der Vorderseite des tierärztlichen Zentrums. Vor den Fenstern hingen schwarze Jalousien, und drinnen war es unheimlich still: kein Gewinsel von Hunden, die untersucht, kein Piepsen von Sittichen, denen die

Flügel gestutzt wurden. In der Zufahrt stand ein Ford-Transporter ohne Scheiben.

Ich ging zu Samantha, die ungefähr auf halber Höhe der Zufahrt neben dem Haus stand. »Tolle Stelle für eine Marihuanafarm«, sagte ich. »Wahrscheinlich bauen die das Dope hinten in der Garage an, wo sie auch die alten Dobermänner untergebracht haben.«

»Nein, nicht hinten. Unterirdisch. Das ist der beste Platz für ein ›grünes Meer‹.«

»Ein ›grünes Meer‹?«

»Zwei Meter große Tische mit Hochleistungsgras … Bonsaigras, wenn Sie so wollen.« Sie deutete auf ein niedriges Kellerdach am Ende des Gebäudes. »Unter Natriumdampflampen wächst und gedeiht das Zeug. Mit diesem Samen namens AK-47 können sie schon nach siebenundvierzig Tagen ernten.«

»Sie wissen eine ganze Menge darüber«, sagte ich.

»Ich bin ja praktisch eine Einheimische«, meinte sie lächelnd. »Aber ich selbst rauchs nicht mehr. Als ich das letzte Mal einen Hit von diesem Stoff genommen habe, dachte ich, meine Oma wäre mit dem Hackebeilchen hinter mir her.«

Ich wusste, was sie meinte. Auf Zehenspitzen schlich ich zur Kellertür und linste vorsichtig durch die Ritzen. Blendend weißes Licht fiel durch den schmalen Spalt, und ich musste eine Hand über die Augen legen, um überhaupt etwas sehen zu können. So gerade eben gelang es mir, etwas auszumachen, das wie der Rand eines dicht wachsenden Bonsaigartens aussah, das »grüne Meer«. Das Ganze unter einem an der Decke befestigten Netz aus Plastikrohren und anderen Dingen, darunter anscheinend auch Glaskeramikheizkörper. Durch die Tür drang ebenfalls ein intensiver, fast Ekel erregender Gestank, der mich an Fischreste erinnerte, die drei Monate in einem Müllcontainer vor sich hin gammelten. Hier handelte es sich offenbar nicht um Bubblegum, sondern um das Highspeed-AK-47.

Ich hörte, wie im Inneren jemand herumlief, und stellte mir vor, dass er eine echte AK in der Hand hielt. Aber es war jetzt nicht der richtige Moment für Zauderei.

Ich kehrte zu Samantha zurück, die inzwischen neben dem Morgan stand. Das Kabriodach war geöffnet, und ich hatte daher keine Probleme, mich hineinzubeugen und die Zündkabel herauszureißen. Bei dem Ford Van wars schon etwas schwieriger. Die Türen waren abgeschlossen, also musste ich mit meinem Taschenmesser die Reifen zerstechen. Dann ging ich zu einem Wacholderstrauch, brach einen großen Ast ab und kehrte zur Kellertür zurück. Ich baute mich direkt davor auf.

»Drogenfahndung!«, brüllte ich und schlug mit dem Ast fest gegen die Tür. »Aufmachen!«

15

Der schlimmste Albtraum meines Lebens war immer, dass Simon eigentlich Gabriels Sohn ist. Ich hatte dafür keinerlei Beweis. Ich war auch nie sicher, ob ich das wirklich glaubte, und unsere übereinstimmenden körperlichen Merkmale (die von Simon und mir) machten mich glauben, dies sei eine lächerliche Vorstellung. Trotzdem quälte mich diese paranoide Fantasie über die Jahre oft genug, und nicht einmal jetzt, wo ich meinen Fuß – bildlich gesprochen – auf Gabriels Nacken hatte, konnte ich mich diesem Gedanken völlig entziehen. War es die Erinnerung an dieses selbstgefällige Grinsen, das er vor einundzwanzig Jahren auf dem Gesicht getragen hatte, als ich Suzanne nach einem geschäftlichen Termin in seiner New-Yorker Wohnung abholte, oder war es lediglich völlig normale männliche Paranoia?

An diesem Morgen setzte ich mein Studium seiner Gesichtszüge fort: Es war blass und vor Angst und Verlegenheit mit roten Flecken überzogen. Ich suchte nach Ähnlichkeiten mit meinem Sohn, als er in panischer Angst, ich könnte ihn verhaften lassen, hinter dem Ford nervös auf und ab ging. Ich hatte noch nie irgendeine konkrete Ähnlichkeit feststellen können, und auch jetzt sah ich keine, aber trotzdem wollte etwas in mir ihm am liebsten eine Spritze tief in die Adern jagen und seine DNA absaugen, um es ein für alle Male definitiv zu erfahren.

»Ich kann dein scheinheiliges Getue wirklich nicht verstehen«, schimpfte er. »Mal abgesehen von Rado und Ragni hat früher doch keiner mehr von dieser Scheiße geraucht als du. Was ist eigentlich aus den ganzen Unterhaltungen geworden, die wir immer geführt haben, wenn wir stoned waren? Dass in Wahrheit General Foods und Philip Morris die größten Dealer des ganzen Landes sind? Dass der durchschnittliche Potfarmer nichts anderes ist als das moderne Äquivalent des Landmanns aus dem neunzehnten Jahrhundert, der für seine Freunde ein bisschen Whiskey schwarz brannte?«

»Ich bin nur hier, weil ich ein paar Informationen will, Gabriel.«

»Ich habe aber keine, die ich dir geben könnte.« Sein Blick wanderte von mir zu Samantha, die mit der Kodak FunSaver 35 (»Der Film, der eine Kamera ist«), die ich in dem Supermarkt auf halbem Weg zwischen Willits und Garberville erstanden hatte, auf den Eingangsstufen des tierärztlichen Zentrums saß. Der Anblick dieses angeblich recycelbaren Gegenstandes, der sein »grünes Meer« fotografierte, hatte Norman B. Pinsky, Doktor der Tiermedizin und wieder geborener Gentlemanfarmer, veranlasst, um sein Leben zu laufen – quer über das leer stehende Grundstück neben seinem Zentrum und weiter die nächste Straße hinunter, wobei er permanent stolperte und stürzte wie Chaplins leibhaftiger Little Tramp. Dieselbe Kamera hatte Gabriel erstarren lassen, wie es der Lauf eines Sturmgewehrs getan hätte, als er mit erhobenen Händen aus seiner Kellerfarm auftauchte – genauso ein ausgemachter Feigling wie die Typen in seinen Drehbüchern. »Ich versuche nur, mein Leben zu leben«, fuhr Gabriel fort. »Glaubst du vielleicht, es wäre leicht, mit fünfzig als Drehbuchautor in Hollywood zu überleben? So wies heute ist, wo die ganzen fünfundzwanzigjährigen Wall-Street-Typen überall das Sagen haben und gehirnamputierten Müll für die Massen produzieren. Glaubst du, die interessiert, ob du in Paris auf der Filmakademie warst, ob du *Die Nächte der Cabiria* gesehen hast? Die meisten von denen kennen doch nicht mal John Huston, ganz zu schweigen von Fellini. Kulturell bringt es mehr, Pot anzubauen. Dabei lernt man wenigstens was über die Botanik!«

»Ich habe im Moment drängendere Probleme als deine Karriere, Gabriel. Wirst du mir jetzt sagen, wo Claire Hannin steckt, oder muss ich dich erst verhaften lassen?«

Er gestikulierte vage und machte einen Schritt auf Samantha zu.

»Und denk nicht mal dran, dir diese Kamera zu nehmen. Ich bin ja vielleicht nicht unbedingt Mike Tyson, aber ich habe genug Hass auf dich, um dir jeden einzelnen Knochen im Leib zu brechen.« Um meinem Satz Nachdruck zu verleihen, ließ ich den Ast auf die Kühlerhaube seines Morgan krachen, was eine recht unansehnliche Delle hinterließ.

»Ganz ruhig jetzt, Moses. Du hast keinen richtigen Beweis, das weißt du genau. Eine echte Handhabe hast du nicht.«

»Wer braucht Beweise? Wenn du in einem Drogenfall unter Verdacht stehst, kann die Polizei deinen gesamten Besitz beschlagnahmen und die Beweise später nachreichen. So was nennt man ›Einziehung von Vermögenswerten‹. Ms. Backus hier ist diesbezüglich Expertin, allerdings bin ich überzeugt, dass du das alles selbst sehr wohl weißt.«

»Du liebe Zeit! Jetzt unterstützt der selbstgerechte Mr. Wine auch noch die Demontage unserer verfassungsmäßigen Rechte ...«

»Worauf du gottverdammt einen lassen kannst!«, sagte ich ganz ruhig und zerschmetterte beide Scheinwerfer. »Wo ist sie, Gabriel?« Ich ging um den Wagen herum und zerschlug die Bremslichter. Das machte allmählich richtig Spaß. »Und wo ich gerade daran denke ... und du schon mal dabei bist ... würde ich auch noch gern wissen, warum das so ein großes Geheimnis ist. Ein feiges Arschloch wie du, der kein Problem damit hat, über Jahre die Frau seines besten Freundes zu ficken, dürfte doch eigentlich auch kein Problem damit haben, Claire Hannin zu verkaufen ... Also, machs Maul auf, Gabriel, denn andernfalls ...« Ich untersuchte den Morgan nach weiteren möglichen Zielen, wobei ich schon mal mit meinem Taschenmesser kleine Kerben in den Lack schnitzte. Gabriel schien zur Salzsäule erstarrt.

»Wenn Sie ein bisschen Sand in die Benzinleitung kippen«, schlug Samantha vor, »ruinieren Sie irreparabel den Motor.«

»Hervorragende Idee«, applaudierte ich und öffnete die Motorhaube. »Dann können wir einfach die Polizei rufen und ...«

»Okay, okay. Ich sags dir.«

Ich rührte mich nicht und wartete.

»Ich weiß nicht, wo sie ist«, sagte Gabriel. »Nur ihr Freund weiß es.«

»Und wer ist das?«

»Lawton Stanley.«

»Lawton Stanley?«

»Ja ... Ich weiß, das klingt verrückt, aber es ist die Wahrheit ... Die Liebe schlägt zu, wo und wenn man es am wenigsten erwartet, Moses. Du müsstest das eigentlich wissen ... Wenn du mir nicht glaubst, dann geh doch zu ihm. Er ist immer unten im Chateau Montreux in Napa.«

»Das Chateau Montreux?« Ich trank ihren Cabernet bereits seit Jahren. »Was hat das alles mit Stanley zu tun?«

»Er hat das Weingut nach dem Tod seiner Frau von der Irrsinnssumme an FOXAM-Geld gekauft, das er von Sean Handler erhielt. Stanley hatte ohnehin die Schnauze voll von der Holzbranche. Wenn du was über Claire wissen willst, dann ist er der Einzige, der dir Antworten liefern kann.«

»Falls du mich belügst, Gabriel«, sagte ich, »komme ich zurück und mache das mit dir, was ich bereits vor siebzehn Jahren hätte tun sollen.«

Ich überließ Gabriel seinen Autoproblemen, stieg in den Land Cruiser und machte mich mit Samantha auf den Weg Richtung Süden ins Napa Valley. Wir waren kaum auf dem 101, als mein Piepser losging. Ich erkannte die Nummer ... Es war Nancy.

»Soll ich rechts ranfahren?«, fragte Samantha.

»Es ist ein Freund. Das kann vorläufig warten«, antwortete ich und hielt es geschlechtsneutral.

»Eine Freundin?«, fragte Samantha. Offensichtlich ließ sich nichts an ihr vorbeimogeln.

»Kommt mir im Moment ziemlich weit weg vor«, sagte ich nur.

Keine fünf Minuten später ging der Piepser wieder los, aber dieses Mal erkannte ich die Nummer nicht, obwohl ich an der 707-Vorwahl sah, dass der Anruf von hier aus der Gegend kam. »Um den hier sollte ich mich aber besser kümmern«, sagte ich.

Wir bogen auf eine Raststätte ein, und von einem Münztelefon aus rief ich die Nummer an. Ans andere Ende bekam ich Suzanne im Kaufhaus Honeydew. Sie klang ungefähr so gestresst, wie ich sie nach dem Tag unserer Scheidung nicht mehr gehört hatte, und es dauerte einen Moment, bis sie einen zusammenhängenden Satz herausbekam.

»Moses, hier draußen wird es langsam der reinste Wahnsinn! Seit sie gehört haben, dass man die Hüter auch für den Mord an Springer verantwortlich macht, drehen hier alle durch, ganz besonders Karin. Ich glaube, die planen irgendeine ziemlich extreme Aktion.«

»Was meinst du damit?«

»Ich weiß nicht genau. Die hören auf zu reden, wenn ich in der Nähe bin. Heute Morgen haben sie unten am Fluss irgendwelche

Landkarten studiert. Bill ist irgendwohin, Vorräte besorgen … Was machst du im Moment?«

Ich schaute kurz zu Samantha hinüber, die mich vom Fahrersitz des Land Cruiser beobachtete. »Ich bin auf dem Weg ins Land des Weines.«

»Was?!«

»Dein alter Freund hat uns dorthin geführt. Er ist übrigens in die Hightech-Marihuana-Branche eingestiegen.«

»Ich glaubs einfach nicht! Du verplemperst immer noch deine Zeit damit, es Gabriel heimzahlen zu wollen. Dein Sohn steckt in Schwierigkeiten!« Ihre Besorgnis hatte sich in Wut verwandelt. »Und wen meinst du überhaupt mit diesem ›uns‹?«

»Jemand, der für Springer gearbeitet hat. Ein Journalist … Hör zu, Gabriel interessiert mich nicht. Ich …«

»Doch, tut er wohl! Du bist …«

»Ich versuche nur herauszufinden, was hier gottverdammt noch mal abgeht!«, brüllte ich.

»Nein, tust du nicht! Wer ist sie?«

»Was?!«

»Dein Journalist. Wer ist sie? Lüg mich nicht an, Moses – ich kenne dich! Seit unserer Trennung geben sie sich doch die Klinke in die Hand. Kein Wunder, dass ich getan habe, was ich getan habe. Es war gottverdammte Notwehr!«

»Oh, ich bitte dich. Das ist jetzt wohl kaum der …«

»Du bist der egoistischste Mensch, dem ich je begegnet bin!«

»Ganz ruhig bleiben, ja? Alles klar?«

»Ich soll ruhig bleiben? Du bist doch derjenige, der mit irgendeinem dummen Blondchen zu Weinproben geht, während das Leben deines Sohnes auf dem Spiel steht!«

»Sie ist kein dummes Blondchen, mein Gott! Sie war auf der Brown!«

»Oh, ist ja toll! Verrätst du mir gleich auch noch ihren IQ? Ich hoffe, sie ist wenigstens volljährig!«

»Dir muss ich überhaupt nichts sagen! Du bist doch diejenige, die ihr Leben mit einem geistig minderbemittelten Tischler verbringt, der geilen geschiedenen Frauen Ganzkörperpolituren verpasst!«

»Leck mich!«

Ich wollte gerade ein du-mich-auch nachschieben, als mir irgendetwas sagte, dass es jetzt reichte. Vielleicht lag es an dem zitternden Telefonhörer in meiner Hand. Wer weiß? Jedenfalls hielt ich den Mund. Trotzdem war es dann Suzanne, die zuerst wieder etwas sagte. »Moses, ich heule gleich«, sagte sie. Ich hörte es an ihrer Stimme.

»Okay, okay«, sagte ich. »Es tut mir Leid. Ich habs nicht so gemeint. Wirklich.«

»Was wollen wir machen?«

»Wir tun, was wir tun können. Ich werde ... versuchen, mir was einfallen zu lassen. Sag Simon ... oder Karin ... sie sollen nichts Verrücktes anstellen, bis sie wieder von mir hören. Ich werde versuchen, dich übers Internet zu erreichen. Oder du rufst mich an, falls irgendwas passiert.«

Ich legte auf, ging zu dem Toyota zurück und stieg neben Samantha ein. »Wer war das?«, fragte sie und fuhr los. »Sie sehen fürchterlich aus.«

»Meine Ex.«

»Sind Sie sicher, dass Sie mich bei dieser Sache dabeihaben wollen? Ich könnte Sie bei einer Autovermietung absetzen oder ...«

»Nein, ist schon in Ordnung«, sagte ich. »Normalerweise bin ich nicht so – hoffe ich wenigstens –, aber ... Im Moment ist mir nicht danach, allein zu sein.«

»Kann ich verstehen«, sagte sie.

Wir fuhren weiter auf dem 101 am Russian River entlang bis nach Geyserville, wo wir links auf die Staatsstraße einbogen, die sich durch das Alexander Valley und weiter nach Napa schlängelte. Auf beiden Seiten der Straße lagen Weinberge, deren historische Namen schon vor langer Zeit den Mythos widerlegt hatten, dass Amerika ein Land der geschmacklosen Philister ist, die ausschließlich billiges Bier saufen und sich mit Cheeseburgern voll stopfen. Normalerweise war Napa mein bevorzugter Fluchtpunkt für ein Genießerwochenende, bei diesem Trip jedoch fuhren wir direkt an meinem norditalienischen Lieblingslokal und dem heiß geliebten Haushaltswarenladen vorbei, wo eine größere Auswahl an Korkenziehern angeboten wurde, als man sich je erträumt hätte, dass sie erfunden worden wären, und bogen rechts entlang des Sulphur Springs Creek auf eine Straße durch Felder mit alten Zinfandelweinstöcken ab. Am Fuß des Mount St. Helena lag das prächtige Chateau Montreux, das – der Tafel über dem Tor der Weinkellerei zufolge – 1885 von einem kalifornischen Senator im Stil eines französischen Chateau des siebzehnten Jahrhunderts erbaut worden war. Später kam noch eine chinesische Pagode hinzu, die auf einer Insel in der Mitte eines künstlich angelegten Privatsees stand.

Wir fuhren durch das Tor und hielten auf dem Gästeparkplatz. Der Haupteingang des Gebäudes war abgesperrt, und der einzige Zugang führte über den Raum für die Weinproben. Gerade mal eine Hand voll Touristen marschierten hinein und kamen heraus. Es war Nebensaison, und bei einem Flaschenpreis von dreißig Dollar aufwärts zog das Chateau Montreux normalerweise ohnehin nicht die gleichen Menschenmassen an wie Disneyland. Samantha und ich betraten einen tiefen, von einem großen Kristallkronleuchter und mehreren Eichenfässern dominierten Raum. Vor einer Theke mit Jahrgangsweinen und Jogginganzügen, die das Logo der Kellerei trugen, verkostete gerade ein älteres Paar einen Winemaker's Reserve.

»Möchten Sie verkosten?«, fragte uns ein Mann mit schütterem Haar hinter der Theke. Er nahm zwei frische Gläser und stellte sie vor Samantha und mich neben einen kleinen Eimer, in den wir den Wein ausspucken konnten. »Wir schenken einen Chardonnay, einen Cab und einen weißen Zin aus.«

»Wir würden ja schrecklich gern, aber« – ich beugte mich zu ihm vor und senkte die Stimme – »wir sind Liebhaber und haben uns gefragt, ob wir vielleicht mit Mr. Stanley persönlich über den Erwerb einiger Flaschen seines 91er-Pinot sprechen könnten.«

Der Mann mit den schütteren Haaren starrte mich einen Moment an, dann lächelte er. »Sie müssen Mr. Wine sein. Mr. Stanley erwartet Sie bereits.« Verlegenheit trieb mir die Röte ins Gesicht. »Sie haben übrigens einen wunderbaren Namen für einen Besuch im Chateau Montreux«, fügte er hinzu, während er auf dem Haustelefon eine Nummer eintippte. »Sagen Sie Mr. Stanley bitte, Mr. Wine und eine Freundin …«

»Ms. Backus«, warf ich ein.

»Bacchus und Wein«, sagte er und dann ins Telefon, »Ms. Backus … seien eingetroffen und wünschten, Ihn zu sprechen.«

Fünf Minuten später betrat Lawton Stanley den Weinprobenraum. Im Gegensatz zu der seriösen Kleidung bei der Beerdigung von Leon Erlanger trug er jetzt ein weites Arbeitshemd mit aufgekrempelten Ärmeln und eine verwaschene Jeans. Mit seinem langen, grau melierten Haar und der Armani-Brille sah er jeden Zentimeter aus wie der dezent zum Bohemien gewandelte Wall-Street-Gentleman. Er begrüßte Samantha und mich mit festem Händedruck. »Ich bedaure sehr, dass Sie nicht unter angenehmeren Umständen hier sein können«, sagte er, öffnete eine zweiflügelige Tür und führte uns einen Gang hinunter in den Haupttrakt des Gebäudes. »Wir geben heute einen Winzerlunch. Der Koch aus dem Stars bereitet seine berühmten Täubchen zu. Vielleicht bleiben Sie ja.«

»Liebend gern«, antwortete ich. »Aber ich stehe leider ein wenig unter Druck, wie Gabriel Levine Ihnen vielleicht berichtet hat. Ich denke, er hat angerufen.«

»Oh, ja, Gabriel. Amüsanter Bursche. Wie ich höre, ein alter Freund von Ihnen.«

»Gewissermaßen.«

»Er kennt hier praktisch jeden, nachdem er an diesem einen Film gearbeitet hat. Wird der eigentlich jemals in die Kinos kommen?«

»Keine Ahnung … Ich vermute, er hat Ihnen gesagt, dass ich daran interessiert bin, Claire Hannin zu finden.«

»Ja, das hat er.« Stanley blieb stehen. Wir befanden uns inzwischen in einem Raum mit riesigen Metallbottichen, in denen, so die aufgestellten Schilder, die zerquetschten Trauben vor der Gärung mit Hefe geimpft wurden. »Claire lebt sehr zurückgezogen«, sagte er. »Ihre Lebenserfahrung hat sie so werden lassen.«

»Was meinen Sie damit?«, fragte ich, obwohl ich eine dunkle Ahnung hatte, wovon er redete.

»Man könnte sagen, Mr. Wine, diese Gegend Kaliforniens hatte unlängst eine Midlifecrisis. Manche von uns, die bislang immer das eine glaubten, glauben heute etwas anderes. Andere haben …«

»Auch die Seiten gewechselt?«

»So könnte man es ausdrücken. Offensichtlich gilt mein Hauptinteresse heute nicht mehr der Länge von Brettern. Ich bin hier und verbringe meine Zeit damit, den Restzuckergehalt in einem Liter Chenin Blanc zu messen.«

»Klingt nicht unangenehm. Was ist aus Claire geworden? Sie hatte ja diesen bedauerlichen Autounfall. Falls es einer war.«

»Vielleicht hat sie eine differenziertere Lebenssicht entwickelt.«

»War das der Punkt, an dem Sie sich kennen gelernt haben?«

»Nein, das war schon vorher. Sie führte eine Demonstration vor meiner Ranch in der Nähe von Garberville an und ich …«, er lächelte leise, »… habe sie auf eine Tasse Tee eingeladen.«

»Hat sie Ihnen gegenüber jemals etwas von einer Werkstatt erwähnt?«

»Eine Werkstatt?« Er schüttelte den Kopf. »Sie müssen mit Daniel Springer gesprochen haben.«

»Wie die Dinge liegen …«

»Der arme Mr. Springer. Er hatte seine Theorien, nicht wahr?« Er warf Samantha einen flüchtigen Blick zu, bevor er fortfuhr. »Es ist recht unschön, wie man jetzt Ihren Sohn und seine Freunde für seinen Tod verantwortlich macht.« Stanley setzte sich wieder in Bewegung. Wir folgten ihm durch eine Tür an mehreren eleganten Besprechungsräumen und einem privaten Esszimmer vorbei, in dem ein langer Tisch mit geschliffenem Kristall und Vasen voller Iris und Narzissen eingedeckt war.

»Wer hat ihn denn Ihrer Meinung nach ermordet?«, fragte ich.

»Für so etwas bin ich nicht der Fachmann. Mord ist Ihr Metier, nicht meines, Mr. Wine.«

»Und wenn Sie mal theoretisieren sollten?«

»Das würde ich nur sehr ungern tun, aber …« Er unterbrach sich mitten im Satz und führte uns zu einer weiteren Tür am Ende des Ganges. »Ich möchte Ihnen etwas zeigen.« Er drückte die Tür auf und brachte uns in eine gepflegte Parkanlage, deren Gestaltung noch nicht abgeschlossen war. »Mein kleines Stück Toskana. Ich habe einen Landschaftsarchitekten zur Villa Patraia außerhalb von Florenz geschickt, damit er mir eine perfekte Kopie der Anlage von Buontalenti anlegt.«

»Sie sprachen gerade über Ihre Theorie …«

»Nun, ja … offensichtlich habe ich versucht, jede Beschuldigung zu vermeiden … vor allem, da ich keinerlei Beweise habe, aber … Sie haben vielleicht schon von einer Gruppe namens California Forest Protection gehört.«

»Bin ihnen schon mal über den Weg gelaufen, ja.«

»Selbst ernannte Milizionäre der so genannten Nachhaltigkeitsbewegung.«

»Denke ich mir, ja. Wo könnte ich die Ihrer Meinung nach finden?«

»Das ist nicht so einfach. Andernfalls wären sie keine Bürgerwehr.« Er lächelte. »Die sind nicht dumm. Sie sind in den Untergrund gegangen. Aber es gibt da einen gewissen Platt – mit zwei t. Der Mann war früher Mitglied und lebt außerhalb von Willits an der Sacramento Road. Früher wenigstens.« Er sah auf seine Uhr. »Und jetzt müssen Sie mich leider entschuldigen. Ich muss mich auf meine Lunchgäste vorbereiten …« Der See mit der Pagode lag direkt vor uns, doch er lotste uns in die andere Richtung und öffnete ein Tor. »Sie sehen es mir bitte nach, wenn ich Sie nicht zu Ihrem Wagen begleite.« Er deutete über die Zufahrt und wartete, dass wir gingen, aber ich rührte mich nicht von der Stelle.

»Was ist mit Claire Hannin?«, fragte ich. »Wie erreiche ich sie?«

»Tut mir Leid, Mr. Wine. Claire und ich haben eine Vereinbarung. Ich kann ihre Adresse nicht preisgeben.«

»Sie können sich vorstellen, wie wichtig es für mich ist, Mr. Stanley.«

»Ja, das kann ich.« Einen Augenblick stand er reglos da und zermarterte sich den Kopf. »Ich sage Ihnen was – Sie haben doch sicher einen Telefondienst oder einen Piepser oder so etwas?« Ich nickte. »Geben Sie mir doch einfach diese Nummer, und ich werde sie bitten, sich mit Ihnen in Verbindung zu setzen.«

»Da müssen Sie mir schon was Besseres liefern. Das Leben meines Jungen steht hier auf dem Spiel.«

»Mr. Wine, ich habe der Frau, die ich liebe, mein Ehrenwort gegeben. Sie können schon von Glück reden, dass Sie so viel bekommen.«

Stanley sprach mit der Endgültigkeit einer Vorstandssitzung, als sei das Thema vom Vorsitzenden für erledigt erklärt worden und eine Neubehandlung käme keinesfalls infrage. Mir blieb gar keine andere Wahl, als ihm meine Piepsernummer zu geben und zu gehen.

Ich fragte Samantha, ob ich fahren dürfe, und rutschte hinters Steuer. Mit fünfzig Kilometer über der zulässigen Höchstgeschwindigkeit fuhren wir auf einer Nebenstraße nach Norden, um dem starken Verkehr zu entgehen. Es war inzwischen später Nachmittag, und ich konnte an nichts anderes denken als an Simon und seine Freunde, die jetzt wegen der Beschuldigung, einen entsetzlich brutalen Mord begangen zu haben, völlig verzweifelt an der Lost Coast hockten. Und dieses Mal ohne auch nur den Funken mildernder Umstände auf Grund eines Unfalls oder Versehens, was es noch schlimmer machte. Es war leicht, ihre Wut nachzuvollziehen, ja sogar mit ihrem Wunsch nach Rache zu sympathisieren. Doch ich hatte schreckliche Angst, dass das, was immer sie nun planten, ihre Vernichtung nur noch beschleunigen würde. Und noch mehr Angst machte mir, dass die treibende Kraft mein eigener Sohn sein würde, der in seinem eigenen Interesse oder – traute ich mich tatsächlich, das zu denken? – im Interesse genau der Leute handelte, die ihn doch eigentlich suchen sollten.

Meine Paranoia erreichte ein Ausmaß, das ich nicht mehr beherrschen konnte. Ich stand am Rande der Panik und hatte auch nicht den geringsten Schimmer, was ich dagegen unternehmen sollte. Sollte ich eine einsame Telefonzelle mitten im Nirgendwo anrufen, wo Suzanne offensichtlich längst nicht mehr war? Sollte ich über einen Internetremailer in Finnland eine Mail absetzen? Was hatte ich denn zu sagen? Außer der möglicherweise veralteten Adresse eines Angehörigen einer extremistischen Randgruppe besaß ich keinen Fetzen Information.

»Entspannen Sie sich«, sagte Samantha, die meine Stimmung mitbekam. »Sie tun alles, was Sie tun können.«

»Vielleicht ist es ja genau das«, sagte ich und trat das Gas weiter durch.

Für die Strecke zurück nach Willits brauchten wir deutlich weniger als eine Stunde, wobei wir lediglich einmal an einer Tankstelle Halt machten, um in den aktuellsten Telefonbüchern die Adresse eines gewissen Platt mit zwei t an der Sacramento Road nachzuschlagen – es war die Hausnummer 34, erste Initiale S. Erst auf den letzten Kilometern verlangsamte sich unser Tempo, weil inzwischen der Verkehr deutlich dichter geworden war. Einen Kilometer später standen wir dann. »Scheiße«, schimpfte ich und steckte den Kopf aus dem Seitenfenster, um an der langen Autoschlange vorbei nach vorne zu schauen. »Eine Straßensperre.« Visionen von State Troopers, die erneut meinen Führerschein überprüften, geisterten mir durch den Kopf, wobei ihnen der Name Wine ins Auge sprang wie Dillinger oder Capone. Ich drehte mich um und warf einen Blick zurück. Der Fahrer zwei Autos hinter uns starrte mich stirnrunzelnd an, während er in ein Mobiltelefon sprach.

»Wer kennt diesen Land Cruiser?«, fragte ich Samantha. »Ich meine, außer Ihnen und Springer?«

»Hier kennt so ziemlich jeder jeden«, erwiderte sie.

»Kommt man hier noch anders weg?«

»Wenden Sie«, sagte sie, was ich auch sofort tat, wobei ich darauf achtete, keinen der anderen Fahrer anzusehen, und in der verzweifelten Hoffnung lächelte, dass es sie irgendwie ablenken würde, wenn ich den Ahnungslosen spielte. Am Ende der Schlange deutete Samantha auf einen Waldweg, der einen Hang mit fünfundvierzig Grad Steigung hinaufführte. Ich zögerte kurz, bevor ich abbog, den Allradantrieb zuschaltete und dann den Wagen langsam bergauf steuerte. Es klappte. Zum ersten Mal bretterte ich jetzt in einem Fahrzeug über ausgefahrene Spuren, das für sie gebaut worden war. So ging es einige Minuten, dann krachten wir in eine Rinne und setzten anschließend den Aufstieg fort, wobei das Gefälle dieses Mal sogar noch steiler war. Wir erreichten den Kamm. Plötzlich tauchte unter uns das Dorf Willits auf, nur um sofort wieder zu verschwinden. In einem vom Meer aufziehenden

Nebel waren die wenigen asphaltierten Straßen des Ortes immer mal wieder zu erkennen. Fast war es, als spiele das Städtchen Verstecken.

»Wo ist die Sacramento Road?«, fragte ich Samantha, als wir eine Gabelung des Waldwegs erreichten.

»Die *war* da drüben«, sagte Samantha, eine Landkarte in der einen Hand und mit der anderen auf eine Stelle zeigend, wo es sich eine dicke fette Wolke in den Tiefen einer Schlucht gerade bequem machte wie eine Katze. Ich folgte ihrer Wegbeschreibung und schaute mit jedem Meter, den wir weiter in das ständig dichter werdende Weiß abstiegen, besorgt dem entgegen, was uns erwartete. Als wir schließlich wieder eine asphaltierte Straße erreichten, lag die Sichtweite bei gerade mal einer Wagenlänge, und die ersten Häuser ragten bedrohlich vor uns auf wie holografische Bilder. Ich hatte abgebremst, um die Hausnummern lesen zu können, als ich die Silhouette eines entgegenkommenden Wagens sah, dessen gelbe Scheinwerfer den Nebel zerschnitten. Dann hörte ich das dumpfe, vom Nebel gedämpfte Krachen eines Schusses aus einer Schrotflinte. Ich trat voll auf die Bremse und duckte mich blitzschnell, zog Samantha mit nach unten, als sich ein weiterer Schuss der Schrotflinte löste und unser Heck mit Kugeln durchsiebte, während der Land Cruiser die Luft aus den Reifen verlor und unkontrolliert herumschleuderte.

16

Ich hatte mir schon immer eingeredet, mich frei und offen mit meinen Söhnen unterhalten zu können. Bei uns sollte es nicht sein wie bei früheren Generationen, wo Abgründe strenger Traditionen eine unüberbrückbare Kluft schufen. Wir wären Freunde, und gleichzeitig könnte ich immer noch ihr Vater sein, je nach Situation Ratschläge geben oder Pflaster verteilen. Warum also war es so weit gekommen? Warum diese extreme Übertreibung all dessen, wofür ich stand – oder, schlimmer noch, dessen absolute Zurückweisung? Warum schien es mit einem Mal, als sei meinen Lenden ein völlig fremder Mensch entsprungen? Brauchte jede Generation ihre eigene Rebellion? Hatten wir … hatte ich … sie in eine Ecke gedrängt und ihnen keinen Spielraum gelassen, sich anders und eigenständig zu entwickeln, indem ich stets beifällig im Hintergrund stand, als sie sich ihr erstes Kondom kauften oder ihren ersten Joint rauchten? War diese angeblich so offene Kommunikation in Wahrheit nichts anderes als eine bequeme, sich selbst viel zu wichtig machende Lüge, die ich mir und ihnen erzählte? Waren tiefere Kräfte, älter als Abraham und Isaac und so unveränderlich wie unsere DNA, die ganze Zeit am Werk und meldeten sich nun zurück, um mich zu quälen?

Mir blieb nicht viel Zeit, solche Fragen zu erörtern – was nicht heißen soll, dass ich zu irgendeinem Ergebnis gekommen wäre –, als ich an einen Küchenstuhl gefesselt in einem Haus irgendwo an der Straße zum Humboldt State Park saß. Samantha und ich waren in einem Jeep Grand Cherokee dorthin gebracht worden – das Fahrzeug, dessen gelbe Scheinwerfer ich gesehen hatte und das von dem großen, gut aussehenden Mann und seinem bärtigen Kumpel, der offensichtlich S. Platt war, gefahren worden war. Sie gingen mit professioneller Schnelligkeit vor und hatten uns unter vorgehaltener Waffe aus dem unbrauchbaren Land Cruiser geholt, bevor wir auch nur die geringste Chance zur Gegenwehr hatten. Wir wurden gefesselt und auf den Rücksitz verfrachtet, während Platt fuhr und der große Mann seine Pistole betont auffällig über die Rückenlehne seines Sitzes baumeln ließ. An der Tür dieses Hauses wurden wir von der Frau mit den schmutzig blonden

Haaren erwartet. Zuerst machten sie mich an dem Stuhl mit der geraden Rückenlehne fest, banden meine Handgelenke mit Wäscheleine an die Stuhlbeine, dann brachten die drei Samantha in einen anderen Raum. Wenige Minuten später kamen die beiden Männer zurück.

»Was hat Ihr Sohn über uns erzählt?«, fragte Platt, sobald der große Mann die Tür hinter sich geschlossen hatte.

»Mein Sohn? Nichts.«

»Sie wollen uns doch wohl nicht weismachen, Sie hätten ihn nicht getroffen?«

»Ich werde Ihnen überhaupt nichts sagen.«

Er schaute zu dem großen Mann hinüber, der von meiner Antwort wenig beeindruckt schien. »Was hat Ihr Sohn über uns gesagt?«, wiederholte Platt.

»Ich habe nicht mit ihm gesprochen.«

Der große Mann nickte Platt zu, der daraufhin zur Seite trat, und kam zu mir. Offensichtlich hatte er hier das Kommando. »Mr. Wine«, sagte er, drehte sich einen Stuhl um und setzte sich, die Arme über der Rückenlehne, mir gegenüber. »Ich bin genau wie Sie gegen die Anwendung übermäßiger Gewalt, aber wie Sie sehen, kann ich sie nötigenfalls durchaus effektiv einsetzen.« Das war mir klar. Der Würgegriff, mit dem er mich auf den Rücksitz des Cherokee befördert hatte, hätte auch bei einem Sumoringer funktioniert. »Wir wissen, dass Sie bei den Hütern waren«, fuhr er fort, »und wir wissen auch, dass sich Ihre Ex immer noch dort befindet.«

»Sie scheinen gut informiert zu sein.«

»Bis zu einem gewissen Grad … Deshalb frag ich Sie jetzt noch einmal: Was haben sie Ihnen erzählt?«

»Sie oder mein Sohn? Ihre Frage ist nicht sehr präzise.«

»Fangen wir mit allgemeinen Dingen an. Haben sie Ihnen gesagt, wer wir sind?«

»Nein«, sagte ich.

»Nun aber, Mr. Wine. Ich bin kein Idiot, genauso wenig wie Sie. Ich nehme an, Sie haben sich nach der California Forest Protection erkundigt, seit wir uns das erste Mal im London Grove begegnet sind.«

»Natürlich. Sie sind so was wie ein privater Sicherheitsdienst, der hier oben in Nordkalifornien aktiv ist. Die meisten Holz verarbeitenden Firmen tun so, als würden Sie nicht existieren, aber wahrscheinlich sind alle froh, dass es anders ist.«

»Ist das alles?«

»Ich bezweifle es. Sie scheinen ziemlich geschickt darin zu sein, sich über meinen aktuellen Aufenthaltsort auf dem Laufenden zu halten. Wer hat es Ihnen gesagt? Lawton Stanley?«

»Stanley?« Der große Mann lachte. Dann stand er auf und begann, vor mir langsam auf und ab zu gehen. Es dauerte ein oder zwei Minuten, bis er wieder etwas sagte. »Vielleicht hat uns jemand, der Ihnen erheblich näher steht, über Ihren Aufenthaltsort informiert.«

»Was soll das heißen?«, fuhr ich ihn an. Diese beschissene Situation ging mir langsam an die Nieren.

»Zurzeit haben die Hüter sechs Mitglieder. Einer von denen hält uns offensichtlich über Ihre Aktivitäten auf dem Laufenden. Wissen Sie, wer das ist?«

»Nein, und warum sollten sie das tun?«, fragte ich und spulte ihre Namen in meinem Kopf herunter – Max, der gescheiterte Yuppie, die Britin Sheila, Hector, der junge Computerfreak (er besaß das Potenzial), Bill (er hatte diesen Anruf gemacht), Karin (wie konnte ich ihr vertrauen?) und schließlich Simon.

»Wenn Sie dahinter gekommen sind, Mr. Wine, wird es zu spät sein. Außerdem, wenn Sie sie anzeigen wollten, was würden Sie dann groß zu sagen haben – doch nur, was die Behörden ohnehin schon wissen.« Dann begann ein leises Piepsen. »Das ist vermutlich Ihr Piepser«, sagte der große Mann.

Ich zuckte die Achseln.

»Wollen Sie nicht antworten?«

»Nicht so ganz einfach im Augenblick.« Ich zerrte an meinem Handgelenk.

Der große Mann griff nach unten und löste den Piepser von meinem Gürtel. »707-555-0181 … Sagt Ihnen das was?«

Ich schüttelte den Kopf. Tatsächlich erkannte ich die Nummer von

Suzannes vorausgegangenem Anruf aus dem Honeydew-Supermarkt, aber es hatte keinen Sinn, das jetzt allgemein bekannt zu machen.

»Glaubst du ihm?«, fragte Platt. »Ich nicht.« Er kam herüber und fing an, mich abzuklopfen, zog den Computerausdruck heraus und überflog ihn. »Der Dreckskerl schleppt Informationen über Paketbomben mit sich herum«, sagte er zu dem großen Mann. »›Diese Art Sprengkörper wird häufig im Libanon benutzt‹«, las er vor, dann sah er mich an. »Woher haben Sie das?«

»Aus Daniel Springers Computer. Sie kennen ihn?«

Er schlug mir mit dem Handrücken quer übers Gesicht. Mein Kopf flog nach hinten.

Der große Mann griff nach einem Telefon an der Wand, warf wieder einen Blick auf meinen Piepser und tippte die Nummer ein. »Wer spricht da?«, sagte er und sah mich an. »Klingt wie Ihre Ex.« Er drückte mir den Hörer ans Ohr.

»Hallo«, sagte ich. Ich spürte Blut über meine Wange laufen.

»Moses! Wer war das? Bist du allein?« Ich sagte nichts. »Hilf mir. Bitte! Komm schnell! Sie sind alle weg!« Ihre Stimme klang rau, fast verzweifelt. Ich schaute zu den beiden Männern auf, die mich anstarrten, und war überzeugt, dass sie fast genauso gut hören konnten, was sie sagte, wie ich. »Simon und die anderen ...«, fuhr sie fort, »haben mich hier vor zehn Minuten allein zurückgelassen! Jetzt sind sie weg.«

Der große Mann nahm den Hörer von meinem Ohr und legte auf. »Ich glaube, jetzt stecken Sie in einem blöden Dilemma«, sagte er, nahm Platt den Computerausdruck ab und las ihn. »Sie sind sicher, dass Ihnen sonst niemand etwas über uns erzählt hat?«

»Nichts. Ich schwöre ... Würde es Ihnen etwas ausmachen, mich gehen zu lassen?«

»Sie klingen verzweifelt, Mr. Wine«, meinte der große Mann amüsiert. Er sah seinen Partner an. »Ich werde jetzt mit Ms. ... wie heißt sie noch gleich?«

»Backus«, antwortete Platt.

»Genau, Backus«, wiederholte der große Mann. Er klang skeptisch. »Vielleicht ist sie ein wenig mitteilsamer.«

»Ich passe solange auf den Wichser hier auf«, sagte Platt.

»Und das hier nehme ich lieber mit.« Der große Mann steckte den Ausdruck ein und ging.

Ich schaute mich in der Küche um: Es gab einen alten Herd, einen Kühlschrank und einen verschossenen blauen Resopaltisch. Draußen vor dem Fenster lag der Redwood-Wald. Er schien ziemlich weit weg zu sein. Ich wartete eine Weile und beobachtete Platt, der sich ein Bier holte.

»Schon mal was von Alan Turing gehört?«, fragte ich schließlich.

»Turing?«

»Als ich noch ein kleiner Junge war, war er mein großes Vorbild. Der Kerl, der im Zweiten Weltkrieg den Code der Nazis geknackt hat.«

Platt schlupperte sein Bier. »Was hat der Typ mit irgendwas zu tun?«

»Deshalb konnte ich mich in Springers Computer einklinken. Und diesen Ausdruck machen.«

»Das kann jeder verschissene Neunjährige.«

»Da haben Sie mal Recht«, sagte ich lächelnd und schüttelte den Kopf. »Eigentlich musste ich nichts anderes tun, als Word für Windows öffnen, nach ›Terrorismus‹ suchen … und schon hatte ich die ganze Datei … mit all den Sachen über die Bombenwerkstatt und so weiter.« Platt hörte auf zu trinken und sah mich an. »Ich bin nicht mal dazu gekommen, alles zu lesen. Die Datei hatte eines dieser kleinen Symbole oben in der Ecke, was bedeutet, dass sie gefaxt werden sollte.«

»Gefaxt?«

»Ja, an die *New York Times* und ein paar andere Zeitungen. Ich weiß nicht mehr genau, wann. Irgendwann diese Woche?«

»Scheiße!«, sagte Platt und verließ brüllend den Raum. »Larsen!«

Ich stand auf und ging, immer noch an den Stuhl gefesselt, zum Fenster. Einen Sekundenbruchteil dachte ich an Samantha und bekam Gewissensbisse, sie hier allein zu lassen. Dann drehte ich mich um und sprang rückwärts, Stuhl hin oder her, durch das Glas. Das Fenster zersplitterte in tausend winzige Kügelchen Sicherheitsglas, die auf mich niederregneten, als ich unten auf dem Asphalt aufschlug. Ich war auf der Zufahrt gelandet. Im Haus hörte ich Platt und Larsen brüllen. »Leg das Arschloch um!«, fauchte Larsen. Ich rappelte mich auf und begann, über die Straße zum Wald zu rennen beziehungsweise zu watscheln, kauerte mich so tief es ging und hielt den Cherokee immer zwischen mir und dem Haus. Ich hörte, wie sie aus der Haustür stürmten. Ich senkte den Kopf noch tiefer und flitzte auf die Bäume zu. Ich legte die Strecke ziemlich schnell zurück, stürzte dann aber sofort kopfüber einen steilen Abhang hinunter, den ich nicht gesehen hatte, und machte einen Purzelbaum, während der Stuhl zwischen meinen Rippen und dem Boden zerbarst. Zwei Stuhlbeine und eine Lehne brachen ab, ein abgesplittertes Holzstück bohrte sich mir tief in die Seite. Ich bemühte mich, nicht weiter darauf zu achten, rappelte mich auf und rannte weiter. Ich konnte mich jetzt etwas freier bewegen, weil ich inzwischen den größten Teil des Stuhls losgeworden war. Ich zog die Hände aus dem Seil. Schüsse krachten. Ich drehte mich nicht um, sondern raste um einen Felsblock und dann tiefer in den Wald, trieb mich an wie selten zuvor in meinem Leben und spürte das wilde Hämmern meines Herzens, als es mir sagte: Nein, nein. Das ist zu viel. Für so was bist du zu alt. Aber mir blieb keine andere Wahl.

Es kam mir vor wie eine Stunde, aber wahrscheinlich waren wohl eher fünfzehn Minuten vergangen, als ich schließlich am Fuß eines alten Baumes stoppte und meinen Kopf dagegenlehnte. So verharrte ich einen Moment, verschnaufte an der beruhigenden Rinde und lauschte auf meine Verfolger. Sie schienen entweder weg zu sein oder aufgegeben zu haben. Der Wald war bedrohlich still, kühl und feucht, aber ich fühlte mich sicher. Dann hörte ich ein Auto stotternd und mit Fehlzündungen den Berg hinauffahren, und ich begriff, dass ich auf der einen Seite von der Straße fortgelaufen war, nur um am anderen Ende einer Schlaufe wieder zu ihr zurückzukehren. Ich wirbelte herum, stürmte durch eine Baumgruppe und blieb stehen, als ich zwischen den Bäumen einen Pick-up mit einer Ladung Mist über den Scheitel tuckern sah. Ich lief ihm entgegen und winkte wie wild. »Notfall!«, brüllte ich. »Retten Sie mich! Ich muss nach Honeydew!«

Suzanne saß am Bordstein vor dem Supermarkt, als der Pick-up Honeydew erreichte. Ihre Schultern hingen niedergeschlagen herab, und den Kopf hielt sie auf den Brustkorb gesenkt wie eine alte Frau. Plötzlich revitalisiert sprang sie auf, noch bevor ich ganz aus dem Laster ausgestiegen war. »Moses, Gott sei Dank, dass dus geschafft hast«, sagte sie und lief auf mich zu. »Ich hatte schon aufgegeben ... Wer war das am Telefon? Es hat sich angehört, als wollten sie dich umbringen.«

»Die California Forest Protection«, sagte ich, legte einen Arm um ihre Schulter und drückte sie kurz. »Ich glaube nicht, dass die auf unserer Seite sind ... Was ist mit Simon?«

»Sie sind jetzt schon fast eine Stunde weg. Sie hatten irgendwelche Chemikalien dabei.«

»Mein Gott, was für welche?« Sie schüttelte den Kopf. Mein Herz begann wieder wie verrückt zu hämmern. »Weißt du, was sie vorhaben?«

»Irgendwas abfackeln ... in die Luft jagen ... Ich schwörs, sie wollten es mir nicht verraten.«

»Wessen Idee war es?«, fragte ich und war nicht ganz sicher, ob ich es wirklich wissen wollte.

»Karin, Simon, Hector, Bill ...« Sie gestikulierte frustriert.

»Keiner hat sie dazu angestiftet?«

»Es sah nach einem einstimmigen Beschluss aus. Ich weiß nur, dass sie mich nicht dabeihaben wollten.«

»Wo sind sie hin?«

Genau in dem Moment, als sie auf einen Pfad zeigte, der in nördlicher Richtung irgendwo in den Wäldern verschwand, donnerten vier Militärhubschrauber im Formationsflug ungefähr in die gleiche Richtung über uns weg.

»Was sollen wir jetzt machen, Moses?«, fragte Suzanne mit Panik in der Stimme.

»Als Erstes werden wir Jacob anrufen.« Ich ging zu der Telefonzelle und tippte meine Kreditkartennummer gefolgt von seiner Telefonnummer ein. Aber er war nicht zu Hause. Ich hinterließ eine Nachricht auf seinem Anrufbeantworter: »Jacob, schick sofort das Folgende an N2690@earthlink.net – ›Aktion beenden. Ihr werdet in eine Falle gelockt. Pop.‹«

»Wer lockt ihn in eine Falle?«, fragte Suzanne.

»Ich hoffe, es gibt diesen jemand«, sagte ich und legte auf. »Es ist unsere einzige Chance.« Dann wählte ich die 911 und sagte dem Mann in der Zentrale, es gebe einen dringenden Notfall in dem Schindelhaus am Stoppschild an der Route 328 in den Humboldt Park. Sie sollten nach einer Ms. Samantha Backus suchen.

»Wer ist das?«, wollte Suzanne sofort wissen. »Deine Freundin, die Journalistin?«

Ich nickte. »Ich habe sie in einem ziemlichen Schlamassel zurückgelassen … Gehen wir. Wir werden versuchen, sie einzuholen.«

Ich nahm Suzannes Arm, und dann marschierten wir schnell die Straße hinunter zum Waldweg.

»Was hast du über diese Waldschutzfritzen herausbekommen?«, fragte sie.

»Nicht viel. Aber sie interessieren sich sehr dafür, was *wir* wissen.«

»Und was wissen wir?«

»Nicht besonders viel, soweit ich sagen kann … Wie es aussieht, hatten sie was mit einer Bombenwerkstatt zu tun.«

»Und was jetzt?«, fragte Suzanne ausatmend. »Hatte Simon auch was damit zu tun?«

»Ich halte das eigentlich nicht für möglich«, sagte ich und versuchte, uns wenigstens in diesem Punkt zu beruhigen. »Es ist schon mehrere Jahre her.«

Simon und die anderen waren nirgendwo zu sehen, als wir den Waldpfad erreichten. Wir gingen weiter und marschierten so schnell es ging durch den dichten Wald, zogen die Schuhe aus, um einen knapp fünf Meter breiten Bach zu durchwaten, an dem es keine Baumstämme gab, die wir benutzen konnten. Eine halbe Stunde später stiegen wir in brutalen Kehren einen felsigen Südhang hinauf. Es war später Nachmittag, aber die Sonne brannte trotzdem schonungslos auf uns nieder.

»Früher war das mal einfacher«, sagte Suzanne. Ich grunzte zustimmend und wischte mir die Stirn mit der Innenseite meines dreckverkrusteten Ärmels ab. »Erinnerst du dich noch an den Mount Donner?

Du hattest Simon in so einem Tragegeschirr auf dem Rücken, und trotzdem haben wir den Aufstieg auf der Ostseite in drei Stunden geschafft.«

»Zwanzig Minuten hinter Gabriel«, sagte ich.

»Stimmt. Er war bei diesem Trip dabei, oder?«

»Er war meistens dabei«, sagte ich, wobei trotz meiner Schnauferei die Verbitterung noch durchkam. Ich konnte mich gut erinnern, wie ich ihn fliegenfischend am Ufer eines Bachs antraf, wie die Kids seine Geschicklichkeit bewunderten, als er die Angel nach den schwer zu fangenden Forellen auswarf.

Suzanne blieb einen Moment stehen und schaute zu mir zurück. »Heute ist er ein Dealer. Ist dir das nicht genug Rache?«

»Und was bin ich? Neunundvierzig und immer noch Detektiv.«

»Was erwartest du?«

»Ich weiß nicht.« Ich lächelte über mein Selbstmitleid. »Gouverneur von Kalifornien? Vorstandsvorsitzender von Microsoft?«

Suzanne lächelte ebenfalls. »Ich finde, du stehst gar nicht schlecht da. Du führst ein interessantes Leben. Und immerhin bist du keiner von den Bösen … Ich weiß nicht, wie ich das alles ohne dich überstehen sollte.«

»Ich weiß es auch nicht. Ohne dich. Das ist die reinste Hölle.«

Es folgte ein betretenes Schweigen und wir stapften weiter den Hang hinauf.

»Tut mir Leid, was ich damals getan habe«, sagte Suzanne fast unhörbar.

»Wirklich?« Das hatte sie noch nie zuvor gesagt. »Mir auch. Ich meine, es war mindestens genauso meine Schuld. Vielleicht noch mehr. Ich wusste nicht, was wir aufgaben.«

»Das wusste keiner von uns … Sieh mal«, sagte sie. Wir hatten den Scheitel der Felsnase erreicht. Sie zeigte über die vor uns liegende Schlucht, wo sich sechs Gestalten mit Skimasken zwischen einigen hohen Sträuchern bergauf kämpften. Sie waren etwa eine Meile weit weg. Hinter ihnen zogen zwei Hubschrauber im Zickzack über den Himmel, die sich anscheinend ihrer Nähe nicht bewusst waren. Die

Gestalten verschwanden im Gebüsch, tauchten dann auf der anderen Seite eines Felsblocks wieder auf und marschierten auf den nächsten Kamm zu. Ich fragte mich, welche wohl Simon war, welche Karin, wer sich die Chemikalien auf den Rücken geschnallt oder am Mehrzweckgürtel befestigt hatte. Aus der Entfernung war es unmöglich zu sagen, aber sie marschierten mit einer solchen Zielstrebigkeit, einer seltsamen Würde, als befänden sie sich auf einer ungeheuer wichtigen Mission, als wären sie eine Befreiungsbewegung in einem Dritte-Welt-Land unterwegs zum Sturz einer Diktatur.

»Vielleicht sollten wir sie ziehen lassen«, sagte ich. »Ihnen die Freiheit geben zu tun, was immer sie wollen.«

»Denkst du das wirklich?«, fragte Suzanne.

Ich zögerte einen Moment, aber meine Antwort war eindeutig. »Nein«, sagte ich. »Vor Jahren, klar … aber heute nicht mehr.«

Wir machten uns auf der anderen Seite der Felsnase an den Abstieg in die Klamm. Simon und seine Freunde waren auf dem nächsten Bergkamm nicht mehr zu sehen, und wir verdoppelten unsere Anstrengungen, liefen den Abhang beinahe hinunter, während wir uns so gut es ging immer unter den Ästen der Bäume hielten, um weder die Aufmerksamkeit der Hubschrauber noch irgendwelcher anderer, sich möglicherweise in der Nähe befindlichen Arme des Gesetzes zu erregen. In der Talsohle war die Nachmittagssonne nicht mehr zu sehen, wodurch wir die Schlucht im Schutz eines tiefen Schattens durchquerten und auf der anderen Seite mit dem Aufstieg begannen. Doch selbst ohne Sonne war es nicht einfach. Ein Hubschrauber donnerte so dicht über unsere Köpfe weg, dass die Bäume in unserer Nähe bebten. Wir erstarrten und schauten ihm nach, bis er wieder verschwunden war. Ich holte tief Luft und versuchte, die anwachsende Verzweiflung zu ignorieren. Ich ging weiter. Jeder Schritt stellte eine große Willensanstrengung dar und bereitete Schmerzen. Die Gruppe der Jüngeren würde ihren Vorsprung mit jedem Augenblick vergrößern und schon bald unerreichbar sein. Ein Teil von mir wollte aufgeben. Aber auf halbem Weg den nächsten Bergrücken hinauf erfuhr ich entweder aus blindem Willen oder durch eine Ausschüttung von Endorphinen einen unerwarteten Energieschub. Meine Beine fühlten sich mit einem Mal stark und geschmeidig an, irgendwie verjüngt, und das letzte Stück lief ich Suzanne davon.

Oben angekommen, blieb ich stehen, atmete tief durch und starrte in das sich unter mir ausbreitende Tal hinunter. Dort, mehrere hundert Meter weiter unten, hinter einer kleinen Anhöhe und danach einer weiteren Senke, lag eingebettet in Redwoods das Hauptsägewerk der Allied Lumber Company, dessen alternde Fassade aus dem neunzehnten Jahrhundert sich als Silhouette vor dem Hintergrund des letzten Schimmerns der untergehenden Sonne abzeichnete.

17

Ich erinnere mich noch so gut an das erste Mal, als ich Simon geschlagen hatte, weil ich mich anschließend übergeben musste. Es war nicht sehr viel gewesen – ich war damals auf Diät, deswegen war mein Mageninhalt gering –, aber das Wenige, das drin war, landete im Sandkasten des Echo Park Alternative Center for the Child, einem progressiven Kinderladen, der von uns Renitenten immer noch im kooperativen Sechzigerjahrestil geführt wurde, obwohl man bereits Ende der Siebziger schrieb.

Es war der Tag gewesen, an dem ich als Elternteil dem Lehrer bei der Beaufsichtigung der Kinder helfen sollte – eine etwas sonderbare Beschäftigung für einen frisch gebackenen Detektiv, der den großen Teil der restlichen Woche damit verbrachte, nur selten kooperationsbereite Zeugen in Fällen von Polizeibrutalität aufzuspüren. Aber da war ich und gab mein Bestes, mich einzubringen und den Kids zu helfen, die allen gehörenden Spielsachen gerecht zu verteilen. »Sie gehören allen!« lautete das Credo der Einrichtung. Unnötig zu sagen, dass sich Theorie und Praxis nicht immer auf einen Nenner bringen ließen. »Das ist *mein* allen!«, brüllten die Kids und forderten ihre alleinige Verfügungsgewalt über gewisse Gegenstände ein, die mit ihrer eigenen Abstammungslinie assoziiert wurden – oder mit einer eingebildeten Nähe zu derselben –, während sie den fraglichen Gegenstand mit Gewalt den Händen ihrer Gleichrangigen entrissen und damit auf entschieden nicht kooperative Art deren Köpfe malträtierten.

In genau eine solche Aktivität war Simon an diesem Tag vertieft. Er riss einen Plastikwerkzeugkasten, den er von meinem Vater bekommen hatte, einem Mädchen namens Sundown aus den Fingern und gab ihr mit dem Hammer eins auf die Nase, wobei er mit all der Puste seiner dreijährigen Lunge das allseits beliebte »Das ist *mein* allen!« brüllte. Fast hätte ich laut losgelacht. Als ich aber sah, wie Diana Weinfeld, die Lehrerin, mich anstarrte, als wäre ich das übelste Exemplar eines asozialen Subjekts, packte ich Simon um die Taille, trug ihn außer Sichtweite hinter den Abenteuerspielplatz und verpasste ihm eine Tracht

Prügel wie aus einem Roman von Harriet Beecher Stowe. »Du musst lernen zu teilen!«, brüllte ich vielleicht ein Dutzend Mal, während ich ihm ordentlich den Po versohlte. Als Dreingabe warf ich ein paar idiotische Statements ein wie »Allen gehört allen! Vergiss das niemals!« (was mit Sicherheit nicht in die Geschichte der idealistischen Rhetorik einging) und legte sicherheitshalber noch ein paar Klapse auf den Oberschenkel drauf. Als ich ihn schließlich wieder auf die Beine stellte, weinte der kleine Junge fürchterlich. Er taumelte ein paar Schritte und brach dann über der Wippe zusammen. Es war genau dieser Moment, als mir schrecklich schlecht wurde und ich mein schäbiges Souvenir im Dreck des Schulsandkastens hinterließ, direkt neben einem nicht begehrten kaputten Plastiklöffel, der eindeutig und unbestreitbar »allen« gehörte.

Ich hatte seit Jahren nicht mehr an diese Episode gedacht, aber genau das kam mir als Erstes in den Kopf, als ich Simon gegenüberstand und begriff, dass ich womöglich gegen meinen erwachsenen Sohn würde kämpfen müssen. Diese Vorstellung begeisterte mich in vielerlei Hinsicht wenig, wobei der nächstliegende Grund einfach der war, das er knapp zehn Zentimeter größer war als ich und dazu einen bemerkenswert muskulösen Oberkörper besaß, den er sich auf einem Surfbrett durch jahrelanges Paddeln gegen die tückischen Meeresströmungen antrainiert hatte. Außerdem war er schon immer ein starker Junge gewesen, als hätte er die Gene eines russischen Ringers von einem obskuren Zweig an meinem oder Suzannes Stammbaum geerbt. Schon als äußerst schüchterner Fünftklässler war er stark genug gewesen, dem größten Rabauken der Schule einen doppelten Armbruch zu verpassen, indem er ihn einfach am T-Shirt gepackt, hochgehoben und dann gegen die Wand der Turnhalle gedonnert hatte.

Nichts davon wirkte beruhigend, aber es verblasste völlig, verglichen mit dem emotionalen Schmerz, auch nur einen Finger gegen mein eigen Fleisch und Blut heben zu müssen. Aber ich schien keine große Wahl zu haben. Inzwischen war es praktisch dunkel, und Suzanne und ich waren vor etwa einer halben Stunde den Abhang heruntergekommen, wieder auf- und erneut in eine Rinne abgestiegen, die ich von oben bereits bemerkt hatte, als wir schließlich einen alten Lagerschuppen etwas abseits zwischen den Bäumen sahen. Wir blieben stehen und starrten einige Minuten hinüber. Abgesehen von einem einsamen Vogel und einem schwachen, kaum hörbaren Summen, das vermutlich vom Sägewerk weiter unten heraufdrang, war es absolut still. Niemand schien in der Nähe zu sein, aber ich beschloss, trotzdem zu dem Schuppen zu gehen, wobei Suzanne einige Meter hinter mir blieb. Wir waren keine drei Meter mehr von der Tür entfernt, als die Hüter hinter den Bäumen auftauchten. Bevor ich auch nur an Flucht denken konnte, spürte ich einen Arm um meinen Hals und einen weiteren um die Taille. Jemand anderer hatte Suzanne in einem Haltegriff. Wir wurden in den Schuppen geschleppt.

»Ich glaubs einfach nicht, dass du das gemacht hast, Pop«, schimpfte Simon wütend, sobald wir drinnen waren. Wir waren vor eine Wand gestoßen worden und standen nun vor ihm, Karin und Bill. Max schaute von der Ecke aus zu. Hector und Sheila standen ein Stück entfernt und bewachten die Tür. »Du weißt gottverdammt genau, dass du hier unerwünscht bist – ihr beide. Ihr seid nicht verantwortlich für mich, und ich bin nicht verantwortlich für euch. Das ist endgültig vorbei. Warum bekommt ihr das nicht in eure Schädel?«

»Was sollen wir denn machen? Zulassen, das du ein Sägewerk abfackelst?«

»Ihr habt doch überhaupt keinen Schimmer, was wir tun.« Er warf Karin einen kurzen Blick zu. Sie nickte. Sie stand rechts von ihm vor mehreren Kanistergurten. Neben einem Stapel kleiner Holzkisten mit Kupferbändern darauf lehnte an der Wand hinter ihr eine grüne Fahne mit dem Logo der Hüter.

»Es sieht jedenfalls nicht so aus, als wolltet ihr eine Altentagesstätte gründen«, sagte Suzanne.

»Das wäre eure Lösung, stimmts?«, sagte Simon.

»Simon, das ist doch verrückt«, sagte ich. »Ihr seid doch nur Marionetten.«

»Marionetten?! … Du erwartest allen Ernstes, dass wir uns so was anhören …«

»Es ist mir egal, was du dir anhören willst«, brüllte ich. »Aber du wirst mir zuhören!« Ich fixierte einen nach dem anderen. »Was ihr jetzt plant und was immer ihr bislang getan habt … man hat euch dazu angestiftet … Jemand in diesem Raum ist ein Spitzel des Staates.«

»Was für ein durchsichtiger Affenscheiß«, sagte Simon. »Hältst du uns wirklich für so blöd, wir …?«

»Ich komme gerade von der California Forest Protection. Die haben mir praktisch gesagt, dass ihr infiltriert seid.«

»Diese abgewichsten Unternehmerhandlanger«, knurrte Simon. Er wandte sich angewidert ab.

»Das ist genau die Sorte Lügen, die sie absondern«, sagte Hector.

»Es war keine Lüge«, sagte ich. »Genau daran hat Springer gearbeitet. Es war auf seinem Computer.«

Es folgte ein betretenes Schweigen. Schließlich sagte Karin: »Falls es einen Spitzel in diesem Raum gibt, dann bin ich es.«

»Nein, ich«, sagte Bill.

»Ich bin der V-Mann«, sagte Max.

»Nein, ich«, sagte Sheila.

Schon bald stimmten alle ein: »Ich bins. Ich bins. Ich bins.«

Der einzige, der kein Wort sagte, war Simon. Schließlich drehte er sich um. »Ja, ich bins«, sagte er trotzig und starrte mich an. »Ich bin derjenige welcher.«

In der Ferne dröhnte ein Hubschrauber.

Ich warf Suzanne einen Blick zu. Sie sah aus, als werde ihr schlecht. Ich fühlte mich genauso.

»Wir können nicht noch mehr Zeit verplempern«, sagte Karin. Sie drehte sich zur Tür, sah auf ihre Uhr, trat einen Schritt vor und sagte etwas zu den anderen. Offensichtlich übernahm sie jetzt das Kommando. »Stockdunkel«, sagte sie. »Wir müssen uns auf die Socken machen.«

»Wissen Sie irgendwas von einer Werkstatt?«, fragte ich sie.

Sie beachtete mich nicht und gab Hector ein Zeichen, der daraufhin einen Kanistergurt vom Boden hob und sich umschnallte. Simon schnappte sich ebenfalls einen und ging hinaus. Alle rannten jetzt hierhin und dorthin, verließen den Schuppen, kamen wieder herein und schleppten Ausrüstungsgegenstände.

»Irgendwo hier in der Gegend gab es mal so was wie eine Bombenwerkstatt«, sagte ich und folgte ihnen. »Ich weiß nicht, was es genau war, jedenfalls wusste Claire Hannin davon.«

»Und ob sie das wusste«, sagte Karin. »Sie hätten ihr beinahe das Bein amputiert.« Sie stapelte die Holzkisten neben den Kanistern auf.

»Die CFP hing da mit drin. Vielleicht stellten sie die Ausbilder.« Ich lief hinter ihr her. »Die Frage ist nur: Wer waren die Schüler?«

Karin blieb stehen und sah mich an. Wir standen jetzt draußen vor der Tür. »Was spielt das noch für eine Rolle?«

»Ich weiß nicht so genau. Die Polizei behauptet, Claire Hannin hätte sich in ihrem eigenen Wagen selbst in die Luft gesprengt. Ich bin sicher, das hing irgendwie alles zusammen. Daniel Springer steckte mitten in den Recherchen über die Werkstatt, als er ermordet wurde.«

Karin starrte mich an, die erste Andeutung von Verwirrung verriet ihre Fassade des zur Schau getragenen militanten Selbstvertrauens. »Was wollte er denn herausfinden?«, fragte sie.

»Lassen Sie mir etwas Zeit«, sagte ich. »Ich bin gerade dabei, dahinter zu kommen.«

»Er hatte schon mehr als genug Zeit«, sagte Bill.

»Stimmt«, sagte Karin. »Massig.« Sie drehte sich zu Simon um, lächelte und berührte seinen Arm. Er erwiderte das Lächeln, während in der Ferne der Hubschrauberlärm wieder anschwoll.

»Nur ein paar Tage«, sagte ich. Aber niemand machte sich die Mühe, mir zu antworten. Ein Wind kam auf, als würde er uns von den Rotorblättern eines Hubschraubers entgegengeschleudert, und die Blätter bebten mit einem schrillen Lärm wie tausend Klapperschlangen. Suzanne umklammerte ihren Bauch. Wir anderen standen wie erstarrt da, bis Bill »Seht mal« sagte und durch die Dunkelheit auf den nächsten Berg zeigte. Drei schwarze Hubschrauber mit langen militärischen Rümpfen kamen genau auf uns zu wie bedrohliche Flugobjekte aus Batman; ihre riesigen Suchscheinwerfer waren auf die Bäume gerichtet, zuckten hin und her, genau wie in South Central L. A., wenn die Polizei hinter einem gestohlenen Auto oder einem Drive-by-Killer her war. Gleichzeitig bemerkte ich mehrere dunkle Landfahrzeuge – waren es ebenfalls militärische? – über den Highway zum Sägewerk fahren. Ihre hellen Scheinwerfer standen wie beim Batmobil dicht über dem Boden. Ich trat einen halben Schritt zurück. Ein säuerlicher, metallischer Geruch hing in der Luft, wie von einem schmutzigen Becherglas in einem Chemielabor. Der Wind wurde mit einem Mal unangenehm frisch.

»Wer hat sie gewarnt?«, sagte Karin und zeigte auf die vorrückenden Streitkräfte, während sie unsere Gruppe musterte, bis ihr Blick auf mich fiel und innehielt. Im reflektierten Licht der Militärfahrzeuge sah ich die tiefen, misstrauischen Falten auf ihrer Stirn. Sie sah kurz zu Bill hinüber, der zögerte und dann die Achseln zuckte, als wollte er sagen, es wärs nicht wert. Karin nickte und zeigte ins Tal. »Es wird Zeit«, sagte sie. Die anderen holten ihre noch fehlende Ausrüstung. Einer nach dem anderen brachen sie auf – zuerst Hector und Sheila, dann Bill, dann Karin. Und dann Simon. Er griff nach der letzten Kiste, von der ich vermutete, dass es sich um Sprengstoff handelte, als Suzanne mit einer seltsam ruhigen Stimme, die achtzehn Jahre widerhallte, sagte: »Was machst du da?« In meiner Fantasie stand ich auf dem Spielplatz des Echo Park Alternative Center for the Child, als Simon schuldbewusst einen Augenblick erstarrte und abwechselnd Suzanne und mich ansah. Wir standen etwa fünf Meter auseinander, ein gleichschenkeliges Dreieck aus Mutter, Vater und Kind. Simon bückte sich erneut nach dem Sprengstoff.

Ich wusste, dass ich ihn aufhalten musste. Ich lief einen Schritt, hechtete mich auf ihn und umklammerte seine Beine, während ich ihn so weit wie nur möglich von der Kiste fortdrängte. Er war so stark, wie ich erwartet hatte, und es war wie der Versuch, einen Bullen oder einen Hengst zu Fall zu bringen, aber weil meine Adrenalindrüsen pumpten wie eine Dampfmaschine, gelang es mir, ihn von den Beinen zu reißen. Er wehrte sich sofort, rammte mir die Ellbogen in den Bauch und machte einen unerwarteten Ausfall nach vorn. Er versuchte, mir zu entwischen, aber ich klammerte mich mit der letzten Unze Kraft, die mir noch geblieben war, an ihm fest. Wir rollten über den Boden zurück zum Schuppen, und seine Freunde folgten uns. »Geht los!«, brüllte er zuversichtlich. »Lasst uns zurück! Mit dem werde ich schon allein fertig!« Gleichzeitig griff er um meinen Rücken und riss mich hoch, schleuderte mich mit einem markerschütternden Ruck durch die Luft, drückte seine Knie auf meine Schultern und nagelte mich auf der harten Erde fest. Er scheuchte Karin und Bill mit einer Handbewegung fort und starrte mich von oben an. Aus den Augenwinkeln sah ich, dass alle zur Böschung gingen, während ich nach Luft schnappte. Ich fühlte mich, als würde ich jeden Augenblick Blut spucken.«

»Du bist viel zu alt für so was, du blöder Sack!«, sagte Simon.

»Und du bist ein Schwachkopf, weil du so was machst!«, erwiderte ich.

»Das denkst du wirklich, ja? Du tust immer so, als ob du alles respektierst, was ich mache, aber in Wirklichkeit tust du das überhaupt nicht, denn deiner Meinung nach bin ich nicht ausgeschlafen genug!«

»Das stimmt doch nicht. Ich …«

»Doch, es stimmt. Es war auch noch nie anders! Du hast mir nie zugetraut, dass ich irgendwas auch allein kapieren könnte!«, sagte er, umklammerte meine Schultern und schüttelte sie. »Aber der springende Punkt ist, ich kanns«, fuhr er fort und zog an meiner Wirbelsäule, bis sie sich bog wie eine Armbrust. »Du kapierst es nur einfach nicht! Ich habe diese Entscheidung ganz allein getroffen!«

»Ach, wirklich?«, sagte ich. Mein Sarkasmus muss wohl zu ihm durchgedrungen sein, denn für einen Augenblick erstarrte er und wartete darauf, dass ich fortfuhr. »Dann verrat mir doch bitte mal eines«, bat ich ihn, obwohl ich immer noch Angst vor seiner Antwort hatte. »Was zum Henker hast du eigentlich mit der Telefonnummer von Special Agent Bart gemacht?«

»Wer ist Special Agent Bart?«

»Der verantwortliche FBI-Agent in deinem Fall. Derjenige, dessen Telefonnummer auf deinem Kalender stand. Es war deine Handschrift!«

»Woher zum Geier soll ich das wissen? Du bist hier doch der brillante Detektiv! Mach dir doch selbst einen Reim drauf!«

Er verdrehte wieder brutal meinen Arm. Fast hätte ich aufgeschrien, als ich nach oben schnellte und ihm einen Tritt in den Unterleib verpasste, der ihn nach hinten fliegen ließ. »Du kleiner Drecksack«, sagte ich, sprang auf und stürzte mich auf ihn. Doch er war inzwischen selbst wieder auf den Beinen und umkreiste mich, während uns seine Mutter völlig fassungslos anstarrte. Ich holte weit aus und schlug daneben. Dann gleich noch mal.

»Nicht schlecht für so einen alten Greis«, kommentierte er, wobei sich ein breites Grinsen auf seinem Gesicht ausbreitete.

»Noch bin ich nicht tot«, sagte ich. Ich stürzte mich wieder auf ihn, packte einen Arm und zog ihn ihm auf den Rücken, versuchte, einen Haltegriff hinzukriegen. »Du wirst nicht da runtergehen!«, brüllte ich. »Niemals!«, fügte ich hinzu, als wir Schüsse weiter unten hörten. Wir hielten beide einen Moment inne und starrten zu den Suchscheinwerfern hinab, die über den Bergrücken zuckten. Fünfzig Meter unterhalb rannten ein halbes Dutzend State Troopers zu einer Stelle, wo eine Frau der Länge nach über einem Felsblock lag.

Simon schrie voll Schmerz auf und stürmte in ihre Richtung.

»Nein! Tus nicht!«, brüllte ich noch, folgte ihm so schnell ich konnte und fing ihn kurz hinter dem Schuppen ab. Er versuchte, an mir vorbeizukommen, aber ich reagierte wie ein Verteidiger und sah jede seiner Bewegungen voraus. Er war wütend und wollte um jeden Preis zu ihr, aber ich musste verhindern, dass er dort hinunter kam, und wenns das Letzte war, was ich tat. Ich drängte ihn weiter und weiter auf die Bäume zu, trieb ihn in die Enge. Völlig frustriert und mit Tränen auf dem Gesicht schlug er einen weiten Bogen um mich und lief durch den Wald weiter, fand dann einen anderen Weg und rannte den Berg hinunter zu dem Felsen. Er drängte die völlig überraschten Trooper einfach beiseite, beugte sich über Karin, drückte sie an sich, redete auf sie ein und flehte sie an, am Leben zu bleiben. Sie sah ihn einen Moment an, berührte seine Wange und sagte etwas, bevor ihr Kopf nach hinten wegkippte.

»Simon! Geh weg!«, brüllte ich, aber mein Rat war nutzlos und kam sowieso viel zu spät, war beinahe absurd. Ohnmächtig verfolgte ich, wie die State Troopers sie umstellten, Karin aus seinen Armen hoben und Handschellen um seine Handgelenke schnappen ließen.

18

Das wirklich Ärgerliche an Alltagsweisheiten ist, dass sie häufig zutreffen. Ich habe mein ganzes Leben dagegen rebelliert – mir erschienen sie immer wie eine Schachtel, die meine Freiheit einengte –, aber am Ende musste ich doch meistens klein beigeben. Die Alltagsweisheit bezüglich einer Krise lautet, dass man sich nicht einfach hinsetzen und heulen kann – man muss sich von der schrecklichen Realität seines Schmerzes distanzieren, um die unmittelbar anstehende Situation in den Griff zu bekommen. Später, wenn man Gelegenheit dazu hat, kann man sich dann erlauben zusammenzubrechen. Und genauso verhielt ich mich in jener Nacht, als ich mit Suzanne auf dem Rücksitz eines Streifenwagens der CHP die ungefähr fünfunddreißig Kilometer nach Norden von Glasgow bis nach Eureka zurücklegte. Unserer war der letzte in einer Karawane von insgesamt fünf Fahrzeugen: zwei von der CHP, zwei vom Humboldt County Sheriff und einer von der Nationalgarde, die bei dieser Sache anscheinend um Hilfe gebeten worden war. Simon saß zwei Fahrzeuge vor uns in einem Wagen des Sheriffs. Wenn ich mich vorbeugte, konnte ich gelegentlich für einen Augenblick seine Silhouette erkennen. Einmal, an einer Ampel, meinte ich sogar, das Schimmern seiner Handschellen im Rückspiegel gesehen zu haben.

Zu diesem Zeitpunkt trug ich selbst keine Handschellen, hatte aber keine Ahnung, ob ich nicht doch noch offiziell festgenommen würde, also versuchte ich mir in Gedanken zurechtzulegen, was ich sagen konnte und was nicht und wen ich anrufen sollte, falls mehr als ein Anruf erlaubt wurde. Konnte ich nur einen machen, würde ich meinen alten Freund Jack Koufax anrufen, den Verteidiger mit dem berühmten Familiennamen, der es schon vor langer Zeit aufgegeben hatte zu bestreiten, mit dem ehemaligen Pitcher der Los Angeles Dodgers verwandt zu sein, dem bekanntesten aller jüdischen Sporthelden. Obwohl Jack in den letzten Jahren meistens nur kleine Betrüger und Crackdealer verteidigte, hatte er sich in den Sechziger- und Siebzigerjahren in mehreren wichtigen politischen Prozessen hervorgetan, und ich fand, dass er der perfekte Mann für diesen Job war. Wichtiger noch, er kannte Simon von früher – unsere Kinder waren zusammen aufgewachsen – und ich wusste, dass er verständnisvoll sein würde. Dann dachte ich darüber nach, was bezüglich der Medien zu tun war, ob ich Andrea Yamaguchi von der *L. A. Times* anrufen und versuchen sollte, der Sache einen anderen Effet zu geben, damit Simon und seine Freunde in der Öffentlichkeit nicht als eine Gruppe verrückter junger Extremisten mit Molotowcocktails porträtiert wurden. Aber was sollte ich ihr sagen? Ich wusste ja nicht einmal, was sie geplant hatten. Als Karin zwei Schüsse in die Brust und einen in den Rücken bekam, wurde auch die Kiste getroffen, die sie getragen hatte. Soweit ich sagen konnte, flog nichts in die Luft. Allerdings hatte ich auch nicht viel Zeit, irgendetwas herauszufinden. Keine Minute, nachdem Simon von den Troopers verhaftet worden war, wurden Suzanne und ich von zwei jungen Cops der Highway Patrol gebeten, sie zu ihrem Wagen zu begleiten, was wir auch aus freien Stücken taten. Dabei registrierte ich aus dem Augenwinkel, dass Hector mit Max in ein ähnliches Fahrzeug abgeführt wurde. Anscheinend waren Bill und Sheila noch nicht gefasst worden, als wir uns Eureka näherten, obwohl ich den Mitteilungen über Polizeifunk entnahm, dass inzwischen eine Fahndung nach einem männlichen und einer weiblichen Weißen angelaufen war, beide Mitte zwanzig und wahrscheinlich bewaffnet und gefährlich.

Zu diesem Zeitpunkt befanden wir uns vor dem Humboldt County Court House, einem tristen Gebäude aus den frühen Sechzigerjahren, in dem neben dem Gericht das County Sheriff's Department sowie das Gefängnis untergebracht waren. Als wir in die Tiefgarage einbogen, sah ich Suzanne an. Wir hatten während der Fahrt kaum ein Wort gewechselt, sondern nur Händchen gehalten. Ich wusste, dass sie in einer Krise einen kühlen Kopf behalten würde – wie 1973, als bei dem Erdbeben eine Wand unseres Schlafzimmers einstürzte, oder wie ein Jahr später, als wir nach Hause kamen und in unserem Wohnzimmer einen PCP-Süchtigen vorfanden, der mit einer Halbautomatik in der einen Hand wild herumfuchtelte, während er mit der anderen unsere Stereoanlage demontierte. Tatsächlich würde sie sogar cooler sein als ich. Ich flennte immer, wenn alles vorbei war. Sie heulte nie.

Und tatsächlich war sie ruhig wie nur was, als wir eine halbe Stunde später im klaustrophobischen Eingangsbereich des Gefängnistrakts einem Detective der Mordkommission namens Pirelli gegenüberstanden. Er informierte uns, dass wir in dieser Nacht Simon nicht mehr sehen könnten, auch wenn es erst halb neun war. Das förmliche Festnahmeverfahren sei noch nicht beendet, und wenn er das hinter sich und seine Gefängniskleidung erhalten hätte, wäre es bestimmt schon weit nach dem Umschluss um neun Uhr. Darüber hinaus sei täglich zwischen acht und drei Besuchszeit, wobei Ausnahmen ausschließlich auf genehmigten Antrag eines in Kalifornien zugelassenen Rechtsanwalts gemacht wurden – nicht, wie in Suzannes Fall, auf Antrag eines Anwalts aus einem anderen Bundesstaat. Allerdings würde man Simon seinen ihm zustehenden Anruf erlauben, und ich nannte dem Detective Jack Koufax' Telefonnummer. Ich bat ihn, meinem Sohn auszurichten, ich hätte bereits bei Mr. Koufax' Telefonservice hinterlegt, dass er anrufen werde. Pirelli nickte und steckte die Nummer in seine Tasche. »Sagen Sie ihm bitte auch, dass wir ihn lieben«, fügte Suzanne hinzu. Der Detective sah nicht so aus, als würde er das machen. Gleichwohl versicherte er uns, dass wir beide keiner Straftat beschuldigt wurden. Obwohl ich im Gegensatz zu Ms. Greenhut nicht in der Lage sei, ein gültiges Ausweispapier vorzulegen (ich schenkte es mir zu erklären, dass sich meine Brieftasche im Besitz der California Forest Protection befand), habe sich Special Agent Bart vom FBI für meine Identität verbürgt, und somit stand es uns beiden frei zu gehen. Anscheinend beabsichtigte Bart nicht, die angedrohte RICO-Anklage durchzuziehen.

Ich hütete mich, nach einem Grund zu fragen, und so verließen wir schweigend durch die Sicherheitsschleusen, die Treppe hinunter und durch den Nebenausgang das Gerichtsgebäude. Als wir wieder auf der Straße standen, bekam meine Selbstbeherrschung die ersten Risse. Suzanne zeigte auf ein Best Western an der nächsten Straßenecke, und wir machten uns auf den Weg. Dann bemerkte ich die Spiegelung des Gefängnisfensters in dem Bürogebäude auf der anderen Straßenseite. Durch eine dicke Sicherheitsglasscheibe starrte ein uniformierter Wärter nach draußen, hatte die kräftigen Arme selbstzufrieden verschränkt. Ich schaute fort, fühlte mich mit einem Mal von der Trostlosigkeit der Situation überwältigt und schrie plötzlich auf, fast wie ein kleines Kind. Auf dem Weg zum Motel umklammerte ich Suzannes Arm. Als wir die Lobby betraten, schluchzte ich laut und konnte den Mann an der Rezeption nicht ansehen, während Suzanne das Anmeldeformular ausfüllte und ihm ihre Kreditkarte gab. Ich schaffte es gerade noch bis in unser Zimmer, wo ich dann eine ganze Weile hemmungslos heulte. Aber selbst das war nicht von Dauer. Ich hatte nur einen Trost: Sollte sich herausstellen, dass Simon ein FBI-Spitzel war, würden sie ihn früher oder später laufen lassen müssen. Aber das war schon ein *toller* Trost.

»Kannst du schlafen?«, fragte ich sie später. Das Licht war aus, und wir wälzten uns bereits seit fast einer Stunde in unseren Einzelbetten.

»Nein«, sagte sie mit angespannter, kaum hörbarer Stimme. Ich war mir ihrer Schmerzen zunehmend bewusster geworden, während ich dalag und auf sie lauschte, meine Gedanken von meiner eigenen Kindheit zu den Ereignissen der letzten Stunden und wieder zurück rasten, kurz bei der Anfangsphase unserer Ehe verweilten und dann nach vorn zur Scheidung stürmten, den Aussöhnungsversuchen, dem endlosen Hin- und Herkutschieren der Kinder an den Wochenenden, Jacob, der mir sagte, dass Simon sich nie an die guten Zeiten erinnern werde, dass er viel zu jung sei, wie Simon und ich auf dem Schulhof im Laurel Canyon Basketball spielten und er mich das erste Mal schlug, wie Jacob sich als Schwuler outete, wie sehr Simon das verabscheute und sich dann damit abfand, wie wir drei zusammen Skilaufen gingen und wie Simon Karikaturen süßer kleiner Tiere mit den großen verlorenen Augen von Tweety malte, als mein Vater starb.

Ich drehte mich um und sah Suzanne an. »Ist das der schlimmste Tag deines Lebens?«, fragte ich.

»Ja«, antwortete sie. Eine Minute später fügte sie hinzu: »Versuch zu schlafen.«

»Ich bezweifle, dass ich das kann«, seufzte ich. Suzanne lachte leise und drehte sich auf die Seite.

»Komm doch rüber«, sagte sie und klopfte auf die Matratze. Ich stieg aus meinem Bett und schlüpfte neben sie. Sie nahm mich in die Arme. Ich legte meine Arme um ihren Rücken und drückte sie an mich, meine Lippen berührten flüchtig ihren Mund, und dann noch einmal etwas energischer. Unsere Körper falteten sich zusammen, unsere Beine verschränkten sich genau wie früher. Es fühlte sich vertraut und sicher an. Kurz darauf war ich in ihr. Zum ersten Mal seit fünfzehn Jahren schliefen wir miteinander, bewegten uns mit einer Intensität und Hingabe, wie ich mich nicht erinnern konnte, sie in jüngeren Jahren erlebt zu haben. Ich hatte mich immer gefragt, wie es wohl gewesen wäre, wieder mit Suzanne zusammen zu sein. Aber in einer so einmaligen, so extremen Situation war das unmöglich zu sagen. Ich wusste nur, dass es sich in diesem Augenblick wie die Lösung von allem anfühlte.

»Ist das jetzt ein Mitleidsfick?«, fragte ich sie, als wir einen Moment aufhörten.

»Für uns beide«, sagte sie.

Kurz danach schlief ich ein. Als Nächstes erinnerte ich mich an meinen Vater in seinem Krankenhauslabor. Es muss ein Traum gewesen sein, denn ich war ein kleiner Junge von ungefähr sieben Jahren und zerrte an seinem weißen Kittel, während er mit den Tieren in den Käfigen experimentierte. »Hilf mir, Daddy. Hilf mir«, flehte ich ihn an, doch er reagierte nicht. Ich zerrte und zog an seinem Kittel, bis er sich schließlich umdrehte. Er öffnete den Mund und versuchte zu sprechen, aber kein Wort kam heraus. Stattdessen streckte er die Hand nach mir aus. Seine Hände und Arme waren voller klaffender Wunden, und eine einsame Träne aus Blut rollte über seine rechte Wange. Dieser Anblick ließ mich aufwachen, und ich setzte mich erschreckt auf. Es war Tagesanbruch, und an Weiterschlafen war nicht mehr zu denken. Wenig später wachte Suzanne auf. Wir gingen in einem rund um die Uhr geöffneten Imbiss unseren Morgenkaffee trinken.

Wir waren die Ersten in der Schlange zur Besuchszeit und konnten Simon gegen Viertel nach acht sehen. Wir warteten an einem Tisch in einem kleinen Besprechungszimmer, als ein Deputy ihn hereinführte.

Simon trug eine weite graue Gefängnisuniform und Handschellen. Er setzte sich vor uns, und ein zweiter Officer baute sich hinter ihm auf.

»Sie ist tot, stimmts?«, waren seine ersten Worte wie zur Bestätigung von etwas, das er längst wusste.

Suzanne und ich nickten und schilderten ihm die Details. Karin war bewusstlos auf die Intensivstation des Humboldt State Hospital eingeliefert worden und nicht mehr aufgewacht. Simon wurde kreidebleich, als wir es ihm erzählten. Suzanne griff über den Tisch, um ihn zu trösten, aber der Wächter gab ihr zu verstehen, dies sei nicht erlaubt.

»Hast du Jack Koufax erreicht?«, fragte ich.

Er schüttelte den Kopf. »Vielleicht kann Mom es übernehmen.«

»Du brauchst einen richtigen Strafverteidiger«, sagte Suzanne. »Es ist noch früh. Er wird anrufen.«

Simon nickte und rückte seine Handschellen zurecht. Ich sah, dass er gegen die Tränen ankämpfte. Es war unerträglich, ihn so zu sehen.

»Du musst stark sein«, sagte ich und bedauerte diese Worte sofort. Warum sollte er stark sein?

»Keine Angst, Pop«, antwortete er trotzdem. »Ich komme schon klar.«

Dann saßen wir einen Moment lang schweigend da. Es gab so viele Dinge, die ich ihn fragen wollte, aber ich wusste nicht, wie ich in Gegenwart der Wächter, die jedes einzelne Wort mithörten, meine Fragen formulieren sollte. Und weil Suzanne in Kalifornien keine Anwaltszulassung besaß, gab es auch keine unmittelbare Möglichkeit, unsere Unterhaltung unter dem Schutz des Anwaltsgeheimnisses fortzusetzen.

»Wie konnten die uns so mühelos finden?«, fragte Simon schließlich. »Das kapier ich einfach nicht.«

»Ich auch nicht«, sagte ich. Der Wärter neigte interessiert den Kopf. Ich warf ihm einen schrägen Seitenblick zu und sah dann betont Simon an. »Es war am Arsch der Welt«, fuhr ich fort. »Wie konnte es sein, dass wir alle zum gleichen Zeitpunkt dort auftauchten?«

»Wegen diesem chinesischen Restaurant«, sagte Simon plötzlich. Ich starrte ihn neugierig an. Wovon redete er da?

»Alle waren verrückt nach diesem *moo goo gai pan*«, sagte Suzanne und nannte ein Lieblingsgericht unserer Familie, als die Kinder noch klein waren.

»Ich hätte nicht gedacht, dass es so scharf war«, sagte Simon.

»Wo hats dir denn besser geschmeckt?«, fragte ich hoffnungsvoll.

»In Garberville gibt es ein Lokal, direkt gegenüber von dem Haushaltswarenladen. Aber ich glaube, es ist jetzt geschlossen.«

»Das kantonesische Restaurant?«, fragte ich und hatte weder die leiseste Ahnung, was er meinte, noch hatte ich in ganz Garberville überhaupt irgendein chinesisches Restaurant gesehen.

»Hm-hmh«, sagte er. »Karin mochte es.« Dann sah er wieder traurig aus. Wir machten noch ungefähr fünfzehn Minuten Smalltalk. Suzanne versprach, ihm ein paar Surfermagazine und Aquarellfarben zu besorgen, falls er die haben durfte. Und ich spulte die Basketballergebnisse herunter, die ich in der Morgenzeitung gelesen hatte. Alles wirkte völlig absurd. Dann machte der Wärter ein Zeichen, dass unsere Zeit abgelaufen war.

Nicholas Bart erwartete uns im Eingangsbereich des Gefängnisses, als wir herauskamen.

»Weil gegen Ihren Sohn nach Antiterrorgesetzen des Bundes Anklage erhoben wird«, informierte er uns, »wird er morgen ins Bundesgefängnis auf Terminal Island verlegt. Es tut mir Leid, dass ich Ihnen das mitteilen muss, aber dann ist er wenigstens näher an Zuhause, stimmts?« Bart sah mich an. »Zumindest was Sie betrifft, Mr. Wine.«

»Ich würde überallhin gehen, um ihn zu verteidigen«, sagte ich.

»Davon bin ich überzeugt«, sagte Bart.

Die Wahrheit war, ich kannte Terminal Island im Los Angeles Harbor bei San Pedro gut. Ich war viele Male dort gewesen und hatte mit Häftlingen gesprochen, manchmal sogar im Hochsicherheitstrakt, wo die Kapitalverbrecher und großen Drogendealer einsaßen. Es war nicht die andere Seite der Hölle wie Pelican Island, aber es kam schon nahe genug heran, um für jeden weißen Mittelschichtsjungen das Leben kaum noch lebenswert erscheinen zu lassen, gleichgültig, in welcher Verfassung er sich befand.

»Was ist mit einer Kaution?«, fragte ich.

»Das liegt allein am Richter«, sagte Bart. »Das wissen Sie doch. Die offizielle Anklageerhebung wird irgendwann Anfang nächster Woche erfolgen. Aber bei Terrorismusfällen …« Er zuckte die Achseln.

»Er ist nicht Scheich Omar Abdel Rahman.«

»Das weiß ich auch, Mr. Wine. Aber es gibt Gesetze in diesem Land. Sie gelten für unsere eigenen Bürger ebenso wie für Ausländer.«

Ich starrte Bart einen Moment an. Dann sah ich Suzanne kurz an, bevor ich meinen Blick wieder auf den FBI-Agenten richtete. »Sind Sie sicher, dass Sie meinem Sohn noch nie begegnet sind?«, fragte ich. »Er hatte Ihre Telefonnummer.«

Bart runzelte die Stirn. »Ach, ja?«

»Das hier klebte am Kalender in seiner Wohnung.« Ich nahm den Post-it aus meiner Tasche und zeigte ihm den Zettel.

»Hochinteressant«, sagte Bart. »Das ist tatsächlich meine Nummer … Aber ich habe keine Ahnung, aus welchem Grund er sie besitzen sollte. Vielleicht wollte er ein Geständnis ablegen.«

»Das wäre aber merkwürdig. Mir hat er gesagt, er hätte keinen Schimmer, wer Sie sind.«

»Glauben Sie ihm?« Bart lächelte, bevor ich eine Erwiderung formulieren konnte. »Nun, Sie kennen Ihren Sohn besser als ich … Und außerdem wäre es dafür jetzt ohnehin ein bisschen zu spät.« Er schickte sich an, uns hinauszubegleiten. »Jetzt ist die Sachlage eine völlig andere. Natürlich besteht jederzeit die Möglichkeit zur Kooperation, wenn es das wirklich will. Der Bundesanwalt könnte im Falle eines so jungen Angeklagten auf Milde plädieren. Wer weiß?« Wir erreichten die Tür. Bart hielt sie uns auf und sah mich einen Moment an, dann deutete er auf das Post-it in meiner Hand. »Überlassen Sie das doch mir, damit ich es in unserem Labor untersuchen lassen kann.«

»Das halte ich nicht für erforderlich«, sagte ich und steckte den Zettel wieder ein. Ich nahm Suzannes Arm, und wir eilten hinaus.

19

»Lieben Sie sie einfach«, hatte unser Arzt gesagt. »Lieben Sie sie und lieben Sie sie und lieben Sie sie. Mehr müssen sie im Grunde nie tun.«

Wir Eltern des Echo Park Alternative Center for the Child gingen mit unseren Kindern alle zum selben Kinderarzt in Silver Lake, einem großen, mageren Vegetarier mit jüdischem Afro-Look und einem gutmütigen Lächeln. Er versicherte uns immer, dass wir alle Teil der Natur seien und unsere Kinder zu starken und ehrlichen Erwachsenen heranwüchsen, wenn wir ihnen nur viel Zuneigung, jede Menge Muttermilch und nicht zu viel Fleisch gäben. Der Kinderarzt wurde zu so was wie einer lokalen Legende, und seine Praxis – wo Poster der Pazifistin Sister Mary Corita mit der Warnung »Krieg ist ungesund für Kinder und andere Lebewesen« neben Stoffdrucken der Huichol-Indianer hingen – zu einer Art Gemeindezentrum. Wenn unsere Kinder krank waren, brachten wir sie schnellstens rüber, und er sagte uns, wir sollten nicht in Panik geraten, sondern sie einfach mal fest in den Arm nehmen und ihnen einen dicken Kuss geben. Machten wir uns Sorgen, dass wir sie bestrafen mussten, weil sie in der Schule oder mit Gleichaltrigen ein Problem hatten oder später, weil sie einfach irgendwohin verschwanden, ohne uns etwas zu sagen, oder ihren Hausarrest ignorierten, dann sagte er uns, wir sollten uns keine Gedanken machen. Es sei einfach entwicklungsbedingt. Außerdem hielt er sowieso nichts von Hausarresten. Oder von Strafen. Oder überhaupt von Disziplin. Er war wie die meisten von uns überzeugt, dass Kinder wie unseresgleichen mit Respekt behandelt werden mussten. Den Erziehungsratschlägen eines Dr. Benjamin Spock, des Gurus unserer Eltern, begegnete er mit größter Skepsis, war sein Ansatz doch viel zu wissenschaftlich und streng, man könnte fast sagen, zu preußisch, und zu allem Übel hatte er auch noch der heiligen Muttermilch zu Gunsten von Fläschchen und Dosennahrung abgeschworen. Dies lief auf eine kapitalistische Verschwörung hinaus, vertraute mir der Kinderarzt einmal an. Gott beziehungsweise Krishna sei Dank widerrief Spock am Ende und ergriff die Partei unserer Generation in ihren Kämpfen für Frieden und Gerechtigkeit.

Wenn sich die Familien trennten, was bei den meisten fast zwangsläufig der Fall war, ging die Mehrheit der Eltern unabhängig voneinander weiter zu diesem Kinderarzt, um in den fragmentierten Leben ihrer Kinder wenigstens für etwas Kontinuität zu sorgen, suchte bis zur Collegezeit und sogar noch darüber hinaus seinen Rat, wenn sich ihre Kids in einer Krise befanden. Er war so was wie ein Sicherheitsnetz in einer sich ärgerlicherweise verändernden Welt. Als Suzanne und ich an diesem Morgen aus dem Humboldt County Court House kamen, schoss mir tatsächlich kurz der fast schon instinktive Gedanke durch den Kopf, ihn auch jetzt wegen Simon um Rat zu fragen. Allerdings wirklich nur für einen Augenblick und dann auch mit einer Portion bitterer Ironie, war es doch gerade mal sechs Monate her, seit eine der Töchter des Arztes unter der Aufsehen erregenden Anklage verhaftet worden war, einen Luxuscallgirlring für Hollywood-Moguln und Stars zu betreiben, wobei der Doktor selbst beschuldigt wurde, das Sündengeld seiner Tochter zu waschen. Das waren also die Früchte von freier, permissiver Kindererziehung. Oder nicht? Aber dies war bestimmt nicht der richtige Augenblick, über die Feinheiten der Entwicklungspsychologie zu diskutieren. Jetzt war Handeln angesagt. Und das schnell.

Wieder im Motel, beschlossen Suzanne und ich daher, uns zu trennen. Sie wollte nach Los Angeles zurückfahren und bei den Vorbereitungen von Simons Verteidigung helfen, während ich im Redwood-Land blieb, um noch vor der offiziellen Anklageerhebung so viel wie möglich herauszufinden und mich mit dem zu befassen, was Bart unter »Kooperation« verstand. Die Vorstellung, mein Sohn könnte ein Spitzel des Staates sein, der den Rest seines Lebens in einem Zeugenschutzprogramm verbrachte, war nur unwesentlich attraktiver als die Aussicht, dass er den Rest seines Lebens im Knast verbrachte. Und falls er kein Informant im eigentlichen Sinn war, sondern die ganze Zeit den Provokateur gespielt hatte, was dann? Wohin verfrachtete man solche Leute? Lebten sie auf Staatskosten als »Nationalhelden« auf irgendeiner tropischen Insel? Würde ich ihn jemals besuchen wollen? Diese Aussicht empfand ich wieder nur unwesentlich reizvoller als die Vorstellung, dass mein Sohn eine Nazifrau heiratete. Ich hasste Bart schon allein dafür, dass er mich zu solchen Gedankengängen zwang, so verrückt und abwegig auch immer sie sein mochten. Und ich hasste mich dafür, sie zu denken.

Zu diesem Zeitpunkt jedoch hatte ich mich bereits fast daran gewöhnt, mich in einem Dauerzustand der Selbstzerfleischung zu befinden. Nach unserer Diskussion nahm ich das Telefon in die Hand und bestellte Suzanne ein Taxi. Anschließend rief ich Jacob in New York an und informierte ihn über den aktuellen Stand der Dinge. Einen Teil davon hatte er bereits in den Nachrichten gehört und war deshalb ziemlich erregt, als ich anrief. Er hatte sich die ganze Nacht über Vorwürfe gemacht. Er sagte, er habe meine auf Band gesprochene Warnung etwa fünfzehn Minuten nach meinem Anruf abgehört und wie vereinbart sofort über einen Remailer via E-Mail weitergeleitet. Einige Stunden später jedoch war er benachrichtigt worden, eine solche Internetadresse gebe es nicht. Und ab diesem Punkt fing er an, sich Vorwürfe zu machen. Hatte er die Adresse vielleicht nicht richtig verstanden? Hatte er einen Eingabefehler bei dem Remailer gemacht? Was war passiert? Ich sagte, er solle sich keine Gedanken machen – dazu wäre es sowieso ungefähr einen Tag zu spät –, und drängte ihn stattdessen, nach Los Angeles zu kommen und seiner Mutter zu helfen. Hier brauchten wir jede moralische Unterstützung, die wir kriegen konnten. Er versprach es mir.

Dann ging ich mit Suzanne nach unten und wartete mit ihr auf das Taxi. Der Himmel hatte sich zugezogen und es sah nach Regen aus. Wir standen einige Minuten dort, starrten zu den dunklen Wolken hinaus, die vom Meer aufzogen, und fühlten uns wie auf einer gemeinsamen Mission, als ich das Schweigen brach.

»Wegen letzter Nacht ...«, sagte ich.

»Ich habs doch schon mal gesagt – ein tröstender Fick für uns beide. Es wird nicht wieder passieren.« Sie schenkte mir ein Lächeln, das unter den gegebenen Umständen beinahe verschmitzt war.

»Richtig«, sagte ich, wobei ich das Lächeln kaum erwidern konnte, obwohl ich es versuchte. Sie bemerkte meine Verwirrung und lächelte mich weiter an, als wollte sie sagen: »He, Kopf hoch. Wir wissen doch beide, dass es letzten Endes so das Beste ist.«

Ich nickte schweigend. Es *war* das Beste. »Übrigens«, fuhr ich fort und machte einen weiteren Schritt auf den Abgrund zu, »du hast versprochen, mir etwas zu sagen, wenn ich Simon finde. Ich meine, ich habe ihn nicht wirklich gefunden, weiß ich, aber die Antwort hätte ich trotzdem noch gern.«

»Warum wir Schluss gemacht haben?«

Ich nickte.

»Ach, das weißt du doch längst.« Ich schwieg, also fuhr sie leicht ungeduldig fort. »Wir beide waren nie wie ein richtiges Ehepaar, wie Mann und Frau. Wir waren eigentlich immer schon eher wie Bruder und Schwester.«

»Waren wir das?« Ich klang entsetzter, als ich war.

»Moses, ich bitte dich. In unserer Ehe gab es alles außer echter Leidenschaft.«

»Ist doch gar nicht so übel.«

»Wahrscheinlich, auf eine Art, aber … du weißt doch bestimmt, was ich meine. Es war nicht der Sex. Weiß Gott, den hatten wir. Aber wir waren einander nie so vertraut wie echte Liebende. Wir haben beide etwas Besseres verdient.« Selbst wenn ich gewollt hätte, war es sinnlos, es zu bestreiten. Sie hatte ausgesprochen, was bei solchen Dingen der Wahrheit so nahe kam wie nur möglich, und das wusste ich so gut wie sie. Was mich jedoch nicht daran hinderte, ein mattes Lächeln aufzulegen. »Und hör endlich auf, dich zu bemitleiden«, fuhr sie fort. »Ich kaufs dir sowieso nicht ab … Außerdem kann es in vieler Hinsicht erheblich besser sein, eine gute Schwester zu haben als eine Geliebte. Wenn mans genau nimmt, kann es sogar eine der besten Sachen auf der Welt sein.«

Ihr Taxi kam, und ich griff in meine leeren Taschen. »Leih mir ein paar Hundert Mäuse«, sagte ich.

»Von Schwester zu Bruder?«

»Keine Angst. Du kriegst es zurück.«

»Wir arbeiten hier beide für dieselbe Sache«, sagte sie und zählte ein paar Scheine ab. »Was ist mit deinem Führerschein? Was machst du, falls du einen Wagen brauchst oder so?«

»Ich glaube, ich habe jemanden, der mir helfen kann.«

Sie zögerte, musterte mich wissend und lächelte wieder, bevor sie ins Taxi stieg. »Grüß sie von mir«, sagte sie. Ich nickte und wir winkten uns noch mal zu, als sie losfuhr.

Ich kehrte ins Motel zurück und rief Samantha Backus an. Ich hatte mir die ganze Zeit Sorgen gemacht, dass ihr etwas Schreckliches zugestoßen sein könnte, hatte diese Möglichkeit aber bewusst aus meinem Kopf verbannt, weil ich so vieles um die Ohren hatte und in dem Augenblick sowieso nur wenig tun konnte. Ich betete, dass mein 911-Anruf nicht erfolglos geblieben war. Ich sagte mir, dass diese Typen von der California Forest Protection wahrscheinlich doch nicht so skrupellos waren, wie sie taten. Hoffte ich wenigstens. Aber trotzdem bekam ich meinen dritten oder vierten kalten Schweißausbruch innerhalb der letzten vierundzwanzig Stunden – oder den fünften oder sechsten –, als ich auf das Klingeln des Telefons in der Redaktion des *Humboldt Herald* lauschte. Mit jedem weiteren Klingeln wuchs meine Anspannung. Ich beruhigte mich deshalb auch nur marginal, als sich schließlich jemand meldete und mich ohne das geringste Zögern zu Samantha durchstellte.

»Backus am Apparat«, meldete sie sich forsch.

»Ich bins«, sagte ich erleichtert, »Moses.«

»Oh, super.« Sie klang ebenfalls erleichtert. »Ich habe Sie schon überall gesucht. Ich habe Ihren Piepser angerufen und …«

»Der ist mir abhanden gekommen. Der und noch ein paar andere Dinge.«

»Kein Wunder. Wie gehts Ihnen? Sind Sie in Ordnung? Wie geht es Simon?«

»Ich bin okay. Für jemanden, der im Knast sitzt und dessen Freundin gerade gestorben ist, gehts Simon auch okay, vermute ich. Schwer zu sagen, was genau los ist … Wie geht es Ihnen?«

»Jetzt wieder besser. Ungefähr eine Stunde, nachdem Sie abgehauen sind, sind die beiden Kerle zurückgekommen und hätten mich fast umgebracht bei dem Versuch herauszubekommen, wohin Sie gegangen sein könnten. Die haben mir nicht geglaubt, dass ich keine Ahnung hatte. In letzter Minute ist dann, Gott sei Dank, die Polizei gekommen und hat sie verjagt. Irgendwer muss die 911 angerufen haben.«

»Gott sei Dank. Hören Sie … können Sie mir helfen?« Sie war sofort einverstanden. Ich bat sie um verschiedene Informationen, die ich brauchte, einige ältere Ausgaben ihrer Zeitung. Sie versprach, danach zu suchen.

Gut zwei Stunden später kam sie in dem Land Cruiser um die Ecke gedonnert. Bemerkenswerterweise schien er wieder völlig intakt zu sein. Ich stieg neben ihr ein und berührte ihre Schulter. »Danke«, sagte ich. »Wirklich.«

»Kein Problem«, erwiderte sie. »Ich mag Sie. Ich würde Ihnen sogar helfen, wenn Sie die 911 nicht angerufen hätten.« Sie lächelte mich verschmitzt an, was meine Laune unter normalen Umständen schlagartig aufgeheitert hätte. Selbst jetzt munterte es mich zumindest vorübergehend ein wenig auf. »Außerdem habe ichs Ihnen inzwischen mindestens ein halbes Dutzend Mal gesagt«, fuhr sie in ihrem sanft spöttischen Ton fort. »Ich bin Journalistin. Ich beute Sie aus, Sie erinnern sich? Vergessen Sie das nie.«

»Journalistin, genau«, sagte ich und musterte sie einen Moment, bevor ich mich nach hinten drehte, um mich zu vergewissern, dass ihr niemand gefolgt war. Es sah nicht so aus. »Da haben Sie aber jemanden gefunden, der Ihnen das verdammt schnell repariert hat.« Ich deutete mit einem Kopfnicken auf die Heckscheibe, die erst gestern im Kugelhagel zersplittert war.

»Wie ich schon sagte – das Leben in der Kleinstadt«, erwiderte sie immer noch lächelnd. »Hier kennt jeder jeden. Sie würden staunen, was ich alles geregelt bekommen könnte.«

»Kanns mir vorstellen«, sagte ich und fragte mich, was genau sie damit meinte.

»Und ob. Ich versprechs … So, und wo gehts jetzt hin?«

»Kennen Sie in Garberville ein chinesisches Restaurant?«

»Also, das nächste wäre das Yellow Panda acht Kilometer nördlich von der Stadt. Aber ich glaube, die haben geschlossen.«

»Genau das meine ich«, sagte ich. »Fahren Sie hin.«

Sie sah mich verblüfft an, zuckte aber dann die Achseln, fuhr los und deutete aufs Armaturenbrett. »Ich habe die Zeitungen gefunden, die Sie haben wollten. Ich musste nicht mal runter ins Archiv. Daniel hatte sie in seinem Schreibtisch.«

»Überrascht mich nicht«, sagte ich und griff nach den beiden Zeitungen, die zusammengefaltet auf dem Armaturenbrett lagen. Ich schlug die erste auf, es war der *Humboldt Herald* vom 14. Juni 1990. Eine fette Schlagzeile zierte die Titelseite: REDWOOD-SOMMER – HORROR! Darunter und direkt über dem Foto eines schwelenden Volvo, Baujahr Mitte der Siebziger, stand: EIN TOTER UND EINE VERLETZTE BEI AUTOEXPLOSION. Ich versuchte, die Zeitung einigermaßen ruhig zu halten, und überflog den Artikel, einen kurzen Tatsachenbericht über den Unfall. Claire Hannin, neununddreißig, Organisatorin des Redwood-Sommer und Vorsitzende der Earth People in Nordkalifornien, war bei einer Explosion unbekannter Ursache schwer verletzt worden, als sie auf dem Parkplatz des Quick-o-rama-Waschsalons in Willits ihren Wagen anlassen wollte. In ihrer Begleitung befand sich zu diesem Zeitpunkt der neunzehnjährige Ned Sayles, Student der Meeresbiologie an der UC Santa Cruz, der auf der Stelle starb. Die Ermittlungen über den genauen Unfallhergang waren noch nicht abgeschlossen. Es folgte die persönliche Versicherung des Sheriffs von Mendocino County, dass er keine Mühen scheuen werde, um die Ursache dieses tragischen Zwischenfalls aufzudecken. Der Artikel endete mit einem knappen Überblick über die Geschichte der Earth People.

Ich nahm mir die zweite Zeitung, datiert vom 9. Dezember 1990. Die Leitartikel waren eine banale Erörterung, ob für die bevorstehende Weihnachtsaufführung in Garberville öffentliche Gelder aufgebracht werden sollten, sowie ein Bericht über die Gewinner einer Blindverkostung von Weinen aus dem Mendocino County. In der unteren rechten Ecke standen die ersten Absätze einer Story von Daniel Springer. Die Schlagzeile lautete: BLUTIGER REDWOOD-SOMMER. Der Artikel begann mit einem Rückblick auf den Zwischenfall und ging dann auf der dritten Seite weiter, wo detailliert über die Beschuldigungen und Gegenbeschuldigungen von Polizei, FBI und den sich schnell auflösenden Earth People berichtet wurde, wer die Verantwortung für das Bombenattentat hatte, das auch nach sechs Monaten noch nicht aufgeklärt war. Claire Hannin selbst stand weiterhin unter Verdacht, die Bombe versehentlich in ihrem eigenen Wagen gezündet zu haben, während laut William Brindle, Sprecher der Earth People, die wahren Schuldigen in einer ruchlosen »antiökologischen Bürgerwehr« namens California Forest Protection zu suchen seien.

»Ob das derselbe Bill ist?«, fragte ich.

»Bill?«

»Einer der Hüter. Soweit ich weiß, ist er immer noch irgendwo dort draußen.« Ich deutete vage auf die riesigen Bäume, die an uns vorbeirasten. Dann sah ich wieder in die Zeitung. Der Artikel entfernte sich vom eigentlichen Fall und berichtete über einen Gedenkgottesdienst in Garberville aus Anlass von Ned Sayles' Geburtstag. Seine Familie war von der Ostküste herübergekommen, unter ihnen seine Großeltern, sein Vater und seine Schwester, eine Schülerin. Anscheinend war seine Mutter bereits jung gestorben. Zu diesem Zeitpunkt Ende 1990 wäre Ned zwanzig geworden, so alt wie Simon heute. Es folgten noch einige weitere Absätze, aber mir wurde schlecht vom Lesen beim Fahren, also legte ich die Zeitung aus der Hand und kurbelte die Seitenscheibe herunter. Es hatte gerade zu regnen begonnen, deshalb schloss ich sie schnell wieder.

Ein paar Minuten später hielt Samantha vor dem Yellow Panda, das bis zum Beginn der Touristensaison im Mai geschlossen war.

»Was machen wir hier?«, fragte sie.

»Ich weiß nicht. Wir suchen ein Haushaltswarengeschäft.«

»Hier gibts keines.«

Sie schien Recht zu haben. Die einzigen Gebäude gegenüber dem Yellow Panda waren ein verlassenes Lagerhaus und ein einsamer Andenkenstand, der ebenfalls bis Saisonbeginn geschlossen war. Die geschnitzten Figuren von Smokey dem Bär und Rudolf dem Rentier mit der roten Nase sahen im Regen aus wie vergessene Weihnachtsdekorationen. Ich stöhnte frustriert. Vielleicht hatte ich Simon falsch verstanden, als er von einem chinesischen Restaurant und einem Haushaltswarenladen sprach. Vielleicht machte er einfach nur ein Spielchen und versuchte, die Aufmerksamkeit des Wärters von unserem Gespräch oder sich selbst von der unerquicklichen Realität dessen abzulenken, was mit ihm passierte. Oder, die unangenehmste Alternative, er schickte mich auf Schnitzeljagd, nur um mich loszuwerden.

Doch dann bemerkte ich ein niedriges, eingeschossiges Gebäude etwa fünfzig Meter rechts von uns. Auf einer grauen Wellblechverkleidung stand dort in verblassenden grünen Lettern »Wiederaufforstungsbedarf«. Wenn schon kein Haushalts- oder Eisenwarenladen, so doch wenigstens nahe dran.

Samantha fuhr hinüber. Wir stiegen aus, liefen zu der Eingangstür aus drahtverstärktem Glas und klopften an, während wir uns vor dem Regen unter einen Dachvorsprung drängten. Keine Reaktion. Ich schaute durch die Scheibe. Drinnen war alles dunkel, kein Mobiliar außer zwei Stühlen und einem Schreibtisch, wo sich Papiere auf einem Computermonitor türmten. Wir klopften wieder an und warteten einige Minuten, als schließlich ein großer Mann mit gebeugten Schultern und einige Jahre älter als ich auftauchte und uns aus den Tiefen des Hauses anstarrte. Mit seinem roten Barett, den uralten Sandalen und einem abgetragenen Pullover, der allem Anschein nach bereits die Hälfte aller Motten des County ernährt hatte, erinnerte er an einen Flüchtling aus San Franciscos North Beach aus dem Jahr 1958. »Was wollen Sie?«, fragte er mürrisch und schlurfte zu uns herüber. Seine Stimme war weniger misstrauisch als nüchtern und dennoch gebieterisch.

»Keine Ahnung«, antwortete ich. »Mein Sohn schickt mich.«

Er trat an die Tür und sah mir in die Augen. »Wer ist das?«

»Simon Wine.«

Der Mann nickte und öffnete die Tür, trat zur Seite und winkte uns herein. Wir betraten einen kalten, feuchten Raum mit nacktem Betonboden. »Wer sind Sie?«, fragte ich.

»Amos Manling.«

»Der Gründer der Earth People?«, fragte Samantha beeindruckt. Genau wie ich. Ich war überrascht, ihn nicht sofort erkannt zu haben. Er war über Jahrzehnte eine bekannte Persönlichkeit gewesen, eine Legende seiner Generation, genau wie Stewart Brand oder Timothy Leary. Aber wer hätte erwartet, ihn hier mitten im Nirgendwo zu finden?

»Setzen Sie sich, setzen Sie sich«, sagte er und deutete auf die Stühle. Es waren schwarze Segeltuchfreischwinger aus den Fünfzigern. »Möchten Sie einen Tee? Ich habe Lemon Zinger, Almond Sunshine und falls Sie auf Koffein stehen auch einen tibetanischen Oolong. Sie müssen ziemlich fertig sein.« Er wartete, bis wir Platz genommen hatten, bevor er fortfuhr. »Ihr Junge hat mehr als genug Schwierigkeiten, um das ganze Sonnensystem durcheinander zu bringen!«

20

»Nach dem Redwood-Sommer war die Umweltschutzbewegung praktisch tot«, sagte Manling. »Zumindest in ihrer damaligen Form.« Er schritt wie ein Professor vor uns auf und ab, während wir den Tee schlürften, den wir, darauf bestand er, mit Zitrone und Sucanat nahmen, einer Zubereitung aus raffiniertem Zuckerrohrsaft ohne chemische Zusätze. »Und das war auch gut so. Wir hatten bereits gesiegt.«

»Gesiegt?«, warf ich skeptisch ein.

»Natürlich. Sie kommen aus Los Angeles, richtig? Selbst dort ist die Luft heute sauberer als noch vor zwanzig Jahren. Und das Elektroauto steht kurz vor der Markteinführung. Auch unser Wasser ist sauberer. Praktisch überall. Das ist eine Tatsache. Wenn die Umweltschützer einfach ihre Siege feiern würden, statt permanent herumzujammern, wären sie sogar noch schneller und noch weiter gekommen. Finden Sie nicht auch, Ms. Backus? Wir machen unsere Mitlebewesen durch positive Verstärkung klug und nicht, indem wir sie ständig bevormunden, als würden sie nicht auch auf diesem Planeten leben.« Er lächelte Samantha an und starrte unverfroren auf ihre Hüften und Beine, die in einer knappen Jeans steckten. »Möchten Sie noch etwas Tee? Oder wie wärs bei diesem kalten Wetter mit einem Armagnac? Beides zusammen ist extrem gut – übrigens Larry Ferlinghettis Lieblingsgetränk.«

»Nein, danke«, sagte ich.

»Corso und Kerouac bevorzugten Bourbon pur, auch wenn sie nach außen viel Wirbel darum veranstalteten, Ayahuasca und solche Sachen zu nehmen. Aber das war alles nur Bockmist.«

»Woher kennen Sie Simon?«, fragte ich schnell, bevor er mit einer Geschichte der Beatgeneration und der Zornigen Jungen Männer weitermachte.

»Durchs Surfen«, sagte er. »Früher habe ich oft den Surfern zugesehen. Sie sind die Zukunft, wissen Sie, sie befinden sich in Harmonie mit den Elementen und stehen doch über ihnen. Natürlich gibt es immer ein gewisses Risiko, dort draußen auf den großen Wellen … Haie, Strömungen.«

»Da haben Sie allerdings Recht. Mein Sohn befindet sich momentan in verdammt tiefem Wasser.«

»Ja, das ist er allerdings«, sagte Manling. »Tiefer, als Sie ahnen.« Er unterbrach seinen Redefluss unvermittelt und sah mich an. Ich erwiderte seinen Blick und runzelte die Stirn. Wie viel schlimmer konnte es denn noch kommen? Des zweifachen Mordes angeklagt zu werden war für meinen Geschmack schon tief genug. »Ich fürchte, sein Leben ist in Gefahr.«

»Was reden Sie da?«, sagte ich beinahe stotternd.

»Er hat zu viel herausgefunden, vermute ich«, sagte Manling.

»Über was?«

»Über das, was Karin Sayles wusste. Das arme Mädchen.«

»Karin Sayles?« Endlich hörte ich ihren Nachnamen, bei dem es sofort Klick machte. »Sie meinen Ned Sayles Schwester?«

»Ja, natürlich«, erwiderte er ungeduldig. »Wen sollte ich sonst wohl meinen?«

»Und was wusste sie?«

»Ach, das kann ich Ihnen nicht sagen, Mr. Wine. Ich war mit ihr nicht so intim wie Ihr Sohn. Sie war eine sehr eigensinnige junge Dame. Fest entschlossen, ihr eigenes Programm durchzuziehen.«

»Und welches war das?«

»Rache an einer unreinen Welt. Das Standardprogramm aller Ideologen – Lenin, St. Sebastian, Johannes vom Kreuz.«

»Das ist alles?«, sagte ich.

»Alles, was ich weiß.«

Ich warf Samantha einen Blick zu, die unbeweglich mit ihrem Tee in der Hand dasaß. »Sie müssen mir schon ein bisschen mehr helfen, Mr. Manling.«

»Würde ich ja gern tun, aber …« Er zuckte entschuldigend die Achseln.

»Sie wissen, was ich durchmache, könnte ich mir vorstellen. Wie jeder andere auch.« Er sah mich neugierig an. »Sie sind selbst Vater. Sie hatten doch mit Claire Hannin ein Kind, nicht wahr?«

»Woher wissen Sie das?«

»Claire hat eine Tochter. Sie waren mit ihr zusammen. Sie hat Sie vergöttert. Wer sonst sollte der Vater sein?«

»Warum fragen Sie nicht Lawton Stanley?«, erwiderte er, wobei sich seine Stimme plötzlich hob.

»Schon versucht.«

»Dann versuchen Sies noch mal … Hören Sie, Mr. Wine, ich erzähle Ihnen das Wenige, das ich weiß, weil ich glaube, dass Sie einen interessanten Sohn haben. Ich bin ihm einmal am Ocean Beach begegnet, als Claire und ich noch miteinander redeten. Er hat übrigens damals von Ihnen gesprochen, als wären Sie so etwas wie ein Ideal, dem er nie gerecht werden könnte. Ich weiß nicht, ob er deswegen wütend war oder einfach nur rebellisch, aber mir kam er sehr verletzlich vor, beinahe unschuldig. Ich hoffte, dass er weder von der einen noch von der anderen Seite manipuliert werden würde, aber das klingt heute anders. Ich sagte ihm, falls er jemals in Schwierigkeiten stecken sollte, würde ich versuchen, ihm zu helfen, und genau deshalb sind Sie wahrscheinlich jetzt hier. Ich kann Ihnen im Moment allerdings nur so viel sagen: Ich an Ihrer Stelle würde mal die Vergangenheit von Ned Sayles unter die Lupe nehmen.«

»Und was finde ich da?«

»Ich habe gehört, dass er früher ein Drogenproblem hatte. Mehr kann ich nicht sagen. Ich hätte vielleicht mehr in Erfahrung bringen können, aber das wollte ich nie. Man kann schöne Dinge auch zerstören, indem man sie sich zu genau ansieht.« Manling lächelte gezwungen und drehte sich zur Straße um. »Das schüttet ganz schön da draußen, was? Sie sollten sich jetzt besser wieder auf den Weg machen, wenn Sie nicht im Schlamm stecken bleiben wollen.« Er ging zur Tür. Es war offensichtlich, dass wir entlassen waren, also standen wir auf und folgten ihm. »War mir eine große Freude, Sie kennen zu lernen«, sagte er. »Und eine noch größere, Sie kennen gelernt zu haben, Ms. Backus, auch wenn Sie nicht gerade viel gesagt haben. Das bedeutet normalerweise, dass derjenige mehr weiß als wir anderen.« Wir schüttelten uns die Hand, und ich wollte gehen, doch Manling hielt mich am Arm fest und beugte sich zu mir. »Im Radio haben sie gesagt, das Anklageerhebungsverfahren gegen Ihren Jungen wird in Los Angeles stattfinden. Ganz schön weiter Weg bis da runter. Ich hoffe, die bringen ihn nicht mit dem Auto hin.«

»Keine Ahnung.«

»Lassen Sie michs wissen, wenn ich helfen kann. Ich gehe nie ans Telefon, aber Sie können mir eine Nachricht aufs Band sprechen oder schicken Sie mir einfach eine Mail unter dem Namen Alkibiades bei The Well.«

»Danke.«

Er ließ meinen Arm los und trat zur Seite. Samantha und ich liefen durch den Regen zum Land Cruiser und stiegen ein. Ich hielt es für eine gute Idee, Stanley noch einmal zu besuchen, also bat ich Samantha, nach Napa zu fahren. »Ich muss mit Bart sprechen«, sagte ich, als wir losfuhren. Sie bot mir ihr Mobiltelefon an, und ich wählte die Nummer des Sheriffs. Es war jetzt nicht der rechte Augenblick, um über die Abhörsicherheit von Mobilfunkverbindungen zu nölen. Ich hinterließ eine Nachricht für ihn, und keine fünf Minuten später rief er zurück.

»Hallo, Moses«, sagte er.

»Hallo, Nick. Reden wir uns jetzt schon mit Vornamen an?«

»Warum nicht?«

»Ich möchte Sie nur wissen lassen, dass ich Grund zu der Annahme habe, mein Sohn könnte sich in Gefahr befinden.«

»In Gefahr? Er sitzt in Einzelhaft im Gefängnis des Sheriffs.«

»Er wird morgen verlegt, stimmts? Falls ihm irgendwas zustößt, mache ich Sie persönlich dafür verantwortlich.«

»Ich bin verantwortlich. Ich leite den Fall.«

»Sie wissen schon, was ich meine.«

»Nein, das tue ich nicht … Aber falls Sie Beweismaterial haben sollten …«

»Ich habe schreckliche Angst, dass jemand meinen Sohn umbringen wird, Bart! Kapieren Sie das nicht?«

»Doch, das schon«, antwortete er mit der ruhigen Stimme von jemandem, der mit einem Verrückten redet.

»Sorgen Sie nur dafür, dass ihm nichts zustößt«, sagte ich.

»Ich werde mein Bestes tun.«

»Das will ich Ihnen auch gottverdammt raten. Es ist Ihr Job!«

»Das habe ich doch gesagt, oder etwa nicht? … Außerdem ist Ihr Sohn unser wichtigster Zeuge. Wir würden niemals zulassen, dass ihm etwas zustößt.«

Ich verabschiedete mich und unterbrach die Verbindung. »Gehts nicht ein bisschen schneller?«, sagte ich zu Samantha. Wieder waren wir auf dem 101 zum Chateau Montreux.

»Nur, wenn Sie so enden wollen«, sagte sie und zeigte auf einen Volkswagen, der anscheinend auf der regennassen Fahrbahn von der Straße abgekommen war. Sein Fahrer schien sich den Arm ausgekugelt zu haben, und ein Cop sprach in das Funkmikro seines Streifenwagens. »Das wird uns auch nicht weiterbringen.«

»Nein, wirds nicht«, sagte ich, nahm wieder das Mobiltelefon und wählte eine andere Nummer. Es klingelte mehrmals, bis sich dann endlich am anderen Ende eine nervöse Stimme meldete.

»Hallo.«

»Hallo, Gabriel. Ich bins, Moses.«

Es folgte ein längeres Schweigen, das lediglich vom hartnäckigen Quietschen der Scheibenwischer unterbrochen wurde. »Was willst du?«, sagte er schließlich.

»Ich brauche deine Hilfe. Ich will etwas über Ned Sayles wissen.«

»Wer ist das?«

»Ich bitte dich, Gabriel. Du bist doch schon seit Jahren hier. Du kennst Claire Hannin. Also musst du auch Ned Sayles gekannt haben. Er hatte ebenfalls eine Drogenproblem, falls das deiner Erinnerung etwas auf die Sprünge hilft.«

»Versuchst du immer noch, mein Leben kaputtzumachen, Moses? Nicht besonders nobel von dir. Das hättest du schon vor langer Zeit aufgeben sollen. Wenn du mal genau drüber nachdenkst, habe ich dir wahrscheinlich einen Gefallen getan. Zumindest auf lange Sicht gesehen.«

»Super Gefallen.«

»Das siehst du nicht so. Aber zwischen dir und dieser Frau, mit der ich dich neulich gesehen habe, lief mehr, als ich es in den sieben Jahren eurer Ehe je zwischen dir und Suzanne erlebt habe.«

Ich warf Samantha einen kurzen Blick zu. Sie konzentrierte sich auf die Straße. »Hör zu, es geht hier nicht um mich. Es geht um Simon. Tu ihm einen Gefallen und verrat mir, was du über Ned Sayles weißt. Ich werde dich dann auch nie mehr nerven, solange ich lebe nicht mehr. Ich schwörs.«

Wieder ein längeres Schweigen, während die Scheibenwischer munter vor sich hin quietschten.

»Für Simon würde ich alles tun«, sagte er schließlich. »Er hats nicht verdient, für das zu leiden, was zwischen uns abgegangen ist. Aber …«

»Aber was?«

»Du telefonierst mit einem Mobiltelefon.«

»Scheiße, Gabriel!«

Ich legte auf. Wir hielten an der nächsten Raststätte und ich rief ihn von einem Münztelefon hinter einer Reihe Sattelschlepper erneut an. Es goss in Strömen, und ich schützte meinen Kopf mit dem *Humboldt Herald*, als er ein zweites Mal den Hörer abnahm. »Erzähl mir was über Ned Sayles«, sagte ich.

»Er ist mit einem Mord ungeschoren davongekommen.«

»Komm schon. Ned Sayles ist in die Luft geflogen.«

»Ich weiß, ich weiß. Aber vorher. Er war so ein reicher junger Bursche aus Manhattan. Sein Vater ist einer von den Anwälten, die Firmen gegen die Umweltschutzbehörde vertreten, weil sie sich aus gesetzlichen Vorschriften herauslavieren wollen. Solche Sachen. Er arbeitet unter anderem für Sean Handler.«

»Karins Vater macht so was?«

»Karin?« Ich hörte Gabriels Überraschung als Echo meiner eigenen aus dem Hörer dringen. »Wie ich sehe, hast du die Familiensteinchen alle richtig zusammengefügt.«

»Ich arbeite dran«, sagte ich. »Also, dann nehme ich an, dass der … Sohn gegen seinen Anwaltsvater rebellieren wollte.«

»Um es mild auszudrücken. Ned Sayles gehörte zu der Sorte Kids, die sich vor einen Bulldozer legen würden, um ihn daran zu hindern, einen Wald niederzuwalzen. Oder sich in der Allied Lumber Mill an eine Sägemaschine ketteten, sofort nachdem FOXAM die Firma übernahm.«

»Und er nahm Drogen.«

»Tja, wir haben alle unsere kleinen Schwächen.« Ich meinte, Gabriel am anderen Ende der Leitung leise kichern zu hören. »Natürlich hat Ned ein wenig übertrieben, wie übrigens bei allem, was er tat. Zumindest erzählt man sich das.«

»Was genau.«

»Dass er so was wie ein Johnny Appleseed war – du weißt schon, dass er jede Woche aus einem Lieferwagen, den er direkt hinter dem Informationszentrum im Redwood National Park parkte, hunderte Kilo Gras gratis verteilte. Oder es in alten Fischköderpackungen in Bodega Bay an die Touristen verteilte. Man sagt, er trug immer eine norwegische Fischermütze und Reithosen.«

»Und er hat nie Ärger bekommen?«

»Soweit ich weiß nicht, nein.«

»Und die ganze Zeit arbeitete er für die Earth People, Seite an Seite mit Claire Hannin …«

»Genau. Hast du sie übrigens gefunden?«

»Noch nicht.« Ich stand stockstill da und spürte, wie der Regen durch die Zeitung sickerte. Die ersten Tropfen rollten mir über den Nacken. »Was hast du mir sonst noch alles nicht erzählt?«

»Nichts«, erwiderte Gabriel. »Ich kannte den Typen nicht persönlich … Aber ich glaube, ich habe dir alles gesagt, was du wissen musst.«

»Vermutlich«, sagte ich. Ich hörte, wie er sich am anderen Ende der Leitung nervös räusperte. »Moses, ich, äh … Ich hoffe, du wirst nicht ausposaunen, woher du das alles hast. Ich habs dir überhaupt nur wegen Simon erzählt. Ich bin, äh …«

»Ich weiß, du bist ein Geschäftsmann … Viel Glück, Gabriel.« Ich wollte schon auflegen, sagte dann aber noch: »Das mit dem Morgan tut mir Leid.«

»Schon okay. Ich kann mir ja einen neuen kaufen.«

Ich legte auf und stieg wieder zu Samantha in den Land Cruiser. »Flutwarnung«, sagte sie und deutete auf ihr Radio, auf dem sie einen Wettersender eingestellt hatte. Ich schaute zum nächsten Berg hinüber, wo die Bäche im Matsch zwischen den Eichen bereits kleine Rinnen auswuschen. Entlang des Freeway verlief ein Bach mit trübem Wasser, und ein übersprudelnder Nebenarm ergoss sich unter einer Brücke über den Asphalt. Vor uns kamen zwei Autos leicht ins Schleudern, als sie dort durchfuhren und Wasserfontänen aufspritzen ließen. Ich dachte kurz daran umzukehren, aber ich weiß nicht, wie ich mir dann je wieder hätte in die Augen sehen können.

»Auf gehts«, sagte ich. Samantha bog wieder auf den Highway ein. Doch während wir durch den Sturm fuhren, nahm meine Angst um Simon beständig zu. Würden sie ihn bei diesem Wetter früher verlegen? Würde man sich durchringen, ihn statt auf der Straße per Flugzeug in den Süden zu bringen oder sich vielleicht sogar für den noch sichereren, aber auch teureren Amtrak entscheiden? Würde ich den Kontakt zu ihm verlieren? Es waren genau die gleichen aufgewühlten Gefühle, die man seinem Dreijährigen gegenüber entwickelt, Gefühlsaufwallungen, die nie verschwinden, genau wie in diesem jüdischen Witz über den alten Mann, der seinen Sohn stolz mit den Worten vorstellt: »Meiner ist vierundfünfzig!« Allerdings hatte ich jetzt gute Gründe für meine besitzergreifende Paranoia.

Ich nahm das Telefon und versuchte noch einmal mein Glück bei Bart, diesmal jedoch war er nicht da. Ich bekam einen Wärter an die Strippe und fing an zu brüllen: »Ich bin der Vater von Simon Wine! Ich muss es wissen. Ist er da? Ist er noch da?«, bis der Mann schließlich nachgab und sagte, ja, Simon sei noch da, aber ich könne ihn nicht sprechen. Ich legte auf. Ich bemerkte Samanthas fragenden Blick. »Mit ihm alles okay?«, fragte sie. Ich nickte, war aber immer noch beunruhigt. Ich starrte durch die Windschutzscheibe nach vorn und ließ mir noch einmal alles durch den Kopf gehen – Karin und Ned Sayles, die Bombenwerkstatt, Bill und der Remailer, Claire und Lawton, Sean Handler und die FOXAM Corporation, Daniel Springers Notizen, der Jack London Grove, die CFP, Leon Erlanger, Gabriel, Suzanne und meine Kinder. Wieder und wieder kaute ich diese Namen und Bilder wie die Reiskörner bei einer ritualisierten makrobiotischen Diät durch. Aber ich wurde nicht schlau aus ihnen. Für meinen umnebelten Verstand war das so was wie eine trübe Ursuppe. Und als wir zum zweiten Mal durchs Tor des Chateau Montreux fuhren, überkam mich die flüchtige Illusion, ich würde nun ein Altenheim betreten und ein für alle Mal von meinen Verpflichtungen entbunden.

21

»Da ist jetzt nicht gerade der beste Augenblick. Ich bin drauf und dran, durch Wurzelfäule Petit Syrah im Wert von einer halben Million zu verlieren.«

»Mr. Stanley, ich …«

»Und ist es außerdem nicht Fakt, dass Ihr Sohn einen Baum gespickt hat oder doch zumindest geholfen hat, ihn zu spicken, und dass deswegen ein Mann sterben musste?« Ich stand bei diesen Worten mit Samantha in Lawton Stanleys Büro und starrte durch ein bleiverglastes Fenster auf seine regennassen Weinberge. »Was alles andere automatisch bedeutungslos werden lässt, nicht wahr, mal von Vater zu Vater gesprochen?«

»Von Vater zu Vater, Mr. Stanley – mein Sohn ist unschuldig. Er ist eine Schachfigur.«

»Eine Schachfigur?«, sagte Stanley, ohne seine Skepsis zu verbergen.

»Sein einziges Verbrechen besteht darin, die Welt verbessern zu wollen.«

»Das glauben Sie wirklich?«

»Und ob ich das glaube«, sagte ich, wobei sich meine Stimme hob, um möglicherweise bestehende Zweifel zu überspielen. Ich fragte mich, ob mir das gelungen war. »Ich will Claire Hannin sofort sehen. Amos Manling sagte, Sie wüssten, wo sie sich aufhält. Und ich will ihr nicht meine Piepsernummer geben. Ich besitze nicht mal mehr einen Piepser. Ich will von Angesicht zu Angesicht mit ihr reden, und ich will, dass Sie mich jetzt sofort zu ihr bringen!«

»Dazu sehe ich keinerlei Veranlassung«, sagte Stanley, »selbst wenn ich es könnte.«

»Oh doch, die haben Sie«, sagte Samantha. »Die Untersuchung im Zusammenhang mit der Eureka Savings.«

»Ich weiß nicht, wovon Sie reden«, sagte Stanley.

Ich wusste es auch nicht. Ich sah Samantha an. »Erinnern Sie sich nicht, Mr. Stanley«, sagte sie. »Bundesbeamte sind in Ihr Büro gekommen. Sie haben Ihnen ordentlich zugesetzt. Es ging um Steuern, wenn ich nicht irre. Sie möchten doch sicher nicht, dass so etwas noch einmal passiert.«

Stanley starrte sie – mit einem Mal argwöhnisch – an.

»Keine Angst«, fuhr sie fort, »das bleibt vorerst unter uns.«

»Ich dachte, Sie wären Journalistin, Ms. Backus.«

»Das bin ich auch.« Samantha lächelte.

Stanley schien etwas sagen zu wollen, überlegte es sich dann aber offenbar anders. Er seufzte und warf einen verstohlenen Blick auf seine Weinberge. »Warten Sie hier«, sagte er und verließ den Raum.

»Woher wussten Sie *das* denn?«, fragte ich Samantha.

»Hintergrundrecherchen«, sagte sie unbestimmt. »Seien Sie einfach froh, *dass* ich es wusste.« Sie drehte sich zu Stanleys Bücherregal um, nahm einen alten Band heraus und runzelte die Stirn, als sie den Buchrücken las. »Er mag Steinbeck, wie ich sehe. Ich fand ihn schon immer ein wenig langweilig. Wie stehts mit Ihnen?«

»Sie wollen nicht drüber reden, stimmts?«, sagte ich.

»Worüber reden?«

»Woher Sie das wussten.«

»Genau«, sagte sie.

Einige Minuten später kehrte Stanley zurück, drückte jedem von uns einen Schirm in die Hand und sagte, wir sollten ihm folgen. Wir durchquerten das Chateau und verließen das Gebäude durch einen Nebenausgang zu dem künstlich angelegten See mit der Pagode, von der er uns bei unserem ersten Besuch weggelotst hatte. Alles in allem gab es drei Inseln, und an einem Kai war eine alte chinesische Dschunke festgemacht, die vom böigen Wind durchgerüttelt wurde. Wir überquerten eine hölzerne Brücke zur mittleren Insel, auf der die Pagode stand. Die Planken der Brücke waren durch den Regen rutschig geworden, und einen flüchtigen Augenblick lang schienen wir zu Gestalten auf einer asiatischen Tuschezeichnung geworden zu sein, die mit der einen Hand Schirme umklammerten und sich mit der anderen am Ebenholzgeländer festhielten, während wir uns den feindseligen Elementen trotzend vorarbeiteten. Stanley führte uns zu der schweren Bronzetür der Pagode, die er mithilfe eines dicken Schlüsselbunds öffnete. Wir folgten ihm hinein und stiegen eine wacklige Treppe hinauf. Auf halber Höhe blieb Stanley stehen, schloss eine kleinere Tür auf und führte uns in einen Raum, der an einen Schiffsbug erinnerte und dessen halbkreisförmige Fenster einen wunderbaren Ausblick über das gesamte Napa Valley boten. Durch den sintflutartigen Regen sah ich über den Gipfeln der nahe gelegenen Berge gewaltige Blitze zucken, die das Fensterglas klirren ließen und die Pagode erschütterten. Es wirkte alles sehr verwirrend, und erst nach einem Moment bemerkte ich, dass wir nicht allein waren.

Auf einem Schaukelstuhl neben einem Bett saß eine Frau in einer schlichten Leinenbluse mit einer Strickdecke über dem Schoß. Sie starrte mit halb geöffnetem Mund und einer scheinbar auf der Innenseite ihrer Lippen erstarrten Zunge unverwandt vor sich ins Nichts. Ein Weberknecht kroch über den Arm zu ihrer Schulter hinauf.

»Das ist Claire«, sagte Lawton Stanley, wischte das Insekt fort und rückte ihre Decke zurecht. »Ich musste mich erst vergewissern, dass sie angezogen war, bevor ich Ihnen erlauben konnte, sie zu sehen.« Ich wollte die Frau näher ansehen, aber es kam mir zu plump und zu neugierig vor. Claire Hannin war die erste echte Katatonikerin, der ich jenseits von Lehrbüchern oder Dokumentarfilmen über psychiatrische Kliniken begegnet war. Ich drehte mich zu Stanley um, der sich auf dem Kopfteil des Bettes abstützte. Vor meinen Augen verwandelte sich der selbstsichere ehemalige Industriekapitän und jetzige Exzentriker in einen gebrochenen Mann, der seine Geliebte auf eine vielleicht brutalere Weise als durch den Tod verloren hatte. »Tut mir Leid«, sagte ich, doch er winkte nur ab; offensichtlich war er einer der Männer, die das Mitgefühl anderer einer Niederlage gleichsetzen. »Wie lange ist sie schon …?« Ich zeigte auf Claire, als ein Blitz ihr Gesicht wie ein Stroboskop erhellte. Ein besonders kräftiges Donnern rollte durch das Tal.

»Seit den Bombenattentaten zog sie sich immer wieder auf diese merkwürdige Weise zurück. Ich dachte zuerst noch, sie würde drüber wegkommen. Aber letztes Jahr, es war der Geburtstag ihrer Tochter, sind wir mit einem Heißluftballon in Yountville geflogen … der, der über die Weingüter fliegt … Als er wieder runterkam, wollte Claire nicht mehr aussteigen. Wir mussten sie heraustragen ... Das weiß nicht mal Amos Manling.«

»Was ist aus ihrer Tochter geworden?«, fragte Samantha.

»Sie studiert. An der Ostküste.« Stanley beugte sich über Claire, berührte ihre Schulter und flüsterte ihr beruhigend ins Ohr, bevor er sich mit einem freudlosen Gesicht wieder uns zuwandte. »Bei den so genannten Nordküstenkriegen gab es viele Opfer. Ich dachte immer, mich hätte es schon schlimm erwischt, aber bei Claire wars viel schlimmer. Sie hat wegen ihrer eigenen Gewalttätigkeit ein so schlechtes Gewissen, dass sie es sich nicht mehr erlaubt, sich zu bewegen.«

»Was hat sie denn getan?«, fragte ich.

»Es ist nicht das, was sie getan hat. Es ist vielmehr das, was sie in Gang gesetzt hat ... Das ganze Ausmaß hat sie nie erahnt. Ich übrigens auch nicht, auf meine eigene Art. Von meiner Seite aus gesehen. Ich glaube, das ist es vielleicht, was uns zusammengebracht hat.« Einen Moment lauschten wir einfach nur auf den Sturm, bis er schließlich die rhetorische Frage stellte: »Sie haben jetzt genug gesehen, nicht wahr?« Er ging zur Tür. »Kommen Sie, dann lasse ich Sie den ersten Einhundert-Dollar-Chardonnay des Napa Valley probieren. Sie könnens wahrscheinlich gebrauchen. Ich lebe schon eine Weile mit diesem Horror, aber Sie wissen erst seit ein paar Tagen, wie tief Ihr Sohn in alles verstrickt ist.«

Fünf Minuten später befanden wir uns in seinem Arbeitszimmer und probierten seinen Chardonnay. »Das hier ist ein Valley of Lies«, sagte er und deutete auf die Flasche, auf deren Etikett sich seine Unterschrift befand. »Wer weiß schon, ob sie hundert Dollar wert ist? Oder auch nur zehn ... Aber früher oder später wird irgendjemand diesen Preis für einen Chardonnay verlangen. Warum also nicht ich?«

Ich kaute den Wein und schluckte. Ich hatte auch keine Idee, was er wert war, aber runter ging er so sanft und glatt wie Bergquellwasser. Und er hatte Recht, ich brauchte ihn todsicher. »Was ist mit Claire?«, fragte ich. »Was hat sie veranlasst, die Gewaltlosigkeit aufzugeben?«

»Das hat sie eigentlich nie. Als aber FOXAM das Kommando übernahm, gab es niemanden mehr, mit dem man reden konnte. Vorher konnten sie zu mir kommen und vor meinem Haus demonstrieren, eine Puppe von mir symbolisch im Sudbad verbrennen. Aber was macht man mit einer Holdinggesellschaft? Ihre Junkbonds in einem Freudenfeuer verbrennen? Sie war über alle Maßen frustriert. Ich sah es ihr an. Zehn Jahre für nichts. Sie war bereit für etwas Neues.«

»Die Bombenwerkstatt?«

»Oh, ja, die CFP. Es gab damals Beschuldigungen, dass sie so etwas ins Leben gerufen hätten. Ich persönlich habe das nie geglaubt.«

»Etwa zur gleichen Zeit wurden die Hüter des Planeten gegründet.«

»Damit hatte Claire nichts zu tun. Das hätte ich gewusst. Sie hatte ihre eigenen Vorstellungen, was zu tun war. Und sie war auch keine Doppelagentin, falls Sie das denken.« Stanley lächelte beinahe arrogant, als er mich nun anschaute. »Mr. Wine, ich hoffe, Sie sind nicht auch einer dieser öden Verschwörungstheoretiker.«

»Ein Mitglied der Hüter hat jedenfalls bei diesen Typen die Bombenherstellung gelernt. Wer? Ned Sayles?«

»Auch das bezweifle ich. Ich kannte Ned Sayles Vater. Ned verachtete alles, wofür sein alter Herr stand. Das macht ihn nicht direkt zu einem besonders aussichtsreichen Kandidaten für einen Doppelagenten, oder?«

»Was meinen Sie?« Ich wandte mich an Samantha, die mit den Achseln zuckte. »Es muss aber doch irgendwen gegeben haben«, sagte ich.

»Sie sind *doch* einer dieser Verschwörungstheoretiker«, sagte Stanley, wobei er sich diesmal das Lachen nicht verkneifen konnte. »Das Leben ist kein Oliver-Stone-Film, Mr. Wine. Leider ist es in Wirklichkeit meistens ziemlich genau so, wies auf den ersten Blick aussieht. Der Schläger auf der Straße, der so aussieht, als könnte er Sie überfallen, ist in der Regel auch derjenige, ders dann tatsächlich tut … Aber ich bin überzeugt, das wissen Sie als Detektiv selbst nur zu gut. Sie sollten außerdem wissen … leider … dass die Handlungen Ihres Sohnes mehr als nur wahrscheinlich exakt das sind, was sie zu sein scheinen. Er hat sich mit einer radikalen Gruppe eingelassen und seine Rolle so gespielt, wie man es von ihm verlangte.«

»Ich weigere mich einfach, das zu glauben.«

»Glauben Sie, was Sie wollen. Zwei Männer und eine junge Frau sind jetzt tot. Claire Hannin hat ihren Preis bezahlt, genau wie ich. Jetzt ist Ihr Sohn an der Reihe. Ich kann Ihnen nur eines raten: Besorgen Sie ihm einen guten Anwalt.«

»Hab ich schon.«

»Und was sagt er?«

»Noch nichts. Ich muss ihm erst etwas Munition geben.« Ich begann, auf und ab zu gehen.

Stanley lächelte mich an und wandte sich dann Samantha zu, die vor dem Bücherregal stand und gerade ihren Chardonnay leerte. »Sind Sie auch so ein Fan von Verschwörungstheorien wie Ihr Freund?«

»Ich bin nicht sicher«, sagte sie.

»Mr. Wine scheint, wie so viele seiner Ära, wieder einmal das FBI als die Wurzel allen Übels auserkoren zu haben. Ein geradezu klassischer Reflex, finden Sie nicht auch?«

Samantha zuckte die Achseln.

Stanley betrachtete mich weiter skeptisch. »Offen gesagt glaube ich, dass Sie nur nach einem rettenden Ausweg für Ihren Sohn suchen.«

»Wenns das nur wäre. Leider glaube ich, dass man vermutet, Simon wisse all das, was ich Ihnen gerade gesagt habe, und wahrscheinlich noch eine ganze Menge mehr.«

»Und natürlich weiß er nichts«, sagte Stanley.

»Nein, tut er nicht.«

»Andernfalls könnte er ja selbst für irgendwas verantwortlich sein.«

»Ist er nicht.«

Stanley sah mich kühl an. »Wissen Sie, Mr. Wine, manche Leute sind der Meinung, wir bekommen genau die Kinder, die wir verdient haben … Ich will wirklich nicht unhöflich sein, aber haben Sie bei Ihren vorschnellen paranoiden Urteilen je in Erwägung gezogen, dass Ihr Sohn problemlos selbst ein Informant oder Spitzel sein könnte? Wenn Ned Sayles sich der Ökologiebewegung angeschlossen hat, um gegen seinen Vater zu rebellieren, was wäre dann die nächstliegende Rebellion für Ihren Jungen? … Mehr?« Er wedelte mit dem Hundert-Dollar-Chardonnay. Ich lehnte ab.

22

Als Simon vier Monate alt war, wurden wir zum Grillen in das Haus unserer alten Freunde Art und Nina LaRusso in East Los Angeles eingeladen. Mittlerweile schrieb man Mitte der Siebzigerjahre, und während nahezu alle aus unserer Clique seit einiger Zeit und bis zu einem gewissen Grad versucht hatten, mit ihrer radikalen studentischen Vergangenheit Frieden zu schließen, hatten die LaRussos den anderen Weg eingeschlagen. Den weiter nach links. Zu jedermanns Überraschung hatten sie ihre konventionellen bürgerlichen Berufe und Examen gegen Arbeiterjobs eingetauscht – er am Band bei Buick, sie als Fräulein von der Auskunft bei der Telefongesellschaft –, waren aus einem hauptsächlich von Künstlern bewohnten Viertel am Strand von Santa Monica mitten ins Herz des Chicano-Viertels gezogen und hatten sich einer Gruppe angeschlossen, die völlig unzeitgemäß die California Communist League hieß.

Als Suzanne und ich an diesem Nachmittag mit dem Säugling Simon, der damals in seinem neuen Sportwagen den ersten Ausflug machte, und mit dem vierjährigen Jacob im Schlepptau bei ihnen eintrafen, stellten wir fest, dass wir zu einer Anwerbungsparty dieser Liga eingeladen worden waren. Art und Nina begrüßten uns herzlich, aber aus der alten Clique waren nur wenige da, von denen die meisten bereits als hoffnungslos reaktionär abgestempelt worden waren. Stattdessen taten sich Gruppen freundlicher schwarzer und Latinofamilien an Rippchen und Tamales gütlich, während der hochverehrte Führer der Liga, ein älterer Schwarzer namens Nelson, über die Notwendigkeit von Opfern für die bevorstehende Revolution sprach. Hinter ihm war ein Büchertisch mit politischer Literatur in den berühmten kleinen roten Plastikeinbänden aufgebaut, darunter, wie ich mich erinnere, *Die Geschichte der Arbeiterpartei Albaniens* (Albanien war das letzte real existierende sozialistische Land, dem diese letzte katastrophale Rechtswende zum Revisionismus noch bevorstand). Ihr Generalsekretär, Genosse Enver Hoxha, so klärte uns Nelson im Verlauf seiner Rede auf, war der weltweit führende Exponent der reinen kommunistischen Lehre und sollte der kalifornischen Arbeiterklasse Inspiration und leuchtendes Beispiel sein.

Mir war das alles eine Nummer zu viel, aber Art und Nina bestanden darauf, dass wir Nelson persönlich kennen lernen sollten, und brachten uns als Familie zu ihrem Führer, der uns daraufhin onkelhaft als potenziell vorbildliche Arbeiter in einem derzeit noch nicht errichteten utopischen Arbeitslager behandelte. Er klopfte uns auf die Schulter und meinte, wie wunderbar es doch sei, dass wir mit diesem fabelhaft progressiven Paar, den LaRussos, befreundet wären. Dann fiel sein Blick auf Klein-Simon in seinem Sportwagen. »Die Zukunft gehört dir, kleiner Bursche! … Es ist doch ein Junge, oder? … Hab Mut zu kämpfen! Hab Mut zu siegen!« Simon schlief und reagierte nicht. »Hast du mich gehört?«, fragte Nelson und hob die Stimme. »Genosse Stalin liebt dich! Genosse … Hoxha liebt dich!« Simon wachte blinzelnd auf, gluckste und schaute sich um. »Seht ihr. Ein geborener Revolutionär«, sagte Nelson stolz, lächelte und wedelte mit Hoxhas kleinem roten Buch vor der Nase eines Viermonatigen herum, der natürlich prompt zu flennen begann, das Ding einkotzte, die Arme nach seiner Mama ausstreckte und nach ihren bunten Zigeunerohrringen greifen wollte. Suzanne hob Simon aus dem Sportwagen, wischte ihm den Mund ab und versuchte, ihn zu beruhigen. »Vor diesem Jungen solltet ihr euch besser in Acht nehmen«, sagte Nelson. »Er hat reaktionäre Neigungen.« Ich dachte, er macht einen Witz, bis ich die tiefen Falten auf seiner Stirn bemerkte. Art und Nina sahen peinlich berührt aus. Als wir wenige Minuten später gingen, meinte ich zu Suzanne: »Vielleicht wars keine so tolle Idee, ihn mitzunehmen.«

Ich fragte mich später oft, welche Folgen es für meine Kinder gehabt hatte, schon in zartem Alter solchen bizarren Ereignissen ausgesetzt gewesen zu sein; was es für sie bedeutete, als sie aufwuchsen. Manchmal erschien es mir bedeutungslos. Kinder sind ohnehin erheblich aufgeweckter als wir. Sie wittern den Bockmist ihrer Eltern eine Meile gegen den Wind. Andere Male jedoch meinte ich, jede noch so kleine Heuchelei wäre über das gesamte Spektrum ihres Lebens vergrößert worden. Wer wusste denn, was an solchen Punkten tatsächlich passierte, welche Kettenreaktionen angestoßen wurden? Ich grübelte darüber nach, ohne jedoch jemals zu einem Ergebnis zu kommen. Diese spezielle Erinnerung war aus meinem Unterbewusstsein aufgetaucht, als Samantha fragte: »Was halten Sie von Stanleys Geschichte?« Wir saßen im Land Cruiser und befanden uns auf dem Rückweg nach Norden. Wieder saß sie hinter dem Steuer, während ich trübsinnig in den Sturm hinausstarrte.

»Dass Simon ein Doppelagent ist?«, erwiderte ich. »Der Albtraum in einem Albtraum?«

»Glauben Sie es?«

»Warum?«, antwortete ich und sah sie an. Ich konnte ihren Gesichtsausdruck nicht interpretieren und fragte mich, ob sie meinen interpretieren konnte – ob sie wusste, dass dieser Gedanke meinem Bewusstsein nie ganz fern war, dass er wie das unbesiegbare Monster eines Computerspiels immer wieder auftauchte, egal, wie oft und wie hartnäckig auch immer ich versuchte, es zu vernichten. Sobald ich glaubte, es einfach ignorieren zu können, wurde ich wieder von etwas oder jemandem daran erinnert. Selbst der heilige Amos Manling argwöhnte ja, Simon könne manipuliert werden. Und seit seine Surferkumpel mir von dem Einbruch bei der PG & E erzählt hatten und wie überrascht sie gewesen waren, dass er so locker damit durchgekommen war, ging es mir nicht anders.

Ich hatte einen ganzen Haufen Fragen, auf die ich keine Antworten wusste. War damals eine Abmachung getroffen worden, die Simon als Gegenleistung für seine Kooperation bei der Festnahme der Hüter des Planeten Straffreiheit zusicherte? Wurde er bewusst zum Sündenbock gemacht, als Leon Erlanger die Kettensäge um die Ohren flog? Konnten sie ihn überzeugen, dass sein Idealismus töricht war? Oder war vielmehr ich, wie Stanley angedeutet hatte, der wahre Grund? Zerbröselten die Werte, für die ich eintrat, nicht nur in der Gesellschaft um mich herum, sondern auch in meiner eigenen Familie? Ich wollte es nicht glauben, aber was machte Simon? Wo war er in jener Nacht an der Lost Coast gewesen, nachdem er sich von den Hütern getrennt hatte?

Ich konnte dem Impuls nicht widerstehen, in meine Tasche zu greifen, den inzwischen verknitterten kleinen gelben Post-it-Zettel herauszunehmen und ihn kritisch zu mustern. War das wirklich seine Handschrift? Oder hatte sie jemand nachgemacht? War er unter irgendeinem Vorwand von jemandem dazu gebracht worden, Barts Nummer aufzuschreiben, und hatte dieser jemand den Zettel anschließend auf seinen Kalender geklebt?

»Wenn Sie das alles nicht glauben«, sagte Samantha, während sie mich beobachtete, als ich das Post-it wieder in meine Tasche stopfte, »warum wirken Sie dann so beunruhigt?«

»Wie würden Sie sich denn fühlen, wenn Ihr Kind beschuldigt wird, ein FBI-Spitzel zu sein?«

»Kommt ganz auf die Situation an, würde ich sagen … Bei manchen Leuten sind sie beliebter als Journalisten.«

»Ja, bei manchen Leuten«, sagte ich und warf Samantha einen zweiten Seitenblick zu. Immer noch schwer zu sagen, was sie wirklich dachte. »Ich sollte lieber herausfinden, was hier abgeht.« Ich deutete auf einen kleinen Supermarkt, der plötzlich aus dem peitschenden Regen auftauchte. Samantha fuhr rechts ran.

Wir gingen hinein. Sie kaufte eine Flasche Evian, während ich von dem Münztelefon meine Voicemail abfragte. Da waren mehrere, zunehmend frostigere Nachrichten von Nancy, gefolgt von einem Anruf Suzannes etwa dreißig Minuten später. Sie war jetzt in Jack Koufax' Kanzlei und wollte über den aktuellen Stand der Dinge informiert werden. Ich wählte die entsprechende Nummer und bekam Suzanne und Jack gleichzeitig an die Strippe. Ich berichtete das Wenige, das ich erfahren hatte, und dann setzte Jack seine professionelle Anwaltsstimme auf.

»Was immer du tust«, sagte er, »sorg auf jeden Fall dafür, dass Simon ohne mich kein Wort sagt.«

»Ich weiß. Ich weiß. Ich bin gerade auf dem Weg zu ihm. Ich werde ihn dran erinnern.«

»Vergewissere dich bitte ebenfalls, dass sie ihm seine verfassungsmäßigen Rechte vorlesen und …«

»Was glaubst du eigentlich, in welcher Branche ich arbeite?«, unterbrach ich verärgert.

»In der Zwischenzeit beantrage ich eine Ortsverlegung. Der Southern District ist für uns nicht gerade optimal. Ein Tummelplatz für Reagan-Richter.«

»Moses …« Das war Suzanne. »Du erinnerst dich, dass ich dir von meinem Partner erzählt habe, der ständig im Internet hängt?«

»Ja, der mit der Scheidung.«

»Genau, André Dalton. Er hat sich ein bisschen für uns umgeschaut … Er hat eine Datenbankrecherche über Nicholas Bart laufen lassen.«

»Auf dem FBI-Server?«

»Nein. Nicht da.« Sie zögerte. »Du rufst aus einer Telefonzelle an, oder?«

»Ja, ja sicher.«

»Ich kann den Sturm hören. In den Nachrichten haben sie gesagt, bei euch da oben wärs der reinste Wahnsinn.«

»Ist es, ja … Wo hat er denn jetzt gesucht?«

»An verschiedenen Stellen. Er hat sich in die landesweite Ehemaligendatenbank von Collegestudenten eingeloggt. Bart hat sein Examen auf der University of Colorado gemacht. Hauptfach Chemie, Nebenfach Soziologie. Examensdurchschnitt drei Komma zwei. Er benutzt übrigens den Mädchennamen seiner Mutter.«

»Faszinierend. Was noch?«

»Außerdem ist André an sein Wertpapierdepot bei Dean Witter gekommen.« Samantha kam zu mir. Sie bot mir das Evian an, aber ich schüttelte den Kopf. »Bart muss ein kleines Finanzgenie sein. Seit einundneunzig hat sich der Wert seines Depots vervierfacht.«

»In was hat er investiert?«

»Aktien, festverzinsliche Wertpapiere, der übliche Mix.«

Samanthas Mobiltelefon klingelte. Sie nahm es aus ihrer Handtasche und meldete sich.

Suzanne fuhr fort. »Ein paar Investmentgesellschaften aus dem pazifischen Wirtschaftsraum. Der springende Punkt aber ist, dass praktisch alle Kurse nach oben gegangen sind.«

»Vielleicht sollten wir uns ein paar Tipps geben lassen.«

»Für Sie«, sagte Samantha und hielt mir ihr Handy hin.

»Ich muss dich später zurückrufen«, sagte ich, legte auf und nahm das Mobiltelefon. »Hallo.«

»Hallo, Moses. Man sagt mir, Sie haben mich gesucht.«

»Wenn man vom Teufel spricht.« Es war Bart.

»Was kann ich für Sie tun?«

»Im Moment nichts. Ich bin auf dem Weg zu Ihnen. Sorgen Sie nur dafür, dass ich nachher meinen Sohn sprechen kann.«

»Ich weiß nicht, ob das um diese Uhrzeit möglich ist.«

»Was meinen Sie damit, Sie wissen nicht, ob es möglich ist? Sie sind doch der leitende Beamte bei diesem Ermittlungsverfahren.«

»Genau das, was ich gerade sagte. Ich weiß nicht, ob es möglich ist. Ihr Junge stand unter einem enormen Stress. Er hat sich was geholt.«

»Was meinen Sie damit?«

»Wir glauben, es ist nur eine üble Grippe. Hoffen wir jedenfalls. Ich muss noch mit den Ärzten sprechen. Er wird gerade in ein Krankenhaus verlegt.«

»Welches Krankenhaus?« Ich sah Samantha an, die keinen Meter entfernt stand und versuchte, aus unserer Unterhaltung schlau zu werden.

»Ich verstehe Sie nicht, Moses. Die Verbindung ist so schlecht. Könnten Sie das noch mal wiederholen?«

»Welches Krankenhaus?«, brüllte ich ins Telefon.

»Das St. Agnes.«

»St. Agnes?« Ich warf Samantha einen fragenden Blick zu, die daraufhin nickte. Sie wusste, wo das war.

»Ja. Er müsste innerhalb der nächsten Stunde dort eintreffen.«

»Ich werde dort sein«, sagte ich. Ich wollte die Verbindung schon unterbrechen, als mir noch eine Frage einfiel. »Haben Sie eigentlich noch weitere Mitglieder der Hüter erwischt?«

»Heute Morgen wurde eine junge Frau namens Sheila James hergebracht.«

»Sie war die Einzige, die noch fehlte?«

»Ich denke schon.«

»Was ist mit William Brindle?«

»William Brindle?«

»Ende zwanzig. Groß. Blond. Vogelgesicht. Sie nennen ihn Bill.«

»Ich fürchte, einen Bill Brindle haben wir nicht festgenommen.«

»Wundert mich nicht«, sagte ich.

»Was soll das heißen?«

»Was immer Sie wollen. Wir sehen uns, Mr. Bart.«

»Allerdings«, sagte er noch, als ich auf die Unterbrechentaste drückte und Samantha das Telefon zurückgab. Ich rief wieder Suzanne an und erzählte, was gerade passiert war. Dann verließen Samantha und ich den Laden. Draußen war es noch schlimmer geworden. Ein verstopfter Kanal hatte den Parkplatz inzwischen in einen kleinen See verwandelt. »Manchmal ist Nordkalifornien der finsterste Ort der Welt«, sagte sie, als wir uns die Hosenbeine hochkrempelten und zum Auto hinüber wateten. Ich spürte, wie mir das Wasser in die Schuhe lief und meine Socken einweichte. »Ohne Quatsch«, sagte ich. »Sibirien für die Sechziger.« Wir stiegen in den Land Cruiser und rasten los, zogen dabei ein matschiges Kielwasser hinter uns her wie Wasserskiläufer, die durch einen Abwassereinlauf düsten.

Eine halbe Stunde später kamen wir durch Willits. Dunkle Gewitterwolken hingen über dem Tal. Obwohl es erst drei Uhr nachmittags war, hatte man das Gefühl, es wäre bereits Abend. Wir fuhren weiter ins Land der hohen Bäume. Im Sturm wirkten sie noch dunkler, ja beinahe trübselig. Fast als führen wir durch einen Tunnel schnurstracks in die Unterwelt. Vielleicht lag es an der Umgebung, vielleicht auch an der unerträglichen Anspannung der letzten Tage – jedenfalls löste sich plötzlich aus meinem tiefsten Inneren der größte und schmerzvollste Schrei meines Lebens. Ich zitterte am ganzen Leib, mir drehte sich der Magen um und ich knallte mit dem Kopf gegen das Armaturenbrett, während der Schrei lauter wurde. Er entwickelte sich zu einem Schrei der schieren Verzweiflung. Schon bald lallte ich wie ein Araber über dem Sarg eines geliebten Menschen.

Samantha reagierte so betroffen, dass sie um ein Haar die Kontrolle über den Wagen verlor. »Sie müssen Ihren Sohn wirklich sehr lieben«, sagte sie und lächelte verlegen, als sie den Wagen wieder auf die Spur zurückbrachte.

»Ja«, sagte ich und machte meinem bizarren Verhalten augenblicklich ein Ende. Auch mir war es peinlich, und ich suchte nach einer flapsigen Bemerkung, um die Situation zu entkrampfen. Mir fiel nichts Besseres ein als irgendwas darüber, dass Kinder in meinem Leben beständiger waren als Frauen, also strich ich das, setzte mich stattdessen gerade auf und starrte wieder auf die unter Wasser stehende Straße vor uns. »Erbärmlich, hmh?«, sagte ich.

»Wir werdens schaffen.«

Ein blinkendes gelbes Licht markierte eine Umleitung um einen überschwemmten Bereich. Ich drehte mich zu Samantha, die sich wieder voll auf die Straße konzentrierte. »Was haben Sie vor, wenn das hier vorbei ist?«, fragte ich.

»Darüber schreiben.«

»Und danach?«

»Mir was anderes suchen, worüber ich schreiben kann, würde ich mal sagen.« Ich starrte sie im trüben Licht weiter an. »Was ist?«, fragte sie. »Warum sehen Sie mich so an? Glauben Sie mir nicht?«

»Nein, das ist es nicht.« Ich war nicht darauf vorbereitet, mich in diesem Moment mit dieser Frage auseinander zu setzen. »Ich wollte mich nur bei Ihnen bedanken. Allein würde ich das alles nicht schaffen.«

»Das glaube ich nicht. Sie sind Detektiv. Sie sind es doch gewohnt, allein zu arbeiten.«

»Nicht bei dieser Sache«, sagte ich und sah wieder nach vorn. Weiter vor uns sah ich das Schild zum St. Agnes Medical Center im Licht unserer Nebelscheinwerfer auftauchen. Samantha bog ab und wenige Augenblicke später hielten wir vor dem Krankenhaus, einem kleinen zweistöckigen Ziegelgebäude inmitten eines kleinen Redwood-Wäldchens. Neben dem Eingang der Unfallambulanz befand sich ein grünes Kreuz und eine kleine, derzeit triefend nasse Heiligenstatue. Neben einem ramponierten Pick-up und einem alten Volvo parkte ein Krankenwagen. Es war eine dieser ländlichen Einrichtungen, wie ich sie das letzte Mal aufgesucht hatte, als sich Jacob in der vierten Klasse im Tenniscamp einen Arm gebrochen hatte.

Wir gingen durch die Unfallambulanz hinein und an einer Frau mit einem weinenden Baby auf dem Arm vorbei zu einer älteren Dame hinter dem Empfangsschalter. »Wie gehts Ihnen, Ma'am?«, begrüßte ich sie. »Sind die Herrschaften vom Sheriff's Department schon eingetroffen?«

Sie starrte mich beunruhigt an. »Gab es einen Unfall? Wir haben mit einer Menge gerechnet, aber wies aussieht, sind alle vernünftig und bleiben von der Straße.«

»Nein, nein. Es geht um einen Häftling. Er soll zur medizinischen Behandlung hergebracht werden.«

»Davon weiß ich nichts«, antwortete sie stirnrunzelnd. »Ich würde Ihnen ja die Oberschwester rufen, aber die hat frei und stapelt Sandsäcke hinter ihrem Haus. Vor drei Jahren ist ihr Wohnzimmer von einer Schlammlawine überrollt worden. Dabei ist ihre gesamte Einrichtung einschließlich dem besten Sofa ihrer Großmutter draufgegangen. Vielleicht sollte ich den Dienst habenden Arzt verständigen? Er ist derzeit bei einem Pfadfindertreffen seiner Tochter oben in Eureka.«

»Schon okay«, sagte ich, trat einige Schritte zurück und drehte mich zu Samantha um. Der Regen trommelte gegen die Scheiben der Klinik wie eine Schwadron Trommler eines Fanfarenkorps.

»Misstrauisch?«, fragte sie.

»Von Anfang an.«

»Warum wollten Sie dann unbedingt hierher kommen?«

»Ich war schon immer der Meinung, dass man am besten herausfinden kann, in welcher Richtung sich ein Hurrikan bewegt, wenn man sich in sein Auge begibt.«

»Sich selbst eins aufs Auge geben kommt der Sache schon näher«, sagte sie.

Ich ging zum Fenster und versuchte hinauszusehen, aber die Scheibe war beschlagen. In den Tropfen wurde ein gelbes Licht reflektiert. Ich wischte mit dem Ärmel die Scheibe frei und trat näher, um zu sehen, was das war – die Scheinwerfer eines Autos, das etwa dreißig Meter weiter die Straße hinunter stand. Die Scheinwerfer verloschen sofort.

»Sie haben Recht«, sagte ich zu Samantha, die inzwischen neben mir stand. »Ich habe mir selbst eins aufs Auge gegeben.«

»Gehen wir«, sagte sie.

»Gehen?«

»Sie wollen in einen Hurrikan? Also gehen wir in einen Hurrikan.« Sie war bereits auf dem Weg zur Tür, und mir blieb gar nichts anderes übrig, als ihr hinaus in den Sturm zu folgen. Sie lief zum Land Cruiser hinüber, und ich rannte auf einer Höhe neben ihr, hielt auf die Fahrerseite zu. Dann überholte sie mich.

»Ich mache das«, sagte sie.

»Aber …«

»Ich hab die Schlüssel. Seien Sie nicht so beschissen sexistisch. Es ist mein Wagen.«

Sie schloss auf, und wir stiegen ein, sie auf der Fahrer- und ich auf der Beifahrerseite. »Außerdem«, sagte sie, als sie den Zündschlüssel drehte, »haben Sie Ihren Führerschein nicht dabei. Ich will doch nicht, dass Sie Schwierigkeiten kriegen.«

»Hat Ihnen die CFP Ihren nicht abgenommen?«

»Ich habe ein Versteck für meine Brieftasche unter der Fußmatte«, sagte sie tonlos, als wir losfuhren. Sekunden später hängte sich der andere Wagen an uns. Ich drehte mich um und sah direkt in seine Scheinwerfer.

»Es ist der Cherokee«, sagte ich. »Die wollen uns umbringen.«

»Kann ich mir vorstellen«, sagte Samantha. Sie trat das Gaspedal durch. Der Land Cruiser machte einen Satz nach vorn und brach kurz mit dem Heck aus, bevor er eine Wasserfontäne über die Windschutzscheibe des Cherokee schickte. Dann erreichte sie den Asphalt der Straße, brauste davon und ließ das andere Fahrzeug schleudernd auf der Landstraße zurück.

»Gut gemacht«, sagte ich. Doch dann bremste sie unerklärlicherweise ab und ließ sie aufholen. »Was haben Sie jetzt vor?«, fragte ich, während der Cherokee angerast kam. Plötzlich konnte ich durch ihre verschmutzte Windschutzscheibe die Silhouetten meiner Freunde von der CFP erkennen – Platt und Larsen. Kaum erkennbar auf dem Rücksitz saß eine dritte Person, vermutlich ihre Freundin.

Platt beugte sich aus dem Beifahrerfenster, hob eine Schrotflinte und richtete sie genau auf unsere Heckscheibe.

»Jesus! Biegen Sie ab!«, brüllte ich.

Samantha lächelte. »Keine Panik«, sagte sie. »Vertrauen Sie mir!«

Ich hörte das Krachen des Schusses genau in dem Moment, als sie den Allradantrieb zuschaltete und scharf links über ein Feld zwischen die Bäume einbog. Der Cherokee geriet kurz ins Schleudern, folgte uns dann aber. Wir fuhren genau auf den steilen Rand einer Schlucht zu, und sie lenkte den Land Cruiser eine Feuerschneise entlang bergauf. Zumindest sah es aus wie eine Feuerschneise, allerdings regnete es viel zu stark, um das mit Sicherheit sagen zu können. Samantha fuhr trotzdem dicht am Rand der Schlucht weiter, und der Cherokee ebenfalls. Wir schleuderten durch kaum erkennbare Kurven, bis wir schließlich oben ankamen und ein Stück über den Rand der Schlucht rutschten. Der Cherokee war immer noch dicht hinter uns. Vor uns ergoss sich eine Schlammflut durch eine Rinne talwärts. Steile Granitwände versperrten auf beiden Seiten den Weg. Ich hatte nicht die geringste Ahnung, wie wir hier wieder heil herauskommen sollten, als Samantha unvermittelt auf die Bremse trat, zurückschaltete und eine perfekte Kehrtwende hinlegte, wodurch der Land Cruiser wie ein Schattenboxer den Weg freigab, während der Cherokee außer Kontrolle geriet, weiter rutschte und mit einem durchdringenden Kreischen abbremste. Sekunden später steckte der Cherokee mit der Schnauze im Schlamm, und wir rasten in der gleichen Richtung, aus der wir gekommen waren, wieder den Berg hinunter.

Ich starrte Samantha dankbar und voller Respekt an. »Wo haben Sie das denn gelernt?«, fragte ich, obwohl ich bereits eine ziemlich klare Vorstellung von der Antwort hatte.

»Hab ich Ihnen doch schon gesagt – bin eben ein Mädchen vom Lande«, sagte sie.

»Fragt sich nur, von welchem Land?«, erwiderte ich. »Quantico, Virginia oder D Street in Washington?«

Aber darauf gab sie mir keine Antwort. Sie hatte abgebremst, und wir schauten beide zu dem Grand Cherokee zurück. Er hatte bereits aus dem Schlamm zurückgesetzt und raste auf einer Straße, die direkt in den Redwood-Wald führte, in den Sturm davon.

»Wo fahren die jetzt hin?«, fragte ich.

»Zu Ihrem Sohn. Die wollen sichergehen, dass er tot ist, bevor wir zu ihm kommen.« Sie warf den Rückwärtsgang ein, wendete und folgte ihnen. »Egal, auf welcher Seite er steht.«

»Auf welcher Seite steht er denn?« Ich sah sie an und umklammerte das Armaturenbrett, während wir über die Furchen holperten. »Sie müssten das wissen.«

Samantha warf mir einen kurzen Blick zu. Inzwischen hatten wir die Bäume erreicht. Die Scheinwerfer des Cruiser schnitten durch den Regen und strahlten die riesigen Stämme an. »Offen gesagt«, antwortete sie, »ich bin nicht sicher.«

23

Samantha Backus' richtiger Name lautete Samantha Faber, und sie war Special Agent des FBI, zuständig für behördeninterne Ermittlungen. Obwohl ich es bereits seit einiger Zeit vermutet hatte, sogar bereits bevor sie detaillierte Kenntnisse über Lawton Stanleys Steuerprobleme offenbart hatte, erfuhr ich es offiziell ein paar Minuten später, als ich mit einer aufgeschlagenen Karte Kaliforniens auf dem Schoß neben ihr saß. Der Cherokee schien von der Nacht verschluckt worden zu sein, und Samantha, die immer noch am Steuer saß, zeigte mir ihren Dienstausweis.

»Sie haben mich eine ganze Weile getäuscht«, sagte ich und starrte ihr Foto unter dem Hologramm an.

»Da sind Sie nicht der Erste.«

»Ja, allerdings bin ich angeblich vom Fach.«

»Falls Sie sich Sorgen um Ihr Image machen, werde ich …«

»Nein, nein. Ist schon in Ordnung … Was ist mit dem Rest Ihrer Geschichte? Brown … Paris …?«

»Stimmt alles«, sagte sie und verstaute den Ausweis wieder in ihrer Brieftasche.

»Was hat Sie dann dazu gebracht …?«

»Zu den Feds zu gehen? … Als ich den Job bei der Trib nicht bekam, habe ich eine Stelle als Zollfahnderin angenommen. Na ja, eines führte zum anderen und …«

»Macht Ihnen Spaß, was Sie tun?«

»Sollte es nicht?« Sie sah mich leicht verärgert an, als sie meinen scharfen Unterton mitbekam. »Ja, die Bekämpfung von Verbrechen macht mir Spaß.«

»Innerhalb und außerhalb des Bureau?«

»Überall … Hören Sie, wir verschwenden hier unsere Zeit«, sagte sie und deutete auf die Landkarte. »Ich dachte, Sie versuchen herauszubekommen, auf welcher Strecke die Ihren Sohn verlegen könnten.«

»Es gibt nur einen Weg.« Ich faltete die Karte zusammen. »Wenn sie ihn nicht auf dem 101 runterbringen, müssten sie viel zu viel erklären.«

»Ich hoffe, Sie haben Recht«, sagte sie.

An der Highwaykreuzung bogen wir nach Norden ab. Ich beobachtete sie beim Fahren und versuchte, sie etwas besser zu verstehen. Das hier war eine völlig neue Generation. Als ich in ihrem Alter war, kam allein schon der Gedanke, für eine Bundesermittlungsbehörde zu arbeiten, einem Beitritt beim KKK gleich. Sie jedoch schien überhaupt kein Problem damit zu haben, genauso, als hätte sie einen Job bei Ben & Jerry's oder bei Apple Computer.

»Dann handelt es sich hier also um eine interne Ermittlung«, sagte ich. »Ich nehme an, es hat mit Nicholas Bart zu tun.«

Sie nickte.

»Wie lange läuft das schon?«

»Eine ganze Weile, aber wir haben noch nichts Handfestes. Ein Vogel, der schwer zu fangen ist.«

»Steht er mit der CFP in Verbindung?«

»Nicht dokumentiert.«

»Was ist mit der Bombenwerkstatt?«

»Möglich, dass er sie gegründet hat, aber beweisen konnte es bislang niemand.«

»Soll heißen, das FBI steckt nicht dahinter?«, fragte ich verschmitzt.

Sie warf mir einen Seitenblick zu. »In dieser Branche arbeiten wir nicht.«

»Jede Wette.«

»Tun wir nicht.«

»Taten Sie aber.«

»Nicht mehr.«

»Woher wissen Sie das?«

Sie schwieg einen Moment, bevor sie antwortete: »Ich glaube, Sie leben immer noch unter den Voraussetzungen einer anderen Zeit.«

»Bart vielleicht auch.«

»Er ist vierunddreißig.«

»Und warum ermitteln Sie dann gegen ihn?«

»Menschen geraten auf Abwege. Sogar beim Bureau.«

»Vielen Dank, Director Hoover.«

»Das war überflüssig«, sagte sie.

»Sorry«, sagte ich. »Vielleicht lebe ich ja wirklich in der Vergangenheit.« Ich lächelte. »Aber in ein paar Wochen werde ich fünfzig.«

»Sie sehen nicht so aus.«

»Gott sei Dank.«

Sie lachte und entkrampfte damit die Situation. Eine Weile fuhren wir schweigend weiter. Der sintflutartige Regen hatte vorübergehend nachgelassen und war jetzt wieder schlimmer geworden. Ich sah, dass der Wasserspiegel stieg, als wir auf einer Brücke den südlichen Arm des Eel River überquerten. Von dem Cherokee war schon einige Zeit nichts mehr zu sehen gewesen, aber irgendwie hatte ich das Gefühl, dass er immer noch ganz in unserer Nähe war. »Genau genommen hat die Untersuchung vor über einem Jahr ergeben, dass Bart sauber ist«, brach Samantha das Schweigen. »Er ist ein raffinierter Hund. Das muss ich Ihnen ja nicht erst sagen … Aber dann habe ich noch einmal ganz von vorn angefangen, auf eigene Faust, leise, still und heimlich …«

»Als einsamer Wolf? Ganz schön riskant, oder?«

Sie wählte ihre Worte vorsichtig. »Drücken wirs mal so aus: Man ist beim Bureau nicht gerade die beliebteste Person, wenn man die abgeschlossene Ermittlung eines anderen Agenten wieder aufrollt.«

»Wahrscheinlich nicht«, sagte ich, als ich die Anspannung in ihrer Stimme hörte. »Welches Motiv hat Bart für das alles?«, fragte ich. »Hasst er die Umweltschützer so sehr, dass er übers Ziel hinausschießt?«

»Ich glaube, das ist ihm ziemlich scheißegal.«

»Und was hat dann Ihr Misstrauen ihm gegenüber wieder geweckt?«

»Sie.«

»Warum ausgerechnet ich?«, sagte ich verdutzt. Ich starrte sie an, konnte aber nicht besonders viel erkennen. Sie hatte die Armaturenbrettbeleuchtung gedimmt, um selbst besser sehen zu können.

»Bevor ich Sie persönlich kennen gelernt habe, bestand er darauf, dass Sie so ein Arschloch von einem Altachtundsechziger sind, der jeden ans Kreuz nageln würde, nur um den eigenen Jungen aus der Scheiße zu ziehen.«

»Und danach?«

»Tjaaa … Sie sind schon irgendwie retro, wenn ich mal so sagen darf.«

»Danke«, sagte ich.

»Aber ein Arschloch sind Sie nicht … Leider klang alles sehr vernünftig, was Sie sagten.«

Ich war mit ihrer Erklärung nicht völlig zufrieden, aber wir hatten nicht die Zeit für zwanglose Diskussionen. Ein gelbes Warnlicht blinkte uns an, und Samantha bremste ab, als im Scheinwerferkegel des Land Cruisers ein CHP-Officer in Regenjacke auftauchte, der vor einer Polizeiabsperrung stand. Mit erhobener Hand kam er auf uns zu. Samantha kurbelte die Seitenscheibe herunter.

»Die Straße ist gesperrt«, sagte er. »Sie müssen wenden.«

»Es handelt sich um einen Notfall«, sagte Samantha.

»Alles andere auch, Lady«, erwiderte der Cop. »Es gab bereits drei schwere Unfälle. Auf einen weiteren können wir verzichten.«

Ich spannte mich an. War Simon in einen davon verwickelt? Dieser Sturm kam definitiv gelegen. Besser hätten sie es nicht planen können. »Diese Frau ist beim FBI.« Ich deutete auf Samantha. »Sie müssen uns durchlassen!«

Er starrte Samantha überrascht an, die daraufhin wieder ihren Ausweis aus der Brieftasche fischte und ihm zeigte. »Tut mir Leid, Special Agent Faber. Sie können natürlich weiterfahren, aber ich muss Sie warnen. Sie werden nicht weiter als bis zur nächsten Kurve kommen.« Er zeigte hinaus in die Dunkelheit. »Fünfzig Meter weiter ist die Straße unterspült. Der Eel River ist von hier bis Glasgow über die Ufer getreten. Und ungefähr zwei Kilometer weiter ist ein Baum quer über die Straße gestürzt.«

»Sie haben nicht zufällig einen Wagen des Sheriffs durchkommen sehen?«, fragte ich. »Mit einem Häftling?«

Er schüttelte den Kopf.

»Wie stehts mit einem Jeep Cherokee?«

»Hier ist seit über einer Stunde außer Matsch nichts mehr durchgekommen.«

Der Officer verschwand, um sich um einen anderen Wagen zu kümmern.

»Könnten sie noch einen anderen Weg genommen haben?«, fragte ich.

»Diese Typen kennen die Gegend besser als ich«, erwiderte Samantha. »Die sind hier geboren und aufgewachsen.« Sie griff nach ihrem Mobiltelefon und rief das Büro des Sheriffs in Eureka an. Nicht weiter überraschend, war die Gruppe mit Simon bereits aufgebrochen. Nachdem sie sich als FBI-Agentin zu erkennen gegeben hatte, bat sie die Person am anderen Ende der Leitung, doch bitte zu versuchen, sie über Polizeifunk zu erreichen. Es handele sich um einen Notfall. Wir saßen da und warteten, bis der Deputy wieder in der Leitung war. Pech. Der Häftlingstransporter antwortete nicht. Wer wusste, wo der Cherokee steckte?

»Die werden ihn niemals lebend da rauslassen, oder?«, sagte ich zu Samantha und fuhr fort, ehe sie antworten konnte. »Wie weit ist es von hier bis Glasgow?«

»Paar Kilometer.«

»Dann los.«

»Moment«, sagte sie, kletterte auf den Rücksitz und beugte sich zu einer Stahlkiste im Lagerraum. »Die werden wir brauchen.« Sie schloss die Kiste auf und brachte eine .357er-Magnum und eine Schrotflinte zum Vorschein.

Bevor ich etwas sagen konnte, gab sie mir die Magnum samt Reservemagazin und nahm selbst die Schrotflinte. Die Waffe lag schwer in meiner Hand. Und fühlte sich merkwürdig an. War schon eine ganze Weile her … Aber irgendwie erstickte die aktuelle Situation etwaige Bedenken meinerseits gegenüber Schusswaffen.

Wir verließen den Toyota und gingen in den Sturm hinaus. Der CHP-Officer schaute uns entsetzt nach, als wir an der Straßensperre vorbeimarschierten. Nach fünfzig Metern erreichten wir die Kurve und blieben stehen. Der Officer hatte Recht. Die Strecke war unpassierbar. Der Eel River war über die Ufer getreten.

»Schlimmer als damals, als mein Haus unter Wasser stand«, sagte Samantha und starrte auf das Meer schwarzen Wassers hinaus, das sich wie die Lava eines unsichtbaren Vulkans quer über den Highway 101 ergoss. Wir kehrten ein Stück zurück, verließen die Straße und gelangten auf höher gelegenes Gelände, wo wir an der Flanke eines Berges in nördlicher Richtung weitergingen. Es war nicht einfach, trotz der überall herumliegenden abgebrochenen Äste und des völlig durchweichten Bodens Halt zu finden. Bei dem finsteren, mondlosen Himmel, über den niedrige dunkle Wolken zogen, und ohne ein Licht am Horizont war die Nacht praktisch undurchdringlich.

Der Verlauf des tosenden Flusses änderte sich, und die Straße tauchte wieder auf, erklomm den nächsten Berg. Wir kehrten zu ihr zurück und kämpften uns weiter gegen den Wind vor. Oben angekommen, war es mit einem Mal windstill, beinahe als hätten wir schließlich das Auge des Sturms erreicht. Die Sicht war auch wieder besser, und ich konnte die Stelle sehen, wo sich ungefähr hundert Meter weiter unten Straße und Fluss ein zweites Mal vereinten. Unmittelbar hinter dieser Stelle blockierte ein umgestürzter Baumriese die Straße, genau wie der Officer gesagt hatte. Dazwischen und ganz allein auf der Straße steckte ein Transporter des Sheriffs fest. Die Scheinwerfer brannten, und trotz des Sturms standen Fahrertür sowie Hecktüren weit offen. So als wäre das Fahrzeug überstürzt verlassen worden …

Ich berührte Samanthas Arm. Wir marschierten weiter runter und erreichten den Straßenrand. Der Transporter hatte vierzig, fünfzig Zentimeter vor dem Baum gehalten. Der Motor lief nicht mehr. Ich konnte das Drahtgeflecht hinter den Seitenscheiben erkennen. Eindeutig ein Gefangenentransporter. Vorsichtig näherten wir uns weiter. Alles war ruhig, die Flaute des Sturms dauerte an. Niemand schien in der Nähe, als wir neben dem Baum die Straße überquerten und zum Führerhaus des Vans gingen. Dann blieben wir gleichzeitig stehen. Auf dem Fahrersitz saß ein Deputy, den ich aus dem Gefängnis in Eureka wiedererkannte. Sein unbeweglicher Körper war über dem Steuer zusammengesackt. Von seinem Scheitel floss Blut über seine linke Wange. Anscheinend war ihm aus kürzester Entfernung der Schädel weggeblasen worden.

Mit einer Hand auf dem Bauch versuchte ich, die aufkeimende

Übelkeit zu unterdrücken, und sah Samantha an, die nach unten starrte. Schweigend ging ich zum Heck des Transporters. Es kann kaum mehr als zwei oder drei Sekunden gedauert haben, aber nichtsdestoweniger war es der längste und entsetzlichste Gang meines Lebens, bis ich schließlich … nichts sah! Der Transporter war leer. Nichts von dem schrecklichsten Bild, das ich mir je in meiner Fantasie ausgemalt hatte: der Leichnam meines Sohnes.

»Simon!«, schrie ich in die Nacht hinaus, obwohl ich genau wusste, dass es wahrscheinlich besser gewesen wäre, den Mund geschlossen zu halten, doch das sofort einsetzende Gefühl der Erleichterung war so überwältigend, dass ich mich nicht mehr bremsen konnte. »Simon!«, rief ich wieder und suchte den Wald in unserer näheren Umgebung ab. Keine Antwort. Samantha und ich entfernten uns wieder von dem Transporter und gingen weiter die Straße hinunter. Aber wir waren noch keine zwanzig Meter weit gekommen, als wir erneut stehen blieben. Vor uns lag – mit dem Gesicht nach unten – ein weiterer Körper. Ich beugte mich vor und sah nach. Es war Bill Brindle. Man hatte ihm in den Rücken geschossen.

Wieder hielt ich voller Angst die Luft an, als ich eine erregte Stimme hörte. »Moses … Gott sei Dank, Sie sind hier … Es war der reinste Irrsinn.« Bart stand am Ufer des angeschwollenen Flusses, auf dem gewaltige Redwood-Stämme vorbeischnellten, die sich aus dem Teich des Sägewerks oben in Glasgow selbstständig gemacht hatten. Er trug einen Südwester und eine schwere Regenjacke aus Gummi.

»Wo ist Simon?«, wollte ich wissen.

»Ich weiß es nicht … Ich hoffe, er ist okay …« Er machte einige Schritte auf uns zu und zeigte auf Brindle. »Dieser Terrorist von den Hütern hat den Transporter in seine Gewalt gebracht und …«

»Er ist kein Terrorist! Er gehört zu Ihnen … Beziehungsweise gehörte!«

»Ach, Moses, ich bitte Sie. Seien Sie nicht albern«, sagte Bart. »Der einzige, der mit uns zusammenarbeitet, ist Ihr Sohn … Ich dachte, das wüssten Sie inzwischen. Sie haben mir doch selbst dieses Post-it mit meiner Telefonnummer gezeigt.«

»Sie erwarten allen Ernstes, dass ich Ihnen diese Scheiße abkaufe, Bart? Wieso haben Sie uns eigentlich vorhin erst für nichts und wieder nichts zu diesem Krankenhaus geschickt?«

»Ich habe Sie überhaupt nirgendwohin geschickt. Was reden Sie da?«

»Ihre Freunde von der California Forest Protection haben uns dort erwartet.«

»Das sind nicht meine Freunde. Das ist ein Haufen völlig durchgeknallter Irrer, die eine Art Bürgerwehr gebildet haben.« Er schüttelte ungläubig den Kopf. »Und sie haben auch nicht auf Sie gewartet. Sie haben auf uns gewartet. Wir haben selbst versucht, dorthin zu kommen.« Er gestikulierte auf den beschädigten Gefangenentransporter. »Sie wollten Simon aufhalten, bevor er reden konnte ... Ich wusste, dass das Telefon der Polizei angezapft war. Aber ich dachte, nur die Hüter würden dahinter stecken.«

Ich starrte Bart an. Einen Sekundenbruchteil glaubte ich ihm fast. »Sie wissen verdammt gut, dass die CFP die Polizei nicht erst anzapfen muss. Sie können denen alles persönlich sagen, was sie wissen wollen!«

»Von wem haben Sie das denn? Von Special Agent Faber?« Bart deutete mit dem Kopf auf Samantha, die mit der Schrotflinte locker in der Hand etwa drei Meter entfernt stand. »Diese nie zufrieden zu stellende, aufsässige kleine FBI-Maus? Sie hat fünf Jahre gegen mich ermittelt, bis man ihr schließlich einen Riegel vorgeschoben hat. Wenn überhaupt jemand mit der CFP zusammenarbeitet, dann sie!«

»Deshalb haben die uns auch beide entführt, ja? Hätte ich nicht die 911 angerufen ...«

»Komisch. Ich habe im Polizeijournal nichts von einer Anzeige wegen Entführung gesehen.« Er sah Samantha an. Es regnete immer noch in Strömen.

»Ich habe mich selbst befreit«, sagte sie.

»Moses, wollen Sie ihr diesen Unsinn etwa abkaufen? Helfen Sie mir, Ihren Sohn zu finden. Er wurde von diesem Terroristen angeschossen und ...«

»Angeschossen?!«

»Er ist jetzt irgendwo da draußen.« Er deutete vage auf den Wald.

Ich hatte das Gefühl, mir würde der Schädel explodieren. »Falls Sie meinem Sohn auch nur ein Härchen gekrümmt haben, reiße ich Ihnen jeden Knochen einzeln aus dem Leib!«

Ich setzte mich zu Bart in Bewegung, der daraufhin sofort zurückwich und eine .38er unter seinem Mantel hervorzog. »Keine Bewegung!«

Die drei Mitglieder der California Forest Protection traten hinter den Bäumen hervor. Platt und die Frau hatten Schrotflinten auf uns gerichtet. Larsen hatte ebenfalls eine Magnum.

Ich erstarrte, die rechte Hand an meiner Seite, den Lauf meiner Magnum auf den Boden gerichtet.

»Tut mir Leid, dass es so kommen musste«, sagte Bart. »Ich habe versucht, Ihnen zu zeigen, dass es nicht nötig ist … Und jetzt lassen Sie die Kanone fallen.«

»Wo ist Simon?«, fragte ich vor Wut kochend.

»Ich sagte, die Kanone fallen lassen!«, wiederholte Bart. »Sie kommen mir ohnehin nicht wie ein großer Scharfschütze vor. Und diese Gentlemen hier haben bei den Marines in Quantico eine Antiterrorausbildung absolviert. Larsen war Kommandeur eines SEAL-Teams in Kuwait.«

»War das bevor oder nachdem er den Hütern gezeigt hat, was man mit Sprengstoffen so alles machen kann?« Ich sah Larsen an, dessen Magnum genau auf meinen Kopf gerichtet war.

»Lassen Sie sie lieber fallen«, sagte Samantha zu mir. Sie hob kapitulierend die linke Hand, beugte sich vor und legte ihre Schrotflinte auf die Erde. Ich senkte langsam meine Schulter und machte das Gleiche, ließ meine Pistole mit einem dumpfen Aufschlag in den Matsch fallen.

»Treten Sie sie her zu mir«, befahl Bart. Wir kickten unsere Waffen ein paar Zentimeter vorwärts. »Und jetzt zurück!« Wir traten einige Schritte zurück.

Der Sturm hatte wieder einen Moment nachgelassen. Es war beinahe totenstill. Bart und seine Kumpane standen bewegungslos da und stierten uns an. Ich vermutete, dass sie sich darüber klar zu werden versuchten, wie und wo sie uns am besten beseitigen konnten. Ich vermutete weiterhin, dass sie dazu nicht lange brauchen würden. Ich ging die mir zur Verfügung stehenden Alternativen durch, die ausnahmslos nicht besonders verlockend erschienen, als sich plötzlich an dem vor uns liegenden Berg ein Erdrutsch löste.

Alle schauten zu der Stelle hinüber. »War er das?«, sagte Platt.

»Ich dachte, er wäre angeschossen«, sagte ich.

»Halts Maul«, fauchte Bart. Er zeigte auf Platt und Larsen. »Ich hab hier alles im Griff. Geht und seht nach!« Er deutete mit dem Kopf auf den Wald. Sie machten sich auf die Suche nach Simon, ließen Samantha und mich mit Bart und der Blondine zurück.

»Simon, Sie kommen!«, brüllte ich aus Leibeskräften, obwohl ich genau wusste, dass meine Stimme im heulenden Wind untergehen würde. Es regnete inzwischen wieder stärker. Sekunden später hörte ich in einiger Entfernung Schüsse. Bevor ich irgendetwas tun konnte, drückte mir die Frau den Lauf ihrer Schrotflinte unters Kinn. »Bildest du dir ein, du kommst damit durch, Arschloch?«

Zu Bart sagte ich: »Wie werden Sie erklären, uns alle umgelegt zu haben?«

»Es war eine stürmische Nacht«, sagte er.

»Kein Mensch wird Ihnen glauben«, sagte Samantha.

»Wer solls ihnen denn erzählen? Du vielleicht?« Er trat hinter sie und legte seinen Arm zu einem Würgegriff um ihren Hals. »Der Wachhund der Regierung?« Er zog sie auf die Erde hinunter, trat ein Stück zurück und verpasste ihr mit seinem schweren Stiefel einen so brutalen Tritt, dass man das Klappern ihrer Kinnlade hören konnte, als sie nach hinten flog. Sie umklammerte ihren Bauch und schnappte nach Luft. Sie zwinkerte und kniff die Augen zusammen.

Bart starrte sie einen Moment an, dann wandte er sich mir zu. »Oder du vielleicht«, sagte er, »der besorgte Vater?« Er richtete seine Pistole auf mein Gesicht, nur Zentimeter entfernt vom Lauf der Schrotflinte. Ich ließ meinen Blick davon in die Mündung der .38er wandern. Bart krümmte seinen Finger um den Abzug. »Gott bewahre uns vor besorgten Eltern.« Er wollte gerade abdrücken, als Samantha sich unvermittelt über den Boden rollte und nach seinen Beinen griff. Die Blondine wirbelte herum. Ich sprang sie an und griff nach der Schrotflinte, als Bart zweimal feuerte. Der erste Schuss ging ins Leere, aber der zweite erwischte Samantha in der Schulter. Sie schrie auf, umklammerte die Schulter und rannte stolpernd auf den Wald zu.

Ich drehte mich auf dem Boden um und feuerte die Schrotflinte auf die Blondine ab. Ihr Gesicht zerplatzte in einen Blutregen. Bart wirbelte herum, richtete seine Pistole auf mich. Die Schrotflinte hatte nur einen Lauf. Ich schleuderte sie auf ihn, bevor er abdrücken konnte, und rannte so schnell ich konnte auf die Bäume zu. Mehrere Kugeln flogen mir um die Ohren, als ich im Matsch ausrutschte. Aber ich schaffte es zum Waldrand und lief weiter, rannte ein paar hundert Meter weit hinein und brüllte dabei immer wieder »Simon! Simon!«, bis ich schließlich erschöpft über dem Stamm eines Redwood zusammenbrach.

Dort verschnaufte ich einen Augenblick und versuchte konzentriert, die Dunkelheit zu durchdringen. Niemand zu sehen. Außer dem peitschenden Regen auf den Ästen über mir war kein Laut zu hören. Gleichzeitig legte sich ein dichter Nebel über alles um mich herum. Der Baum unmittelbar vor mir verschwand außer Sicht, es folgte der Farn nur wenige Meter entfernt. Mitten in der Nacht befand ich mich in einem alles umhüllenden Weiß.

Irgendwo hinter mir krachten weitere Schüsse. Ich wirbelte herum. Dann hörte ich Schritte in meine Richtung gelaufen kommen. Von zwei Personen. Sie gingen an mir vorbei und setzten ihren Weg fort, blieb dann stehen.

»Scheißsuppe hier draußen«, sagte jemand. Es hörte sich an wie Platt. »Was ist aus der FBI-Schlampe geworden?«

»Diesmal haben wir sie erwischt«, sagte Larsen.

Sie kehrten in meine Richtung zurück. Ich hatte nichts zur Verteidigung. Ich musste mich unbedingt bewaffnen, aber womit? So lautlos wie möglich machte ich mich auf den Rückweg in die Richtung, aus der ich glaubte gekommen zu sein. Aber nach nicht mal zwanzig Metern hatte ich in dem dichten Nebel die Orientierung verloren. Ich drehte mich einmal um die eigene Achse und versuchte, mich zu orientieren. Verzweifelt rief ich »Simon! Simon!« und marschierte weiter, ohne zu wissen, wo ich war. Irgendwo rechts von mir hörte ich Platt: »Das war der Vater!« Weitere Schüsse fielen. Sie kamen in meine Richtung gelaufen. Ich schlug die entgegengesetzte Richtung ein, stolperte über einen Strauch oder Busch und rannte gegen einen Baum, als ich plötzlich eine Hand auf meiner Schulter spürte und wie vom Blitz getroffen erstarrte.

Es war Samantha. Ihr Gesicht war übel ramponiert und zerkratzt, ihre Jacke auf der linken Seite blutdurchtränkt. Einen Moment stand sie schwankend vor mir und versuchte verzweifelt, auf den Beinen zu bleiben. Dann brach sie in meinen Armen zusammen und drückte mir die Magnum in die Hand. Ich schleppte Samantha zu einem Felsblock und legte sie behutsam auf den Waldboden. Blut strömte von ihrem Arm. Platt oder Larsen musste sie ein zweites Mal erwischt haben. Aber sie hatten sie nicht aufhalten können, und sie hatte sich die Waffe geholt.

Ich zog meine Jacke aus und legte sie ihr gerade unter den Kopf, als der Strahl einer Taschenlampe den dunklen Nebel zerschnitt und mir genau auf die Brust fiel. Blindlings schoss ich in die Richtung des Strahls. Die Magnum hatte einen gewaltigen Rückschlag. Die Taschenlampe verlosch.

»Nicht schlecht, Wine.« Bart. »Und wie wärs damit?!« Er jagte eine Salve in meine Richtung, während ich einen Satz machte und hinter dem Felsblock in Deckung ging. »He, Jungs, er ist hier drüben!«, brüllte er und ließ die Taschenlampe als Signal aufblitzen. Ich hörte, wie Platt und Larsen in unsere Richtung stürmten. Dann andere Schritte aus der entgegengesetzten Richtung. Simon! Wo steckte er?

Dann Stille. Ich kauerte hinter dem Felsblock. Außer Samanthas Atmen war nichts zu hören. Dann ein geflüstertes »Pop!« Unmöglich zu sagen, woher es kam.

»Der Junge!«, sagte Platt irgendwo ganz in der Nähe.

»Sei still!«, raunte ich eindringlich.

Schweigen. Stille. Geraschel von Ästen. Dann bewegten sich Körper auf mich zu. Sie nahmen den Köder an. Ich hielt die Luft an, während

Platt und Larsen näher kamen. Ich starrte in die Nacht und versuchte, im Nebel ihre Silhouetten auszumachen. In dem Augenblick, als ich die Andeutung einer Kontur erkannte, sprang ich auf und begann zu schießen, leerte mein ganzes Magazin. Sie waren bereits auf kürzeste Entfernung herangekommen. Sie schrien auf, umklammerten im Todeskampf ihre Brust und stürzten nach vorn zu Boden. Platts Schrotflinte explodierte im Dreck. Dann wieder Stille. Ich schaute zu Samantha hinüber. Im Dunkeln konnte ich nicht erkennen, ob ihre Augen geöffnet oder geschlossen waren.

»Gute Arbeit, Moses«, sagte Bart. Es hörte sich an als wäre er ungefähr zehn Meter entfernt. »Exzellente Treffsicherheit.« Ich wich erneut gegen den Felsblock zurück und stieß das zweite Magazin in den Griff. Sofort begann ich in die Richtung seiner Stimme zu schießen. Wieder ein schmerzerfüllter Schrei, dieser schriller als die ersten. Ich stellte das Feuer ein. Lauschte. Der Regen hatte aufgehört. Ich verharrte einen Moment, wartete ab. Wieder Geraschel, dann nichts mehr. »Vielleicht ein bisschen zu gut«, sagte Bart schließlich. Er knipste die Taschenlampe an und ließ den Strahl kreisen. Nichts war zu erkennen, bis das Licht plötzlich auf den blutbespritzten Fetzen eines Gefängnishemdes fiel. Der Stoff hing in den Zweigen eines Strauches. Unter dem niedrigsten Ast ragte Simons Bein hervor. Ich erkannte seinen Wanderstiefel.

Der Taschenlampenstrahl setzte sich in meine Richtung in Bewegung. »Schöne Scheiße, was?«, sagte Bart. »Den eigenen Sohn zu erschießen!«

Ich sank wie ein Büßer auf die Knie. Ich konnte nicht weitermachen.

Bart blieb etwa fünf Meter von mir entfernt stehen und schaute zu mir herab. »Mein aufrichtiges Beileid. Ehrlich«, sagte er. Ich sah zu ihm auf und nickte. Ich wusste, dass er mich töten würde, aber das war mir egal. Ich breitete die Arme aus, um ihm ein leichtes Ziel zu bieten. Er starrte mich einen Moment lang an und hob dann die Waffe. In diesem Moment sprang Simon mit nacktem Oberkörper hinter dem Strauch auf. Mit einem Riesenschritt warf er sich auf Barts Rücken. Aber Bart war stärker, als ich es erwartet hätte. Er schüttelte Simon ab, drängte ihn auf den Felsen zurück und richtete sofort seine .38er auf ihn. Mit dem Felsblock im Rücken saß Simon in der Falle. Bart würde ihn jeden Augenblick abknallen. Bevor er abdrücken konnte, griff ich nach der Magnum und ballerte ohne nachzudenken los. Ich erwischte Bart in den Rücken. Er schnappte nach Luft und sackte nach vorn gegen Simon, der ihn auffing und den erschlafften Körper vor sich in den Matsch gleiten ließ.

Ich stand auf und ging zu Simon. Seine nackte Brust war blutverschmiert. »Schöne Scheiße, Pop, häh?«, sagte er und wischte sich das Blut ab.

»Worauf du einen lassen kannst!« Ich starrte ihn an und war unglaublich dankbar, dass er noch lebte. Ich nahm ihn in die Arme und drückte ihn an mich. Dann fiel mein Blick auf Samantha und ich sah, dass auch sie noch lebte. Ich fühlte mich unbeschreiblich erleichtert. Dann sah ich wieder Simon an. »Wo hast du gelernt, so hervorragend toter Mann zu spielen?«, fragte ich.

»Von dir«, sagte er.

24

»Ist es denn verboten, jemanden von seinem Sachverstand profitieren zu lassen, Mr. Wine?«

Ich saß Sean Handler in seinem Büro in der Firmenzentrale der FOXAM Corporation an der Figueroa Street in der Innenstadt von Los Angeles gegenüber. Es war früher Morgen – um neun Uhr musste Handler zu einem von ihm geleiteten Seminar über moderne Anlagestrategien in der UCLA sein –, aber ich hatte ihn bereits über die bekannten wie die mutmaßlichen Einzelheiten des Falles informiert, soweit ich sie verstand. Etwa gegen halb acht hatten wir in der Couchecke seines Büros Platz genommen und uns bei einem Frühstück mit Orangensaft, frischen Bagels von I-N-Joy und einem starken Wiener Röstkaffee unterhalten.

Begonnen hatte ich mit Anspielungen auf unseren gemeinsamen Bekannten Mr. Lawton Stanley, dessen bereitwilliger Hilfe (und seinen Schwierigkeiten mit dem Finanzamt) ich diesen Gesprächstermin zu verdanken hatte. Ich wusste, dass er und Handler sich ziemlich gleichgültig waren, aber ich vermutete zu Recht, dass auf beiden Seiten genug Oberschichtshöflichkeit vorhanden war, um mir diese Tür zu öffnen. Also brachte ich meine üblichen Huldigungen dar, was für großartige Burschen sie beide doch waren. Handler und ich machten in diesem gepflegten Umgangston weiter, als wir übergangslos auf seine Highschoolzeit zu sprechen kamen. Dies deshalb, weil ich mich nach einem Foto seiner Abschlussklasse erkundigt hatte, das auf seinem Schreibtisch stand – die Kinder sehr förmlich mit Mützen und Talaren herausgeputzt. Handler war auf diese Klasse ganz besonders stolz, weil mehrere seiner ehemaligen Mitschüler in der Folgezeit berühmt geworden waren, darunter ein führender Theateragent und eine oscarprämierte Schauspielerin – von seiner eigenen hervorragenden Karriere als Genie für Unternehmensfusionen und Aufkäufe ganz zu schweigen. Er war ein echtes Symbol der Achtzigerjahre.

»Muss wohl irgendwas in unserer Schulmilch gewesen sein«, meinte er mit einem bescheidenen Lächeln auf den Lippen. »Aber das ist mein wahrer Stolz, meine wirkliche Bastion gegen die unvermeidlichen Widrigkeiten des Lebens.« Er deutete auf mehrere Familienfotos neben der Abschlussaufnahme. Über eine Reihe von Jahren und an verschiedenen Orten von Bel Air bis zum Strand einer, wie es schien, Mittelmeerinsel wie Sardinien oder Sizilien posierten drei gut aussehende Kinder an der Seite von Handler und seiner Gemahlin – einer großen, grobschlächtigen Frau mit kurzen blonden Haaren vom Typ jüdische WASP-Variante, reiche weiße Oberschicht. »Cynthia und ich sind jetzt sechsundzwanzig unglaubliche Jahre zusammen und haben die Kinder aufwachsen sehen«, fuhr er fort und deutete nacheinander auf jedes Einzelne. »Danny ist inzwischen selbst verheiratet und absolviert derzeit seine Assistenzzeit am Mass General, Jennifer studiert Jura in Dartmouth und Marcus, unser Jüngster, spricht davon, auf der Wharton School of Business in die Fußstapfen seines Vaters zu treten, der Himmel möge ihm helfen. Aber ich will Sie nicht langweilen.«

Handler schenkte mir Kaffee nach. Ich musterte ihn einen Augenblick und versuchte, mich auf den Grund meines Hierseins zu konzentrieren. Seine modisch geschnittene beige Hose und die pastellfarbene Kaschmirjacke verliehen ihm das Aussehen eines überaus erfolgreichen Menschen, wie man es mit frisch in den Ruhestand getretenen Tennisprofis oder Wertpapierhändlern assoziiert, deren Geschäfte ihre volle Aufmerksamkeit nur noch ein oder zwei Stunden täglich verlangen. Aber er war beinahe einen Tick zu gepflegt, und da waren Ränder unter seinen Augen, die ihm einen leicht ausgemergelten Aspekt verliehen, der nicht mit seinem Alter harmonierte. Außerdem schluckte er, wie ich bemerkte, zum Frühstück mehrere verschiedene Vitamine, darunter Vitamin E und B, sowie Pillen, die ich nicht näher identifizieren konnte, wobei er sein Gesicht verzog.

»Ich bin wegen meinem Sohn hier«, sagte ich schließlich.

»Das sagte man mir«, antwortete Handler. »Eine recht beunruhigende Geschichte. Ich habe die Zeitungsberichte gelesen. Wie dieser FBI-Agent … Bart, richtig? … versuchte, ihn zu töten, indem er einen Fluchtversuch inszenierte und all das … Aber ich bin überzeugt, Sie werden erleichtert sein, dass die Bundesanwaltschaft die Anklageerhebung gegen Ihren Sohn noch einmal überdenkt.«

»Das betrifft nur einen Teil der Anklagepunkte. Er steckt immer noch in ernsten Schwierigkeiten.«

»Mit Jack Koufax in seiner Ecke müsste er zurechtkommen. War es nicht Koufax, der es schaffte, dass die Anklage gegen Lou Mazzini wegen Beteiligung am organisierten Verbrechen fallen gelassen wurde? Wenn er das schafft, dann schafft er alles.«

»Es ist nicht direkt das Gleiche.«

»Trotzdem, alles läuft zu Ihren Gunsten. Was für eine peinliche Situation für das FBI. Ihre eigenen Agenten sind in zwielichtige Machenschaften verwickelt. Solche Dinge sollten doch angeblich seit der Zeit des COINTELPRO vorbei sein.«

»Hmmm ... nun ja ... mag sein«, sagte ich. »Vielleicht war es ja auch so ...« An diesem Punkt begann ich mit meiner Argumentation, dass Nicholas Bart ursprünglich durch Geld und nicht wegen einer politischen Ideologie veranlasst worden war, die Gewaltspirale in den Nordküstenkriegen eskalieren zu lassen, indem er eine Bombenwerkstatt gründete. Das löste eine Kettenreaktion aus, die zur Demenz der Umweltaktivistin Claire Hannin und schließlich einige Jahre später sowohl zum Tod des Holzfällers Leon Erlanger als auch zur Ermordung eines Journalisten namens Daniel Springer führte. Eine paramilitärische Gruppe namens California Forest Protection ermordete Springer und schob die Verantwortung dafür Ökoterroristen in die Schuhe, weil Springer kurz davor stand, die anfängliche Verbindung von CFP und Bart zu dieser Bombenwerkstatt aufzudecken. Aber nichts davon, betonte ich nachdrücklich, war vom FBI angezettelt worden. Nicht dieses Mal. Jemand, um es mit einfachen Worten zu sagen, hatte Special Agent Bart dafür bezahlt.

»Ein verarmter Staatsdiener«, sagte Handler und wägte die Möglichkeiten ab. »Bestechlich, nehme ich an. Aber wer sollte so etwas tun wollen?«

»Jemand, der wegen der staatlichen Auflagen zu Landnutzung, Artenschutzverordnung und solchen Dingen unduldsam und verärgert ist.«

Handler lächelte breit. »Scheint sich kaum zu lohnen, für so etwas Geld auszugeben, Mr. Wine. Mit unserem neuen Kongress gehören diese Vorschriften doch wohl der Vergangenheit an. Oder werden es zumindest bald.«

»Das alles ist vor fünf Jahren gewesen.«

»Ich verstehe, worauf Sie hinauswollen, aber dennoch … ein großes Risiko.«

»Glauben Sie, es gibt noch ein anderes Motiv?«

»Wer weiß das schon? Jedenfalls weiß ich wirklich nicht, wie ich Ihnen helfen könnte. Ich habe natürlich die Personenbeschreibung des armen jungen Mr. Bart gehört … in den Nachrichten … man konnte es ja gar nicht überhören. Aber trotzdem kann ich mich nicht erinnern, ihm einmal persönlich begegnet zu sein.«

»Vielleicht hilft das hier Ihrem Gedächtnis ein wenig auf die Sprünge.« Ich zeigte Handler ein Foto, das ich in den Unterlagen des *Humboldt Herald* gefunden hatte. Es war an diesem berühmten 4. Juli aufgenommen worden, als Handler in seinem neuen Pendleton-Hemd nach Glasgow gekommen war, um sich bei den Einheimischen einzuschmeicheln, nachdem er die Allied Lumber Company geschluckt hatte. Es zeigte einen offenbar besorgten Nicholas Bart, der einem Holzfäller half, den Vorstandsvorsitzenden aus dem Eel River zu fischen. Handler erinnerte auf dem Foto an eine pitschnasse Bisamratte. Wenigstens etwas, das wir gemeinsam hatten.

»Ist das Bart?«, fragte er unverbindlich. Ich nickte. »Wenn Sie das sagen«, fuhr Handler fort. »Es war nicht gerade mein glücklichster Tag in der freien Natur, wie Sie selbst sehen. Hab mir damals eine Grippe eingefangen, die ich über Wochen nicht mehr loswurde … falls überhaupt je.«

»Dann ist da noch das hier«, sagte ich und reichte Handler eine Kopie von Barts Kontoauszugs bei Dean Witter. Er überflog ihn kurz und gab ihn mir zurück.

»Ich habe den Eindruck, Mr. Bart sollte *mir* Tipps und Ratschläge geben«, sagte er.

»Das wäre aber seltsam, gehören doch drei dieser Firmen Ihnen.«

»Gehörten«, korrigierte Handler sofort. »Für kurze Zeit.«

»Zu Zeiten, während deren manche Leute Millionen verdient haben.«

»Sofern sie auf der richtigen Seite standen.«

»Sofern sie die richtigen Informationen besaßen.«

»Was wollen Sie damit sagen?«, fragte Handler, aber ich gab ihm keine Antwort. An diesem Punkt warf er seine Frage auf, ob es gegen das Gesetz sei, jemandem einen kostenlosen Tipp zu geben.

»Besonders nicht, wenn man den eigenen Sohn berät«, sagte ich.

Handler starrte mich mit dem müden Ausdruck der vorzeitig Verstorbenen an. »Was wollen Sie, Mr. Wine? Rache? Das ist ein bisschen banal. Und überflüssig obendrein.«

»Ich will Klarheit, Mr. Handler. Einfach nur Klarheit.«

Er zögerte und versuchte schlau daraus zu werden, vermutete ich, wie viel genau ich wusste, ob ich die stornierten Nachhilfeschecks gesehen hatte, das Immatrikulationsformular von der University of Colorado, auf dem das Feld für den Namen des Vaters freigelassen worden war, vielleicht sogar die Geburtsurkunde eines männlichen Kindes aus Denver, viertausendeinhundertachtundsiebzig Gramm, Vater unbekannt. Aber was spielte das für eine Rolle? »Ich war jung«, sagte er. »Ich dachte ja gar nicht daran, mich von Phyllis Bart fertig machen zu lassen ... Aber ich habe mich immer um ihn gekümmert.«

»Ich weiß.«

»Manchmal war es schwer. Er wollte viel, wie alle Kinder. Manchmal machte er Dinge ... um sich meine Liebe zu verdienen, die er vielleicht nicht hätte tun sollen. Aber das alles ist jetzt vorbei. Für ihn. Für mich.« Handler holte tief Luft und reckte die Schultern. »Die Sechziger sind Ihre Zeit, Mr. Wine. Die Achtziger waren meine. Mag sein, dass Sie ein Comeback versuchen, aber ich kann das leider nicht.« Er deutete auf die Pillen, die auf dem Couchtisch lagen. »Ich mache eine Chemo gegen den Prostatakrebs, der bereits in meine Lunge metastasiert hat. Mir bleiben bestenfalls noch sechs Monate. Das ist Gottes Vergeltung dafür, dass ich Junkbonds verkauft habe.« Handler schaute auf die Uhr. »Und jetzt werde ich aufbrechen müssen. Ich werde zu spät zu meinem

Seminar kommen.« Er stand auf, ging zur Tür und hielt sie mir auf. »Viel Glück, Mr. Wine. Ich bin überzeugt, der Gerechtigkeit wird Genüge getan werden.« Er klopfte mir auf die Schulter. »Aber was immer geschieht, es sollte Sie beruhigen, dass Sie nicht der einzige Vater sind, der sein Kind nicht kannte.«

25

»Hattest du Recht?«, fragte Suzanne.

»Was Handler betrifft?« Ich nickte. Eine halbe Stunde später standen wir in meiner Küche. Simon und Jacob waren im Wohnzimmer und aßen Cornflakes. Wir hatten den vergangenen Abend zu viert in meinem Haus verbracht. Zum ersten Mal seit über fünfzehn Jahren alle unter einem Dach. Ich nehme an, es war unvermeidlich – sie wussten nicht, wo sie in L. A. bleiben sollten, und wir alle hatten am folgenden Morgen einen Besprechungstermin in Koufax' Kanzlei –, aber merkwürdig wars trotzdem, dass die »Ursprungsfamilie«, wie die Seelenklempner das nennen, wieder vereint war. Niemand machte darüber eine Bemerkung. Wir hatten stattdessen versucht, kurz den Fall durchzusprechen, aber Simon war viel zu fertig, also hörten wir den ganzen Abend nur Musik. Dann ging Suzanne in meinem Gästezimmer schlafen, und die Jungs bauten die Schlafcouch auf. Um zehn lagen wir alle im Bett.

»Ich vermute, der Albtraum geht endlich zu Ende«, sagte ich zu Suzanne.

»Ich glaube nicht, dass ich noch viel mehr hätte ertragen können«, antwortete sie.

»Ich auch nicht.« Ich sah sie an. »Hast du je daran gedacht, dass er schuldig sein könnte?«

Sie antwortete mir nicht direkt. »Selbst wenn er es war«, sagte sie schließlich, »hätten wir trotzdem zu ihm gestanden.«

»Ja, das hätten wir«, stimmte ich zu. Ich sah auf die Uhr. »Wir sollten jetzt besser mit ihm reden. Vor Jack.«

Suzanne nickte, und wir gingen ins Wohnzimmer zu Simon und Jacob. Eine Weile sagte niemand ein Wort. »Falls es euch interessiert«, brach Jacob mit einem verschmitzten Grinsen das Schweigen. »Simon und ich haben alles durchgesprochen, und wir halten es für keine gute Idee, wenn ihr zwei wieder heiratet.«

»Da bin ich aber erleichtert«, sagte Suzanne.

»Vielen Dank«, sagte ich. »Und jetzt sollten wir uns lieber mit dem

Fall befassen.« Ich wandte mich an Simon. »Ich glaube nicht, dass es sehr schlimm wird. Bill Brindle hat für Bart gearbeitet. Ich nehme an, er war ebenfalls derjenige, der den Hütern gesagt hat, der London Grove befinde sich auf dem Parkgelände.«

Simon nickte.

»Und ich bin ziemlich sicher, dass er die Warnschilder entfernt hat, was in der Folge zu Leon Erlangers Tod führte.«

»Ich kann einfach nicht glauben, dass er so was getan hat«, sagte Simon.

»Tja, irgendwer hats jedenfalls getan«, sage ich.

Es klingelte an der Haustür. Wer könnte das sein, fragte ich mich und stand auf, um nachzusehen. Es war Nancy. Sie machte einen Schritt durch die Tür und sah alle.

»Wie ich sehe, störe ich«, sagte sie.

»Ist schon okay.«

»Nein, nein. Ist es nicht ... Hallo«, rief sie. Die anderen winkten zurück. Dann sagte sie: »Ich wollte dir nur das hier geben.« Sie gab mir einen Scheck. Es war die Rückerstattung von Wilderness Travel für unseren Vietnamtrip. »Außerdem gehe ich nach New York ... Habe dort einen Modeljob angenommen.«

»Für wie lange?«

»Weiß ich noch nicht. Vielleicht für immer. Die NYU hat eine super psychologische Fakultät. Ich könnte dort meinen Magister zu Ende machen.« Ich sah ins Wohnzimmer, von wo aus uns alle beobachteten. »Du musst dich um einiges kümmern«, sagte Nancy. Sie sah mich traurig an und drückte mir einen Kuss auf die Wange. »Lebewohl«, sagte sie, ging und machte die Tür hinter sich zu. Ich vermutete, das war endgültig.

Ich kehrte ins Wohnzimmer zurück und setzte mich Simon gegenüber hin.

»Du glaubst nicht, dass Bill die Warnschilder entfernt hat«, sagte ich.

Er schüttelte den Kopf. Das war der Moment, in dem Simon mir erklärte, dass Brindles verspätetes schlechtes Gewissen ihm das Leben gerettet hatte. Bill hatte mit Bart und der CFP bei dem Plan zusammengearbeitet, den Transporter des Sheriffs auf dem Weg in den Süden zu entführen und Simon bei einem fingierten Unfall zu töten. Allerdings waren sie früher als geplant von dem umgestürzten Baum aufgehalten worden (Ironie des Schicksals: genau dasselbe Naturereignis, durch das es Samantha und mir gelungen war, sie zu finden). Sie wollten die Sache trotzdem durchziehen, aber dann überkam Bill das schlechte Gewissen, als er zusehen musste, wie sein vermeintlicher Freund mitsamt Transporter in den Eel River geschoben werden sollte. Er konnte das nicht mitmachen. Also öffnete er Simon die Hecktür, der daraufhin sofort flüchtete, und anschließend wurde Brindle von seinen Kumpanen erschossen.

»Wer hat dann deiner Meinung nach die Warnschilder im London Grove entfernt?« Ich sah Simon lange an. »Karin?«

Er sagte nichts.

»War es das, was du herausfinden wolltest, als du an der Lost Coast verschwunden warst?«

»Ich habe nichts herausgefunden«, sagte er. Er hatte den Kopf gesenkt und starrte auf die Tischplatte. Ich sah, dass er den Tränen nahe war. »Vielleicht wollte ich nicht.«

»Du hast sie geliebt.«

»Ja, aber ich habe nicht wegen ihr all das getan, was ich getan habe. Manches davon war hundertprozentig ich. Ich hatte meine eigenen Ideen … Und die Troopers hätten sie nicht erschießen müssen. Sie hätten sie auch so festsetzen können. Sie hätten verhindern können, dass sie …« Seine Stimme verklang.

»Vielleicht«, sagte ich. »Wer weiß?«

Er fing an zu weinen. Jacob, Suzanne und ich erhoben uns gleichzeitig, um ihn zu trösten, was Simon ein Lächeln entlockte. »Ich bin okay«, sagte er und winkte ab. Und dann stand er auf. »Gehen wir jetzt zu diesem Anwaltspinkel.«

Es war ein Klacks für Koufax. Als wir ankamen, hatte Jack bereits den Bundesanwalt, einen alten Kumpel aus Unitagen, überredet, sämtliche

Anklagepunkte unter dem Versprechen fallen zu lassen, dass Simon für den Rest des Jahrhunderts einen weiten Bogen um alle potenziell gewaltbereiten Organisationen schlug. Am nächsten Morgen flog ich mit ihm zur Bay Area und setzte ihn in seiner Wohnung ab. Simon machte mir eine Tasse Instantkaffee, während ich auf einem Hocker in seiner Küche saß.

»Wie ist diese Nummer eigentlich dorthin gekommen?«, fragte ich, als er mir die Tasse reichte. Ich starrte den Kalender an, der an seinem Kühlschrank klebte.

»Welche Nummer?«

»Du weißt schon – Barts Telefonnummer. Auf dem Post-it.«

»Keine Ahnung. Irgendwer ...«, sagte er vage.

»Bill, ich bin sicher.«

Er zuckte die Achseln und ging ins Wohnzimmer. Ich begriff, dass ich jetzt gehen sollte.

»Ich will arbeiten, Pop.« Er betrachtete seine Staffelei.

»Double Man?«

Er schüttelte den Kopf. »Ich muss etwas anderes machen.« Ich schaute zu, wie er zu seinem Schreibtisch ging und ein verknittertes Polaroid nahm, das er an die Staffelei lehnte. Es zeigte Karin, die in einem Redwood-Wald stand. Sie trug eine Daunenweste, und auf ihrem Gesicht lag ein mädchenhaftes Lachen. Sie sah aus wie ungefähr zwölf. Simon beugte sich vor und öffnete sein Malkasten.

»Mit dir alles okay?«, fragte ich.

Er zuckte wieder die Achseln. Ich blieb noch einen Moment stehen, wartete auf mehr, auf irgendwas, aber er rührte bereits seine Farben an und fixierte eine leere Leinwand.

Ich verabschiedete mich und wollte schon gehen, als er herüberkam und mich in den Arm nahm. So blieben wir eine ganze Weile, drückten einander fest. Dann ging ich runter zu meinem Mietwagen, fuhr über die Bay Bridge rüber nach San Francisco zu meinem zweiten Ziel. Wenige Minuten später erreichte ich das Cal Pacific Medical Center in Pacific Heights.

Samantha Faber lag in einem Zweibettzimmer im zweiten Stock.

»Hoffentlich mögen Sie Lilien«, sagte ich und stellte einen Strauß Blumen in eine Vase, den ich in einem Blumenladen an der Van Ness gekauft hatte.

»O ja. Danke … Sie hätten wirklich nicht kommen müssen«, sagte sie.

»Ich wollte mich persönlich bei Ihnen bedanken.«

»Wofür? Ich habe nur meinen Job getan.«

Ich zuckte die Achseln und setzte mich auf die Kante des Bettes ihr gegenüber. Ich fühlte mich seltsam nervös.

»Aber es ist schön, dass Sie gekommen sind«, sagte sie lächelnd. Ich erwiderte ihr Lächeln.

»Wie ist die Operation gelaufen?«, fragte ich.

»Okay. Freitag soll ich entlassen werden.«

»Haben Sie vor, sich etwas Urlaub zu nehmen?«

Sie sah mich an und lächelte wieder. Sie hatte ein tolles Lächeln. »Attraktiv, was?« Sie zeigte auf ein nicht zu übersehendes, gelb und golden schimmerndes Veilchen, das praktisch die Hälfte der linken Seite ihres Gesichts schmückte.

»Sehr attraktiv«, sagte ich.

Wir saßen eine ganze Weile schweigend zusammen, bis sie mir schließlich sagte, da wäre noch etwas, das sie mir sagen müsse. Sie hatte mich angelogen. Oder doch zumindest ein bisschen geschwindelt. Sie hatte schon immer gegen Bart ermittelt. Die Geschichte, dass die schlechte Meinung dieses Special Agent über mich ihr Misstrauen wieder erweckt hätte, war genau das – eine Geschichte. »Ich habe mit Daniel daran gearbeitet, etwas gegen diese Typen in die Hand zu bekommen – gegen Bart, Brindle und die CFP.«

»Dann haben Sie und Springer also die ganze Zeit undercover zusammengearbeitet?«, sagte ich, mit einem Mal ein wenig heiser.

Sie nickte. »Von Anfang an.«

Ich rutschte beklommen herum. Das hätte mich nicht so durcheinander bringen dürfen, vor allem, da ich es ja ohnehin bereits vermutet hatte. Aber ich wusste genau, warum es anders war. Ich räusperte mich und fragte: »Waren Sie und Daniel Springer je …?«

»Ein Paar?« Sie schüttelte amüsiert den Kopf. »Niemals.«

»Gut«, sagte ich. »Das hört sich schon besser an.«

»Das ist ziemlich altmodisch von dir«, sagte sie. »Für einen Exhippie.«

»Ich bin ein altmodischer Bursche … Und ein Hippie war ich eigentlich nie. Ich hab mich nur so angezogen.«

Samantha lachte.

Roger L. Simon

Roger L. Simon, 1943 in New York geboren, ging nach dem College auf die Yale School of Drama, die er mit dem Master-of-Fine-Arts-Diplom abschloss. 1974 erschien sein erster Moses-Wine-Roman, *Das Geschäft mit der Macht,* der für den Edgar Allan Poe Award nominiert wurde und den britischen John Creasey Memorial Dagger für das beste Krimidebüt des Jahres sowie den Mystery Writers of America Special Award gewann. 1987 wurde er ein weiteres Mal, diesmal mit dem fünften Moses-Wine-Krimi, *Schwarzer Schnee,* für den Edgar Allan Poe Award nominiert. Nach seinen literarischen Erfolgen in den Siebzigerjahren stieg Roger Simon in den Achtzigerjahren verstärkt ins Filmgeschäft ein, wo er sich als Drehbuchautor und als Regisseur einen Namen machte. Seine filmische Arbeit wurde 1989 mit einer Oscar-Nominierung für *Enemies – A Love Story* gewürdigt.

Foto Sheryl Longin

Bisweilen war er selbst auch als Gastschauspieler zu sehen, z. B. in der amerikanischen TV-Serie *Father Dowling Mysteries* in der Rolle des Dr. Greenberg in der Episode »The Passionate Painter Mystery«. Er ist zeitweilig Universitätsdozent für Drehbuchschreiben und Mitglied des PEN, außerdem war er Vizepräsident der International Crime Writers Association. Simon lebt als Schriftsteller und Drehbuchautor in Los Angeles, Kalifornien. Er hat zwei Söhne und eine Tochter und ist mit Sheryl Longin verheiratet, mit der er gemeinsam das Drehbuch zu *Eine Liebe in Prag* geschrieben hatte.

Bibliografie

Die Moses-Wine-Romane:

The Big Fix (1973; dt. *Das Geschäft mit der Macht,* 1979); *Wild Turkey* (1974; dt. *Hecht unter Haien,* 1980); *Peking Duck* (1978; dt. *Die Peking-Ente,* 1980); *California Roll* (1985; dt. *Kurzschluss im Silicon Valley,* 1987); *The Straight Man*

(1986; dt. *Schwarzer Schnee,* 1988); *Raising the Dead* (1988; dt. *Auferstanden von den Toten,* 1989); *The Lost Coast* (1997; dt. *Die Baumkrieger,* 2003); *Director's Cut* (2003).

Weitere Romane:
Heir (1968; Neuausgabe unter dem Titel *Dead Meet,* 1988); *The Mama Tass Manifesto* (1970).

Filmografie

Jennifer On My Mind (USA, 1971)
Regie: Noel Black. Drehbuch: Erich Segal und Roger L. Simon, basierend auf Roger L. Simons Roman *Heir.*

The Big Fix (USA, 1978)
Regie: Jeremy Paul Kagan. Drehbuch: Roger L. Simon, basierend auf seinem gleichnamigen Roman. Mit Richard Dreyfuss als Moses Wine.

Bustin' Loose (USA, 1981)
Regie: Oz Scott und Michael Schultz; Drehbuch: Lonne Elder III, Richard Pryor und Roger L. Simon.

My Man Adam (USA, 1985)
Buch und Regie: Roger L. Simon.

Enemies: A Love Story (USA, 1989)
Regie: Paul Mazursky. Drehbuch: Roger L. Simon und Paul Mazursky, nach dem Roman von Isaac Bashevis Singer. Mit Ron Silver und Anjelica Huston.

Scenes From A Mall (USA, 1991)
Regie: Paul Mazursky. Drehbuch: Roger L. Simon und Paul Mazursky. Mit Bette Midler und Woody Allen.

Prague Duet (USA/D/CZ, 1997. Am. TV-Titel: *Lies and Whispers.* Dt. Titel: *Eine Liebe in Prag*). Regie: Roger L. Simon. Drehbuch: Sheryl Longin und Roger L. Simon.

»Irgendwie wurde Moses Wine der globale 68er«

Interview mit Roger L. Simon

Thomas Wörtche: Mr. Simon, wie kommt ein New Yorker dazu, nach L. A. zu gehen und dort den ersten kiffenden, linken Privatdetektiv der Literaturgeschichte zu erfinden?

Roger L. Simon: Vor allem bin ich deswegen nach L. A. gegangen, weil ich eine Frau von da geheiratet habe. Sie war mit mir auf der Yale Drama School, wo ich das Stückeschreiben gelernt habe. Aber damals wollte ich sowieso unbedingt weg aus New York, um meiner Familie zu entkommen. Und Kalifornien war es eben – aus zwei Gründen: Es waren die späten Sechziger, und alles passierte in Kalifornien. Und in L. A. wurden die Filme gemacht, und dort wollte ich hin.

Moses Wine selbst ist eigentlich eher zufällig passiert. Ich hatte schon zwei ziemlich obskure Romane veröffentlicht und einen dritten geschrieben. Ein ziemlich düsteres Ding à la Simenon. Ich dachte, dass das Buch ganz toll sei, aber niemand wollte es verlegen. Mein damaliger Lektor war inzwischen auch von New York nach San Francisco umgezogen, um dort den neuen Buchverlag des *Rolling Stone* zu leiten – Straight Arrow Press. Natürlich wollte ich ihn überreden, diesen neuen Roman zu machen, aber auch er war der Meinung, dass sich damit kein Geld machen lässt. Eines Tages lungerten wir in meinem Hinterhof rum, in einem Chicano-*barrio* in L. A., wo ich zur der Zeit, also 1972, wohnte, und waren bis zu den Kiemen voll mit Gras. Wir sahen mit unseren langen Haaren und den Bärten aus wie John Lennon in der Sergeant-Pepper-Zeit, und er fragte mich, ob mir was einfällt, was genau das Richtige für den *Rolling Stone* wäre. So aus dem hohlen Bauch sagte ich, dass ich gerade viel Raymond Chandler, Ross Macdonald und Dashiell Hammett gelesen hätte und dass so was doch mal jemand für unsere Generation machen sollte – Sam Spade auf Stoff. Er sagte sofort Klasse und fragte mich, wie der Detektiv heißen solle. Und ich sagte wieder aus dem hohlen Bauch: Moses Wine. Er sagte wieder Klasse, und sechs Wochen später war *Das Geschäft mit der Macht* geschrieben. Inzwischen ist der Roman in mehr als ein Dutzend Sprachen übersetzt und in der x-ten Auflage, außerdem ist er verfilmt worden. Also ein ziemlich glücklicher Zufall.

Und wie kam Moses Wine dann zu Anfang an?

Wenn ich heute zurückschaue – er wurde ein größeres Ding, als ich erwartet habe. Und so allmählich wurde er Kult. Übrigens auch in Frankreich und Japan.

... und in Deutschland ...

Dort aber erst später. Irgendwie wurde Moses Wine der globale 68er. Deswegen reist er auch so viel. Aber dass er Kult war, habe ich damals selbst gar nicht richtig gemerkt. Jetzt kommen plötzlich jüngere Schriftsteller und sagen, sie schreiben Kriminalromane wegen mir. Das ist natürlich sehr schmeichelhaft, aber irgendwie auch ziemlich beängstigend. Ich möchte mich mir nicht als Fossil vorstellen müssen. Das Beste muss doch noch kommen, finde ich jedenfalls.

Und dann, 1978, kam die Verfilmung von Das Geschäft mit der Macht. *Hat der Film den Büchern – der zweite Band,* Hecht unter Haien, *war ja inzwischen erschienen – geholfen?*

Klar, der Film hat der Figur sehr geholfen, bekannt zu werden und natürlich auch, die Bücher zu verkaufen. Für mich ging das viel zu einfach. Ich wollte François Truffaut sein. Das habe ich natürlich nicht geschafft, aber vor lauter Rumrennen und François-Truffaut-sein-Wollen, hab ich mich nicht so um die Bücher gekümmert, wie ich es eigentlich hätte tun sollen.

Moses Wine, der »Hippie-Detektiv«, der »Detektiv des Volkes«: Können Sie eigentlich mit diesen Begriffen etwas anfangen?

Ach ja, das waren diese Schlagworte, die im Gefolge der ersten beiden Bücher aufgetaucht sind. Ich habe das immer mit sehr gemischten Gefühlen gesehen, weil sie, wie alle Schlagwörter, die Tendenz haben zu vereinfachen. Okay, den Moses Wine von *Das Geschäft mit der Macht* Hippie-Detektiv zu nennen ist nicht ganz falsch. Aber den erwachsenen Moses von *Die Baumkrieger* und *Director's Cut* als Hippie zu bezeichnen ist bloß albern.

Moses Wine ist ja ein Spötter und Speier. Hintereinander gelesen bilden die Romane eine Art Chronik der Neurosen, Macken, Scheinheiligkeiten und natürlich auch Probleme der amerikanischen links-alternativen Szene. War das Absicht?

Ich habe das immer so gesehen – die Bücher sollten ganz bewusst eine Chronik der Zeitläufte sein. Ein großer Vorteil, dass ich nur so wenige – zumindest im Vergleich mit anderen Kriminalschriftstellern – Bücher geschrieben habe, liegt darin, dass sich in der Zwischenzeit jeweils die Zeiten, die Verhältnisse und das Verhalten der Leute so stark verändert hatten, um auch als Veränderungen bei Moses Wine und der Welt, in der er lebt, wirklich erkennbar zu werden. Scheinheiligkeit, ja, das ist etwas, was ich zutiefst verabscheue. Aber irgendwie verschwindet sie nie. Ach ja …

Sie haben die Moses-Wine-Romane immer schnell hintereinander geschrieben und dann wieder größere Pausen eingelegt. Wie kommt das?

Weil ich zwischendurch immer wieder Material sammeln musste oder eine neue Idee ausbrüten, die auch wirklich trägt. Dazu kommt natürlich noch, dass es mich manchmal langweilt, eine Serien-Figur zu schreiben.

Moses Wine und Roger Simon machen sich beide besonders gerne über politische Dogmen lustig. Aber in Die Peking-Ente *sind Moses' Kommentare zur Volksrepublik China auffallend zahm. Roger Simon war selbst dort …*

Treffer. Ja, ich war 1978 in der VR China, mit einer der ersten Reisegruppen. Außer uns war damals nur noch eine andere Reisegruppe im Land, und die Leute dort liefen fast alle in Mao-Anzügen rum. Und, ja, ich habe mich damals in die VR verliebt, und das sehe ich heute als Naivität an. Ich wusste damals nicht, wie brutal die Kulturrevolution wirklich war. Aber ich möchte mich gleich entschuldigen: Ich bin ein Romantiker.

Ziemlich provokant war die Idee, ausgerechnet den kalifornischen Juden Moses Wine in Auferstanden von den Toten *in Israel für die Araber arbeiten zu lassen …*

Ich weiß auch gar nicht, ob ich heute so eine Geschichte noch einmal schreiben könnte. Die Grundvoraussetzungen haben sich verändert. In vieler Hinsicht ist der Roman trotzdem noch mein Lieblingsbuch. Aber heute sehen die Dinge ja zappenduster aus; es gibt so viel Hass, dass man nicht mehr mit klarem Kopf über die Situation nachdenken kann. Ich wüsste gar nicht, wo anfangen …

Die Baumkrieger *sollte ursprünglich in Chiapas spielen, nun ist Moses Wine in den Regenwäldern des Nordwestens der USA gelandet. Wie ist das passiert?*

Wegen *Die Baumkrieger* hatte ich die größten Probleme mit einem Verlag, konkret mit HarperCollins, die ich je hatte. Sie wollten schlichtweg nicht, dass ich ein Buch schreibe, das außerhalb der Vereinigten Staaten spielt. Man hatte im Verlag die idiotische Vorstellung, dass Leser keine Bücher mögen, die in fremder Umgebung spielen. Das stimmt natürlich ganz und gar nicht, aber ich konnte nichts machen. Sie haben sich einfach geweigert, das zu veröffentlichen, was ich schreiben wollte, aber ich hatte einen Vertrag. Die ursprüngliche Grundkonstellation war ebenfalls der Vater-Sohn-Konflikt, nur dass Moses Wines Sohn in den Dschungel von Chiapas gegangen war, um sich Subcomandante Marcos anzuschließen. Generationenkonflikt ohne Ökologie, dafür aber mit Revolution auf dem Lande. Aber schlussendlich war ich dann sehr stolz auf mich, ein Buch hingekriegt zu haben, das funktioniert. Alles, was gut ausgeht, ist gut.

Stichwort Ökologie. Von Europa aus gesehen scheint das Thema ja nicht der große Schlager in USA zu sein …

Das ist aber unfair, so unwichtig ist Ökologie für die amerikanische Gesellschaft nicht. Klar, Bush ist bei Kyoto ausgestiegen, aber sämtliche Umfragen zeigen, dass Umweltschutz das Thema ist, bei dem die amerikanische Öffentlichkeit mit Abstand am unzufriedensten mit ihm ist (bemerkenswerterweise!). Ökoterroristische Vereinigungen – obwohl ich selbst diesen Begriff nicht benutzen würde, in Sachen Umweltschutz bin ich ganz links außen – gibt es immer noch in den USA, besonders EARTH FIRST, ein manchmal äußerst kreativer Verein. Die machen zum Beispiel Skihotels schon kaputt, während sie noch gebaut werden, damit die Bergwelt nicht zerstört wird ...

Director's Cut, *Moses Wines neuestes Abenteuer – worum geht es da?*

Das ist das Buch, in dem ich zum ersten Mal ganz ausführlich über meine zweite Karriere, die im Filmgeschäft, schreibe. Es ist ein Kriminalroman über die Unabhängigen im Filmgeschäft und eine ausgesprochen bösartig-komische Attacke auf die Theorie des Autorenfilms. Das Buch fängt mit einem berühmten Zitat von Orson Welles an, der Regieführen die am meisten überschätzte Kunstform des Jahrhunderts nannte. Das Buch spielt zu größeren Teilen in Prag ...

Wo Sie Prague Duet (Eine Liebe in Prag) *gedreht haben ...*

... und kulminiert beim Sundance Film Festival, wo Moses Wine – wegen einer Reihe von Verwicklungen, die ich hier nicht verrate – am Ende doch tatsächlich die Regie bei einem Film führt, den vor terroristischen Angriffen zu schützen er engagiert worden war. Es ist ein ganz und gar Post-9-11-Buch!

Genau, die zwei Karrieren. Sie sind ja sowohl als Drehbuchautor als auch als Romancier erfolgreich und beherrschen beide Formen gleich gut. Das ist ziemlich selten. Mögen Sie beide Arten des Schreibens gleich gern?

Aus irgendwelchen Gründen ist es mir schwerer gefallen zu lernen, wie man Drehbücher schreibt. Die Technik ist härter, aber einen Roman zu schreiben ist entschieden befriedigender.

Das Verhältnis oder besser die Verbindung zu einem Leser ist letzten Endes viel stärker als die zu einem Filmpublikum. Wie dem auch sei, ich habe heute nicht mehr so viele Optionen wie früher. Mit Hollywood wird es immer schlimmer, es interessiert sich immer weniger für Qualitätsfilme. Das tun fast nur noch die Unabhängigen. Gute Filme zu machen ist in einem gewissen Sinne wie Opern produzieren – ein Unternehmen zur Geldvernichtung für die *cognoscenti*. Das schlimmste Problem, wenn man für die Filmindustrie arbeitet, jedoch ist, dass man nur schon für den Versuch, einen Film zu realisieren, unglaublich viel Zeit verschwenden muss. In derselben Zeit könnte man drei Romane schreiben. Wirklich!

Und die gute alte Privatdetektiv-Formel, funktioniert die noch?

Sie meinen das traditionelle Chandler/Hammett-Muster? Nein, das funktioniert nicht mehr. Man muss immer mehr Dampf machen, um vorwärts zu kommen … Aber wenn man älter wird, ist das nicht immer so leicht.

Der Übersetzer

Jürgen Bürger wurde 1954 im Sauerland geboren und lebt seit 1975 in Köln. Studium der Volkswirtschaft, Politischen Wissenschaften und Geschichte. Er arbeitet als literarischer Übersetzer, ist gelegentlich auch journalistisch tätig und engagiert sich als Kommunalpolitiker.

metro – Spannungsliteratur im Unionsverlag

»Die *metro*-Bände gehören auf jeden Fall zum Besten, was derzeit an so genannter Spannungsliteratur zu haben ist.« *Michaela Grom, Südwestrundfunk*

Guillermo Arriaga
Der süße Duft des Todes

Bernardo Atxaga
Ein Mann allein

Mongo Beti
Sonne, Liebe, Tod

Pierre Bourgeade
Das rosa Telefon

R. Bradley, S. Sloan
Temutma

Jerome Charyn
Der Tod des Tango-Königs

Driss Chraïbi
Inspektor Ali im Trinity College

Liza Cody
Gimme more

Pablo De Santis
Die Übersetzung; Die Fakultät

Garry Disher
Drachenmann; Hinter den Inseln

Jon Ewo
Torpedo; Rache

Giuseppe Fava
Ehrenwerte Leute

Rubem Fonseca
Bufo & Spallanzani; Grenzenlose Gefühle, unvollendete Gedanken

Jorge Franco
Rosario Tijeras

Santiago Gamboa
Verlieren ist eine Frage der Methode

Jef Geeraerts
Der Generalstaatsanwalt; Coltmorde

Alicia Giménez-Bartlett
Hundstage; Boten der Finsternis; Gefährliche Riten

Friedrich Glauser
Schlumpf Erwin Mord; Matto regiert; Der Chinese; Die Speiche

John Harvey (Hg.)
Blue Lightning

Chester Himes
Die Geldmacher von Harlem; Lauf Mann, lauf!; Der Traum vom großen Geld; Fenstersturz in Harlem; Heiße Nacht für kühle Killer; Plan B

Jean-Claude Izzo
Total Cheops; Chourmo; Solea

Stan Jones
Weißer Himmel, schwarzes Eis; Gefrorene Sonne

Yasmina Khadra
Morituri; Doppelweiß; Herbst der Chimären

Brian Lecomber
Letzter Looping

William Marshall
Manila Bay

Bill Moody
Solo Hand; Moulin Rouge, Las Vegas

Christopher G. Moore
Haus der Geister; Nana Plaza; Stunde null in Phnom Penh

Walter Mosley
Socrates in Watts; Socrates' Welt

Katy Munger
Beinarbeit; Gnadenfrist

Meja Mwangi
Die Wilderer

Celil Oker
Schnee am Bosporus; Foul am Bosporus

Leonardo Padura
Ein perfektes Leben

Jerry Raine
Frankie Bosser kommt heim

Roger L. Simon
Die Baumkrieger

Susan Slater
Die Geister von Tewa Pueblo

Masako Togawa
Schwestern der Nacht; Trübe Wasser in Tokio

Nury Vittachi
Der Fengshui-Detektiv

M.K. Wren
Medusa Pool

Helen Zahavi
Donna und der Fettsack; Schmutziges Wochenende